शुभ संयोग

शुभ संयोग

बिमल मित्र

लोकभारती प्रकाशन
पहली मंजिल, दरबारी बिल्डिंग, महात्मा गांधी मार्ग, इलाहाबाद-1

लोकभारती प्रकाशन
पहली मंजिल, दरबारी बिल्डिंग, महात्मा गांधी मार्ग
इलाहाबाद-211 001
वेबसाइट : www.lokbhartiprakashan.com
ईमेल : info@lokbhartiprakashan.com
शाखाएँ : 1-बी, नेताजी सुभाष मार्ग, दरियागंज
नई दिल्ली-110 002
अशोक राजपथ, साइंस कॉलेज के सामने
पटना-800 006 (बिहार)

संस्करण : 2012

इण्डियन प्रेस प्राइवेट लिमिटेड
इलाहाबाद-211002 द्वारा मुद्रित

SHUBH SANYOG
by Bimal Mitra

ISBN : 978-81-8031-605-0

मूल्य : ₹ 225

परम प्रिय
श्री प्रसित राय चौधरी को

शुभ संयोग

"Great books not only record and interpret life for us, but also console our griefs, expose our vices, redeem our weaknesses."

Dayton Kohler

Story editor of 'Masterplots'

पुलिस के एक बड़े अधिकारी से यह कहानी सुनी थी। वह अपना नाम प्रकट करना नहीं चाहते, इसलिए मैंने भी यहाँ उनका नाम गुप्त रखा। अगर वह न बताते तो मैं यह कहानी कभी न जान पाता।

कलकत्ते में अनेक लोगों ने वह मकान देखा है। बारह-मंजिला वह मकान दूर से दिखायी पड़ता है। उस पूरे मकान में दफ्तर-ही-दफ्तर हैं।

एक दिन मेरे उस पुलिस अधिकारी मित्र ने कहा-शायद आप नहीं जानते कि उस दफ्तरवाले मकान के पीछे कितना लम्बा इतिहास है।

मेरे मित्र के कहने के ढंग से मुझे बड़ा आश्चर्य हुआ। मैंने कहा-नहीं, मैं नहीं जानता। लेकिन वह कैसा इतिहास है?

सचमुच उतना बड़ा मकान शायद इस समय कलकत्ते में वही एक है। मेरे सामने वह मकान बनकर तैयार हुआ था। लेकिन किसने उस मकान को बनाया, कौन उसका मालिक है, उसका क्या परिचय है, यह सब लेकर मैंने कभी माथा-पच्ची नहीं की। करता भी नहीं, लेकिन अपने मित्र की बात सुनकर बड़ी जिज्ञासा हुई-आखिर उस मकान का क्या इतिहास है? एक मकान बनने के पीछे कौन ऐसा इतिहास हो सकता है!

मेरे मित्र ने कहा-वह आज से पचीस वर्ष पहले की घटना है। उस केस के इन्वेस्टिगेशन का जिम्मा मुझको सौंपा गया था।

इस भूमिका ने मेरा कौतूहल बढ़ा दिया। मैं उस इतिहास को जानने के लिए अपने मित्र की तरफ देखने लगा।

मेरी हालत देखकर मेरे पुलिस अधिकारी मित्र ने कहा-तो सुनो।

आज से पचीस वर्ष पहले की बात है। 1962 में डॉ० विधानचन्द्र राय की मृत्यु हुई थी। यह उसी वर्ष की घटना है। मेरे पुलिस अधिकारी मित्र को उन्हीं दिनों

प्रोमोशन मिला था और वह ऊँचे पोस्ट पर पहुँचे थे। उसी समय उस बारह-मंजिले मकान का इतिहास शुरू हुआ था।

मेरे मित्र कहने लगे-लेकिन अब कहाँ हैं वह जयसुन्दर बोस, वरुणा चौधरी, कमला बोस, राधेश्याम अग्रवाल, अजय बोस और विजय बोस! इनमें कोई भी नहीं है। लेकिन एक आदमी है। उसी के बारे में बताऊँगा।

उसी 1962 की फरवरी में एक दिन जयसुन्दर बोस किसी समारोह में भाषण कर रहे थे। बहुत बड़ा हॉल खचाखच भरा हुआ था। लगभग एक हजार श्रोता मन्त्रमुग्ध होकर जयसुन्दर बाबू का भाषण सुन रहे थे। जयसुन्दर बाबू बड़े अच्छे वक्ता थे। इसलिए जब उन्होंने अपना भाषण समाप्त किया, उतना बड़ा हॉल तालियों की गड़गड़ाहट से देर तक गूँजने लगा। वह सबको नमस्कार कर कुर्सी पर बैठ गये। फिर थोड़ी देर बाद वह घर लौटने के लिए उठे।

ज्यों ही जयसुन्दर बाबू उस भवन से बाहर निकले, किसी ने उनके कन्धे पर हाथ रखा।

जयसुन्दर बाबू चौंक पड़े। जयसुन्दर बाबू, यानी जयसुन्दर बोस! वह बड़े मशहूर आदमी थे। आये दिन उन्हें किसी-न-किसी सभा या समारोह को सम्बोधित करना पड़ता था। इसलिए उनका बड़ा सम्मान था। कम-से-कम वह स्वयं ऐसा समझते थे। वह यह भी जानते थे कि लोग मेरा आदर करते हैं, मुझे सम्मान देते हैं। समाज में मेरे समान यशस्वी पुरुष बहुत कम हैं। बड़ी सिफारिश करनी पड़ती है, बड़ा जोर लगाना पड़ता है, तब कहीं कोई मुझसे मिल सकता है।

सिर्फ सम्मानित नहीं, जयसुन्दर बाबू काम के आदमी थे।

कहीं से कोई आये और बगैर कुछ कहे-सुने कन्धे पर हाथ रखने का साहस करे, यह जयसुन्दर बाबू क्यों, उनका कोई परिचित आदमी भी नहीं सोच सकता। लेकिन कैसे क्या हो गया, यह जयसुन्दर बाबू भी उस समय नहीं समझ सके।

-कौन?

जयसुन्दर बाबू चौंक पड़े। शायद वह कुछ नाराज भी हुए।

फिर जयसुन्दर बाबू ने पूछा-आप कौन हैं?

सड़क पर वहाँ अँधेरा था, इसलिए जयसुन्दर बाबू उस आदमी को नहीं पहचान सके। लेकिन वह आदमी किसी तरह विचलित न दिखायी पड़ा।

उस अपरिचित आदमी ने पूछा-आप ही जयसुन्दर बाबू हैं?

जयसुन्दर बाबू ने कहा-जी हाँ, लेकिन आप कौन हैं?

उस आदमी ने कहा–मेरा परिचय जानकर क्या करेंगे? मैं आपको सिर्फ यह चिट्ठी पहुँचाने आया हूँ।

–चिट्ठी? किसकी चिट्ठी?

यह कहकर जयसुन्दर बाबू ने चिट्ठी लेने के लिए हाथ आगे किया।

उस आदमी ने जेब से चिट्ठी निकालकर जयसुन्दर बाबू के हाथ में दी। जयसुन्दर बाबू ने जेब से चश्मा निकाला और लिफाफे को फाड़ा। उसके बाद उन्होंने पत्र खोलकर पढ़ने की कोशिश की।

लेकिन उतने अँधेरे में जयसुन्दर बाबू उस पत्र की एक लाइन भी नहीं पढ़ सके।

फिर उन्होंने पूछा–किसने यह पत्र दिया है?

यह सवाल करके उन्होंने सिर उठाया, लेकिन वहाँ कोई दिखायी नहीं पड़ा।

कहाँ गया वह? जयसुन्दर बाबू को बड़ा आश्चर्य हुआ। थोड़ी देर पहले उन्होंने तेज रोशनी में खड़े होकर भाषण किया था। सभा उसी बहुत बड़े मकान के सभाकक्ष में हुई थी। वहाँ दिन–जैसा प्रकाश था। फिर एकाएक अँधेरे में चले आने के कारण जयसुन्दर बाबू की आँखें ठीक से काम नहीं कर रही थीं। फिर भाषण के दौरान तालियों की गड़गड़ाहट सुनते–सुनते उनका दिमाग चकरा गया था। तालियाँ बजने पर कौन वक्ता खुश नहीं होता? इसलिए जयसुन्दर बाबू भी खुश थे।

हालाँकि उस दिन पहली बार जयसुन्दर बाबू के भाषण के दौरान तालियाँ नहीं बजीं। जब से वह समाज में लोकप्रिय हुए, तभी से लोग उनका विचार सुनकर तालियाँ बजाने लगे थे। उस दिन अगर वह और कुछ देर बोलते तो और तालियाँ सुनने को मिलतीं। लेकिन वह थे काम के आदमी। सिर्फ भाषण करते रहने से उनका काम कैसे चलता? आख़िर उनको पैसा भी तो कमाना था।

सड़क के उस पार जयसुन्दर बाबू की कार खड़ी थी। उन्होंने सोचा कि कार के अन्दर की बत्ती जलाकर चिट्ठी पढ़ ली जायगी।

ड्राइवर की सीट पर बैठा वेणीलाल मालिक की प्रतीक्षा कर रहा था। मालिक को देखते ही ड्राइवर दरवाजा खोलकर बाहर आया और पीछे का दरवाजा खोलकर खड़ा हो गया। बिना कुछ कहे जयसुन्दर बाबू पीछे की सीट पर जाकर बैठ गये।

उसके बाद कार के अन्दर ऊपर की बत्ती जलाकर जयसुन्दर बाबू ने कहा–घर चलो वेणी।

कार चलने लगी।

जयसुन्दर बाबू ने जेब से चिट्ठी निकाली।

पहले तो जयसुन्दर बाबू समझ न पाये थे कि यह चिट्ठी किसकी है। इसलिए चिट्ठी खोलते ही उन्होंने लिखनेवाले का नाम देख लिया। वही निशिकान्त था। निशिकान्त दास।

चिट्ठी के नीचे लिखा नाम निशिकान्त दास पढ़ते ही जयसुन्दर बाबू के बदन में मानो आग लग गयी। उन्होंने मन-ही-मन कहा–अचानक उस कम्बख्त ने चिट्ठी क्यों लिखी? अगर कुछ कहना था तो खुद आकर कह सकता था। ऐसा न कर उसने दूसरे के हाथ चिट्ठी भेजी!

खैर, जयसुन्दर बाबू उस चिट्ठी को पढ़ने लगे–

मान्यवर,

चिट्ठी में नीचे मेरा नाम लिखा हुआ है। नाम देखकर आप मुझे जरूर पहचान गये होंगे। मैं जानता हूँ कि मेरा नाम देखते ही आपके तन-बदन में आग लग जायगी, लेकिन कोई उपाय नहीं है। आपके पास चिट्ठी लिखे बिना और क्या कर सकता हूँ? मैंने इस पत्र में जो कुछ लिखा है, उस पर यदि आपको विश्वास न हो तो आप स्वयं मेरे घर आकर मेरी हालत देख सकते हैं। इस समय कोई आमदनी नहीं है। इसलिए आप मुझे कम-से-कम दो लाख रुपये देने की कृपा करें। आप यह रुपया नहीं देंगे तो मैं बड़ी मुसीबत में पड़ जाऊँगा। आशा है कि सारी स्थिति समझकर आप यह रुपया देने में विलम्ब नहीं करेंगे। मैं आपके रुपये के लिए प्रतीक्षा करूँगा। यदि आप यह सूचित करें कि कब किस समय आपके पास जाने पर यह रुपया मिल सकता है, तो मैं भी आ सकता हूँ। मैं आपके घर भी आ सकता हूँ। आपके पत्र की प्रतीक्षा में हूँ। आप मेरा सादर नमस्कार स्वीकार करें।

आपका सेवक
निशिकान्त दास

पत्र पढ़ लेने के बाद जयसुन्दर बाबू ने कार के अन्दर की बत्ती बुझा दी। कार भागती गयी।

जयसुन्दर बाबू अपनी चिन्ता में डूबे रहे। फिर थोड़ी देर बाद वह मन-ही-मन बड़बड़ाये–साला! हरामजादा! सचमुच निशिकान्त बड़ा शैतान है। वह फिर पहले की तरह मुझे परेशान करना चाहता है। अब भी उसकी लालच कम नहीं हुई।

मजे की बात है कि निशिकान्त ने वही पहली बार रुपया नहीं माँगा। जिन्दगी भर वह रुपया माँग-माँगकर जयसुन्दर बाबू को परेशान करता रहा। जयसुन्दर बाबू ने सोचा था कि शायद अब वह कम्बख्त थोड़ा दुरुस्त हो चुका है।

लेकिन नहीं, निशिकान्त अब भी उसी तरह है! अब तो उसने दो लाख रुपये की माँग कर दी। मानो जयसुन्दर बाबू के पास रुपये का पेड़ है और उसकी डालियाँ

हिलाते ही रुपये टपकने लगेंगे। फिर कम्बख्त ने धौंस भी दी है। लेकिन रुपया क्या इतना सस्ता है? जयसुन्दर बाबू सोचते रहे।

जयसुन्दर बाबू बहुत रुपये के मालिक बने थे, इसमें कोई सन्देह नहीं था। लेकिन सेंत में वैसा नहीं हुआ था। उसके लिए उन्हें कम मशक्कत नहीं करनी पड़ी थी। भाग्य ने उनकी नकेल पकड़कर उनको खटाया था, तभी तो वह करोड़पति बन सके थे। हालाँकि उसके लिए उन्होंने इनकम टैक्स की चोरी की थी और लोगों से काम लेकर उनको कम पैसा दिया था। इसी रुपया कमाने के पीछे उन्होंने पारिवारिक शान्ति को तिलांजलि दी थी। कमला से उनका किसी तरह का सम्बन्ध नहीं था। इतना त्याग उन्होंने किस लिए किया था? उसी रुपये के लिए न! वही रुपया कमाने के पीछे वह सब-कुछ खोकर करोड़पति बने थे। फिर वह उतने रुपये के मालिक बने थे, तभी तो लोग उनकी उतनी इज्जत करते थे।

सबको रुपये के बल पर जयसुन्दर बाबू वश में करते थे। जो भी उनके पास आता था, वही वशीभूत होता था। किसी सभा-समारोह में जाकर वह जो कुछ कहते थे, लोग मन लगाकर सुनते थे। तभी तो उनके भाषण के दौरान तालियाँ बजती थीं। लोग कहते थे, जयसुन्दर बाबू मात्र पुरुष नहीं, महापुरुष हैं!

जयसुन्दर बाबू जिससे भी मिलते थे, उसी से अच्छा व्यवहार करते थे। उनकी वाणी बड़ी मधुर थी। कोई भी काम पड़े, वह सबको चन्दा देते थे। वह समझते थे कि चाँदी की जूती मारकर सबको काबू में किया जा सकता है।

हाँ, चाँदी की जूती मारकर जयसुन्दर बाबू सबको वश में करते थे। सब उनका उधार खाये हुए थे। सब जान गये थे कि जयसुन्दर बाबू के आगे हाथ फैलाने पर कुछ-न-कुछ मिल ही जाता है। उनके पास जाने पर किसी को निराश नहीं लौटना पड़ता था।

–वेणीलाल!

पीछे मुड़े बिना वेणीलाल ने पूछा–जी, मुझसे कुछ कह रहे हैं?

–जरा नन्दन स्ट्रीट चलो तो।

वेणीलाल ने कार नन्दन स्ट्रीट की तरफ मोड़ ली।

नन्दन स्ट्रीट के मकान में कमला रहती थी।

उस दिन न जाने क्यों जयसुन्दर बाबू ने नन्दन स्ट्रीट चलने के लिए वेणीलाल से कहा था। सम्भवतः निशिकान्त की चिट्ठी पाकर अचानक उन्हें कमला की बात याद आ गयी थी। यों तो उनका स्वभाव हमेशा आगे चलने का था। कभी उन्होंने पीछे मुड़कर देखना नहीं सीखा था। लेकिन निशिकान्त की वह चिट्ठी पाने के बाद ही मानो पीछे की तरफ मुड़कर देखने के लिए विवश हो गये थे।

वह बहुत पहले की बात है।

जयसुन्दर बाबू का प्रारम्भिक जीवन था। उन दिनों कोई उनका नाम नहीं जानता था। बड़े बाज़ार में एक मारवाड़ी की कोठी में वह सिर्फ पन्द्रह रुपये महीने पर खाता लिखने का काम करते थे।

महीने में मात्र पन्द्रह रुपये!

उन दिनों की बात याद आने पर जयसुन्दर बाबू को हँसी आती थी।

बाद में उनके घर में जो लोग काम करते थे, उनको भी कहीं अधिक वेतन मिलता था। फिर दुर्गा पूजा पर बोनस था। बोनस का मतलब दो धोतियाँ और एक गमछा। इसके अलावा एक महीने की तनख्वाह अलग से मिलती थी।

लेकिन एक समय था कि उसी पन्द्रह रुपये में जयसुन्दर बाबू महीने भर का खर्च चलाते थे। रहते थे कि किसी अमीर की बरसाती के नीचे। जो कुछ मिल जाता था, वही खा लेते थे। कभी-कभी सड़क के नल से पानी पीकर दिन गुजार देते थे।

कभी-कभी पुलिसवाला उनको भगाता था।

पुलिस से बचकर उनको जिन्दा रहना पड़ता था। सड़क पर जो लोग रहते थे, पुलिसवाले उन पर शक करते थे। लेकिन महीने में पन्द्रह रुपये में कमरा किराये पर लेकर रहना उनके लिए सम्भव नहीं था।

एक बार एक विलायती कुत्ते ने उनको दौड़ा लिया था। आखिर उस कुत्ते के मालिक की कृपा से उनकी जान बची थी।

लेकिन वह किसी तरह निराश नहीं थे। वह भी अमीर बनने का सपना देखते थे। सपना देखते थे कि मैं कलकत्ते में एक मकान का मालिक बन गया हूँ। सिर्फ मकान नहीं, कार भी मेरे पास है।

जयसुन्दर बाबू को अच्छी तरह याद था कि एक बार एक भिखारी ने कुछ पाने के लिए गलती से उनके आगे हाथ फैलाया था। लेकिन उनकी शकल देखकर वह भिखारी सकपका गया था। फिर उसने हाथ हटा लिया था। लेकिन उस घटना से जयसुन्दर बाबू को बड़ा आघात लगा था। क्या ये भिखमंगे भी समझ जाते हैं कि कौन अमीर है और कौन गरीब? क्या उस भिखमंगे ने उनको भी भिखमंगा समझ लिया था?

ऐसी अनेक घटनाएँ घटी थीं। लेकिन वे घटनाएँ जयसुन्दर बाबू को निराश न कर सकी थीं। बल्कि उन घटनाओं ने उन्हें जीवन में तरक्की करने की प्रेरणा दी थी।

लेकिन उस दिन जयसुन्दर बाबू ने अपने को बड़ा अपमानित महसूस किया था। उन्होंने उस भिखारी को पास बुलाया था–सुन, इधर आ।

उस भिखारी को बड़ा आश्चर्य हुआ था। पहले तो उसने जयसुन्दर बाबू की उपेक्षा की थी, इसलिए उनके बुलाने पर ध्यान नहीं दिया।

जयसुन्दर बाबू ने फिर उस भिखारी को बुलाया था–सुन, इधर।

वह भिखारी पास आया तो जयसुन्दर बाबू ने जेब से एक रुपया निकालकर उसके हाथ में रख दिया था।

नकद एक रुपया पाकर उस भिखारी को खुश होना चाहिए था, लेकिन वह आश्चर्य से दाता की तरफ देखने लगा था।

जयसुन्दर बाबू ने उससे कहा था–मैं कोई भिखमंगा नहीं हूँ। समझ गया? मेरे कपड़े देखकर तू जैसा सोच रहा है, मैं वैसा नहीं हूँ। मेरे पास रुपया है।

रुपया न रहना उन दिनों जयसुन्दर बाबू को बड़ा अपमानजनक लगता था। बाद में भी अगर कभी किसी ने उनसे कहा कि आपके पास रुपया नहीं है तो उन्होंने अपने को अपमानित समझा। उनके लिए रुपया गौरव का प्रतीक था। उनके हिसाब से जिनके पास रुपया नहीं है, उनको इस संसार में जिन्दा रहने का अधिकार नहीं है।

लेकिन रुपया कमाना भी तो एक आर्ट है। जो रुपया कमाना जानता है, वह आर्टिस्ट है। जिस तरह सभी लोग गाना नहीं गा सकते, सभी लोग लेखक नहीं बन सकते, उसी तरह सभी लोग रुपया नहीं कमा सकते। इसलिए जयसुन्दर बाबू ने बचपन से रुपया कमाने की साधना की थी। संसार में सबसे धनी हैं राकफेलर साहब। इसलिए राकफेलर साहब ही जयसुन्दर बाबू के आदर्श थे। राकफेलर साहब जब तिरपन वर्ष के थे, तभी वह करोड़ों डालर के मालिक बन गये थे।

पन्द्रह रुपये मासिक वेतन पानेवाले जयसुन्दर बाबू उन्हीं दिनों राकफेलर बनने का सपना देखते थे। कलकत्ते की सड़क से चलते समय वह दोनों तरफ बड़े-बड़े मकानों को देखा करते थे और सोचते थे कि एक दिन ऐसा ही बड़ा मकान मेरा भी होना चाहिए।

जयसुन्दर बाबू को अच्छी तरह याद था कि एक दिन उन्होंने अपने मालिक राधेश्याम बाबू से कहा था–अब पन्द्रह रुपये में खर्च चलना मुश्किल हो गया है। मेरी तनख्वाह दो रुपये बढ़ा दी जाय।

राधेश्याम बाबू ने पूछा था–तुम्हें कितना मिलता है?

जयसुन्दर बाबू ने कहा था–बताया न, सिर्फ पन्द्रह रुपये।

–पन्द्रह रुपये में तुम्हारा खर्च नहीं चलता? बड़े ताज्जुब की बात है।

जयसुन्दर बाबू ने कहा था–चलता तो है, लेकिन बड़ी मुश्किल से।

–कहाँ रहते हो?

जयसुन्दर बाबू ने कहा था–मेरे रहने का कोई पता नहीं है।

–फिर भी इस समय कहाँ रहते हो?

चूड़ामणि जी बगल में बैठे हुए थे। उन्होंने कहा था–जयसुन्दर सड़क पर रहता है हुजूर।

–पुलिसवाले नहीं भगाते?

जयसुन्दर बाबू ने कहा था–भगाते हैं हुजूर। इसलिए अभी एक नयी जगह पर रहता हूँ। वहाँ मेरे–जैसे बहुत–से लोग पड़े रहते हैं। कोई किसी को नहीं भगाता।

–वह कहाँ?

–जी, आपने कालीघाट में काली जी का मन्दिर देखा है?

–हाँ–हाँ, देखा है। मैं प्रतिदिन काली मन्दिर जाता हूँ। हर शनिवार को काली जी की पूजा करता हूँ। वहाँ तो तुम दिखायी नहीं पड़ते?

जयसुन्दर बाबू ने कहा था–मैं तो वहाँ रात को सोता हूँ।

–कहाँ खाते हो?

जयसुन्दर बाबू ने कहा था–मैं तो भात नहीं खाता हुजूर।

–क्या रोटी खाते हो?

जयसुन्दर बाबू ने कहा था–हुजूर, रोटी के लिए पैसा कहाँ है?

–फिर क्या खाते हो? सत्तू?

–नहीं हुजूर, सत्तू पचा नहीं पाता।

–फिर क्या खाते हो?

–चूड़ा खाता हूँ हुजूर, चिड़वा। ऐल्यूमिनियम का कटोरा खरीद लिया है। उसी में सड़क के नल के पानी में चूड़ा भिगोकर गुड़ से खा लेता हूँ। फिर वह कटोरा धोकर एक पण्डे की दुकान में रख देता हूँ।

–कहाँ नहाते हो?

–गंगा जी में। गंगा में नहाने पर कोई कुछ नहीं कहता और पैसा भी खर्च नहीं होता।

जयसुन्दर बाबू की बात सुनकर राधेश्याम बाबू को बड़ा आश्चर्य हुआ था। उन्होंने पूछा था–तुम बंगाली हो या मारवाड़ी?

–मैं बंगाली हूँ हुजूर। मेरा नाम है जयसुन्दर बोस।

सब–कुछ सुनने के बाद राधेश्याम बाबू गुस्सा करने के बदले खुश हुए थे। फिर उन्होंने कहा था–अगर तुम्हारा वेतन दो रुपये बढ़ा दूँ तो उस रुपये से तुम क्या करोगे?

–मैं हर महीने दो रुपये बचाकर रखूँगा। इस तरह एक साल में चौबीस रुपये हो जायँगे। एक साल बाद उस चौबीस रुपये से गमछा खरीदकर रोज छुट्टी के बाद फेरी करूँगा।

राधेश्याम बाबू ने कहा था–ठीक है। इस महीने से तुम्हारी तनख्वाह दो रुपये बढ़ा दी गयी। अब तुम कुछ कर सकोगे।

यह सुनकर जयसुन्दर बाबू गद्गद हो गये थे। उन्होंने राधेश्याम बाबू के पाँव छूकर दोनों हाथ सिर से लगाये थे। उनकी आँखों से झर-झर आँसू बहने लगे थे।

राधेश्याम बाबू ने पूछा था–क्यों रो रहे हो?

खुशी के मारे जयसुन्दर बाबू उस समय कोई उत्तर नहीं दे सके थे। बस, उनकी आँखों से अविरल आँसू बह चले थे।

राधेश्याम बाबू ने कहा था–तुम क्यों रो रहे हो? रोओ मत। रोओ मत। तुम्हारे पास सब-कुछ होगा। देख लेना, तुम भी एक दिन बहुत अमीर बनोगे। पता है, मैं भी कभी तुम्हारी तरह गरीब था। जैसा तुम सोच रहे हो, वैसे मैं भी एक दिन सड़क पर खड़े होकर गमछा बेचा करता था। गमछा बेचकर जिस दिन आठ आना नहीं कमा पाता था, उस दिन मेरे पिता जी मुझे घर में खाने नहीं देते थे। अठन्नी से कम कमाई होने पर घर में रोटी नहीं मिलती थी। इसलिए तुम रोओ मत, तुम्हारे पास सब-कुछ होगा। मैं तुम्हारी तनख्वाह दस रुपये बढ़ा सकता हूँ, लेकिन वैसा नहीं करूँगा। वैसा करने पर तुम आरामतलब बन जाओगे। तकलीफ सहने की आदत नहीं रहेगी। फिर तकलीफ सहे बिना कोई तरक्की नहीं करता। तुम तो बंगाली हो। बंगालियों में एक कहावत है न–'कष्ट ना करले केष्ट मेले ना'। कष्ट किये बिना कृष्ण नहीं मिलते।

इसके बाद उस दिन और कोई बात नहीं हुई थी। राधेश्याम बाबू का कहीं से जरूरी टेलीफोन आ गया था।

जयसुन्दर बाबू राधेश्याम बाबू के कमरे से निकलकर अपने काम में लग गये थे। धोती के खूँट से आँखें पोछने के बाद उन्होंने किसी तरफ ध्यान नहीं दिया था।

थोड़ी देर बाद चूड़ामणि जी जयसुन्दर बाबू के पास गये थे और बोले थे–बंगाली बाबू, आपका भाग्य बड़ा अच्छा है। एक बार कहते ही आपकी तनख्वाह दो रुपये बढ़ गयी।

जयसुन्दर बाबू को कोई उत्तर देते न बना था। उस समय दो रुपये में उनका क्या होता? उन्हें तो लाखों रुपये की जरूरत थी! कम-से-कम कलकत्ते में एक मकान, एक कार और बैंक में कई लाख रुपये हो जाते तो कोई बात थी।

राधेश्याम बाबू की बातें उस समय भी जयसुन्दर बाबू के कानों में गूँज रही थीं–तुम्हारे पास सब-कुछ होगा। सब-कुछ होगा!

जयसुन्दर बाबू ने पुरानी बातें याद कीं। उस समय उन्होंने सोचा था—क्या सचमुच मेरे पास रुपया होगा? बाद में उनके पास बहुत रुपया हुआ, लेकिन उस समय वह विश्वास न कर सके थे कि कभी ऐसा होगा। उनको विश्वास नहीं हुआ था कि उनके पास राधेश्याम बाबू से अधिक दौलत होगी।

उस दिन जयसुन्दर बाबू ने खूब मन लगाकर काम किया था। पाँच बजते ही सब एक-एक कर दफ्तर से निकल गये थे, लेकिन उस समय भी जयसुन्दर बाबू अपने काम में डूबे हुए थे। दो रुपये तनख्वाह बढ़ी थी, इसलिए वह बहुत ख़ुश थे और उसी खुशी के कारण अपने काम के प्रति उनका उत्साह बढ़ गया था।

तभी अचानक राधेश्याम बाबू अपने कमरे से बाहर निकले थे। उस समय भी जयसुन्दर बाबू को काम करते देखकर उन्हें बड़ा आश्चर्य हुआ था। जयसुन्दर बाबू के पास जाकर उन्होंने कहा था—यह क्या? सब लोग जा चुके हैं और तुम अभी तक काम कर रहे हो?

जयसुन्दर बाबू ने कहा था—अभी इस खाते का थोड़ा काम बाकी है।

यह सुनकर राधेश्याम बाबू मन-ही-मन बहुत खुश हुए।

खुश होकर राधेश्याम बाबू ने कहा—तुम एक बार मेरे कमरे में आना।

इतना कहकर राधेश्याम बाबू अपने कमरे में चले गये।

पाँच मिनट बाद जयसुन्दर बाबू राधेश्याम बाबू के कमरे में गये।

राधेश्याम बाबू अपनी कुर्सी पर बैठे हुए थे। उन्होंने जयसुन्दर बाबू से भी कुर्सी पर बैठने के लिए कहा।

जयसुन्दर बाबू बैठे तो राधेश्याम बाबू ने कहा था—देखो जयसुन्दर, मैं मारवाड़ी हूँ। लेकिन तुम बंगाली हो। हम दोनों में बड़ा अन्तर भी है। फिर भी मैंने तुम्हारे अन्दर मारवाड़ियों के बहुत-से गुण देखे हैं। बहुत-से बंगालियों से मेरी जान-पहचान है, लेकिन तुम उनके-जैसे नहीं हो।

यह सुनकर जयसुन्दर बाबू ने कहा था—मैं बहुत गरीब हूँ। गरीबों की कोई जात नहीं होती। अगर होती है तो गरीबों की जात अलग है। वे न मारवाड़ी हैं और न बंगाली।

—इसीलिए तो तुमसे कहा कि तुम कुछ कर सकोगे।

—यह आपने कैसे कहा कि मैं कुछ कर सकूँगा?

इस पर राधेश्याम बाबू ने कहा था—इसलिए कि मैं भी कभी तुम्हारी तरह गरीब था।

—मेरी तरह गरीब? आप इतने गरीब थे?

राधेश्याम बाबू ने कहा था—हाँ, तुमसे भी गरीब था। राजस्थान में मेरा घर था। मेरी माँ के मर जाने के बाद बाप ने दूसरी शादी की थी। मेरी सौतेली माँ मुझसे बहुत

जलती थी। वह मुझे भरपेट खाना भी नहीं देती थी। मैं ज्यादा पढ़ भी न सका था। इसलिए एक दिन किसी से कुछ कहे बिना घर से भागकर कलकत्ते आ गया था। उन दिनों कलकत्ता ऐसा नहीं था। यहाँ आने के बाद दो साल मैंने बड़ेबाजार में भीख माँगी थी। अब समझ रहे हो न?

–भीख? आपने भीख माँगी थी?

–हाँ, दो वर्ष इसी बड़ेबाजार में भीख माँगी थी। लोगों के सामने हाथ फैलाकर भीख माँगी थी। अधिकतर लोग भीख नहीं देते थे। लेकिन कुछ लोग देते थे। हैरिसन रोड के मोड़ पर खड़े होकर भी भीख माँगी थी। इसी तरह एक दिन शाम को एक सज्जन के आगे हाथ फैला-कर खड़ा हो गया था। लेकिन उन सज्जन ने एकाएक मेरा हाथ पकड़ लिया था।

मैंने घबड़ाकर जरा जोर से कहा था–आपने मेरा हाथ क्यों पकड़ा? आप कौन हैं?

उस सज्जन ने मेरा हाथ नहीं छोड़ा और कहा–अरे! तू बेटा राधेश्याम है न?

मैं उस समय भी न पहचान सका था। फिर थोड़ी देर बाद पहचाना कि वह मेरे पिता थे।

पिता जी मुझे पकड़कर अपने घर ले गये। वहाँ मैंने अपनी सौतेली माँ को देखा। मेरी एक बहन भी थी। मैं नहीं जानता था कि मेरे पिता जी राजस्थान छोड़कर कलकत्ते आ गये हैं।

पिता जी ने पूछा–तू भीख क्यों माँग रहा था? भीख माँगते तुझे शरम नहीं लगती?

वह मकान पिता जी ने किराये पर ले रखा था। मैं वहीं रहने लगा।

दो-चार दिन बाद पिता जी ने मुझसे कहा–अब तू कोई रोजगार कर।

मैंने कहा–रोजगार करने के लिए शुरू में रुपया चाहिए। वह रुपया मुझे कहाँ से मिलेगा?

पिता जी ने कहा–रुपया मैं दूँगा। यह ले बीस रुपये। यह रुपया मैंने तुझे उधार दिया।

मुझे पिता जी से बीस रुपये उधार मिले।

उसके बाद पिता जी ने कहा–इस रुपये से गमछा खरीद ले। गमछा बेचकर रोज कम-से-कम आठ आने कमाया कर। अगर रोज आठ आने कमायेगा तो घर में खाने को मिलेगा। जिस दिन नहीं कमा पायेगा, उस दिन खानं को नहीं मिलेगा।

जयसुन्दर बाबू बड़े ध्यान से राधेश्याम बाबू की कहानी सुन रहे थे। राधेश्याम बाबू जरा रुके तो जयसुन्दर बाबू ने पूछा–फिर क्या हुआ?

–फिर मैंने गमछा बेचने का काम शुरू किया। किसी–किसी दिन मुझे एक रुपये का भी फायदा होने लगा। उस रुपये से पेटीकोट, ब्लाउज और जाँघिया खरीदकर सड़क के किनारे खड़े होकर बेचने लगा। उसके बाद तो आज देख रहे हो। कितना बड़ा कारोबार कर लिया है! इस कारोबार में कितने लोग काम कर रहे हैं और कितने लोगों की रोजी–रोटी चल रही है!

सफल व्यवसायी राधेश्याम बाबू की कहानी सुनते–सुनते बहुत देर हो गयी थी। रात हो चली थी। राधेश्याम बाबू का उस तरफ ख्याल नहीं था, जयसुन्दर बाबू का भी नहीं। लेकिन घड़ी की तरफ निगाह जाते ही राधेश्याम बाबू चौंक पड़े।

फिर खड़े होकर राधेश्याम बाबू बोले–ठीक है। अगर तुम्हें रुपये की जरूरत पड़े तो मुझे बताना। मैं तुम्हें बहुत कम ब्याज पर रुपया दूँगा। तुम हर महीने मुझे ब्याज देते रहना। कहो तो अभी रुपये दूँ?

–दीजिये।

राधेश्याम बाबू ने जेब से बीस रुपये निकालकर जयसुन्दर बाबू को दिये।

उसी बीस रुपये की पूँजी से जयसुन्दर बाबू ने व्यवसाय शुरू किया था और उसी से वह इतने बड़े बने थे।

लेकिन निशिकान्त?

ड्राइवर वेणीलाल ने अचानक कहा–हुजूर, नन्दन स्ट्रीट आ गया है।

वेणीलाल की बात कानों में पड़ते ही जयसुन्दर बाबू की चिन्ता का तार टूटकर छिन्न–भिन्न हो गया।

कार रुक चुकी थी। जयसुन्दर बाबू कार से उतरने की तैयारी करने लगे। लेकिन वेणीलाल उसके पहले ही कार का दरवाजा खोलकर खड़ा हो गया था। जयसुन्दर बाबू कार से निकलकर सामनेवाले मकान की तरफ बढ़े।

कमलाबाला बोस विवाह से पहले कमलाबाला सिंह थी। एक दिन माँ का हाथ पकड़कर वह लाखों लोगों के साथ शरणार्थी बनकर भारत में आयी थी। एक देश से शरणार्थियों के दूसरे देश में जाकर बसने की घटना संसार के इतिहास में कोई नयी बात नहीं थी। प्राचीन काल से ऐसी घटना घटती आयी है। फिर भी उस दिन

कमला की माँ रोते-रोते बेहाल हो गयी थी। उसने बेटी से कहा था-मेरी सारी चिन्ता तेरे कारण है।

इस पर कमला ने पूछा था-क्यों माँ, मेरे कारण आपको किस बात की चिन्ता है?

माँ ने कहा था-लोग कहते हैं कि यह कलकत्ता शहर बहुत बुरा है।

कमला ने कहा था-होने दीजिये बहुत बुरा शहर। अगर हम बुरी नहीं बनेंगे तो शहर की बुराई क्या कर लेगी?

माँ ने कहा था-यह शहर बहुत बुरा है। यहाँ हम-जैसे गरीब लोग कैसे अच्छे रह सकते हैं? क्या यहाँ हमें कोई अच्छा रहने देगा?

कमला ने कहा था-क्यों घबड़ा रही हैं माँ? आप देख लीजिये, मैं इसी शहर में अच्छी बनी रहूँगी। कोई भी मेरा कुछ बिगाड़ न सकेगा।

उन दिनों कमला की माँ के गाँव के कुछ लोग टालीगंज में थे। स्यालदा स्टेशन के प्लेटफार्म से माँ-बेटी सीधे वहीं गयी थीं। वहाँ गाँव के लोगों के बीच जाकर कमला की माँ का डर कुछ कम हुआ था।

फिर किसी तरह रहने का इन्तजाम हो गया था।

लेकिन खाने का कैसे इन्तजाम होता? मेहनत-मजदूरी किये बिना कोई खिलानेवाला नहीं था। उस समय उस हालत में कोई किसी का साथी नहीं था।

फिर उसी मेहनत-मजदूरी के लिए एक दिन कमला की माँ को सड़क पर निकलना पड़ा। उसे एक सज्जन के घर काम मिल गया।

काम पर जाते समय माँ कमला से कह देती-बड़ी होशियारी से रहना बेटी। कहीं बाहर मत निकलना।

इस पर कमला कहती-लेकिन माँ, आप क्यों बाहर निकल रही हैं? आपके बदले मैं भी तो जा सकती हूँ।

माँ कहती-नहीं बेटी, ऐसा नहीं हो सकता। तू बड़ी हो चली है, यह क्यों नहीं समझती? लडकियाँ बड़ी हो जाने पर बेरोक-टोक कहीं आ-जा नहीं सकतीं। हर समय यही डर बना रहता है कि पता नहीं कब क्या हो जाय! इसलिए तू कहीं मत जा बेटी, कोई बात होगी तो मैं क्या करूँगी।

कमला की माँ लोगों के घर नौकरानी का काम करती थी। दोनों समय उन्हीं घरों से वह भात लाती थी। वह भात एक के लिए काफी होता था, लेकिन वही भात माँ-बेटी बाँटकर खाती थीं।

इसी तरह माँ-बेटी दिन गुजार रही थीं।

लेकिन एक दिन एक मुसीबत हो गयी। अचानक कमला की माँ बीमार पड़ गयी। लेकिन बीमार पड़ने पर भी तो काम में नागा नहीं किया जा सकता था! किसी-न-किसी को काम पर जाना ही था। बीमार पड़ने से कमला की माँ को जितनी तकलीफ थी, उससे ज्यादा तकलीफ उसे यह सोचकर हो रही थी कि काम में नागा हो जायगा।

बगलवाले घर से कमला अपने गाँव की एक औरत को बुला लायी।

उस औरत के आने पर कमला की माँ ने उससे कहा-बहन, तुम मेरा काम कर दोगी? आज अचानक मुझे बुखार आ गया।

इस अनुरोध पर उस स्त्री ने कहा-मैं कैसे करूँगी दीदी? मैं तो एक घर में काम नहीं करती, सुबह-शाम पाँच घरों में काम करती हूँ। अपना ही काम मैं पूरा नहीं कर पाती, तुम्हारा काम कैसे करूँगी?

कमला की माँ बोली-और किसी से कह सकती हो? और कोई है?

वह औरत बोली-अब इस समय किससे कहूँगी दीदी? सब अपने-अपने काम से परेशान हैं-कौन मेरी बात सुनेगा?

कमला वहीं खड़ी थी, जहाँ बातचीत हो रही थी। उसने माँ से कहा-मैं चली जाऊँ माँ? पता बता दो तो मैं जा सकती हूँ।

कलकत्ते के इतिहास में वह भी बड़ा विचित्र समय था। पहले घरों में काम करने के लिए नौकरानी नहीं मिलती थी। लेकिन जिस दिन देश का विभाजन हुआ, उस दिन घरों में काम करने के लिए नौकरानियों की भीड़ लग गयी। वे घर-घर जाकर लोगों की खुशामद करने लगीं।

बालीगंज लेक से बजबज में रेललाइन के उस पार तक और फिर पूरे टालीगंज, यादवपुर, गड़िया और नाकतला तक जहाँ भी खाली जगह मिली शरणार्थी बस गये। वे असहाय थे, निस्सम्बल थे, विवश थे। बाढ़ का पानी जिस तरह हहराकर आता है, उसी तरह पूर्वी बंगाल से शरणार्थियों की भीड़ आयी थी। उन शरणार्थियों को कहाँ शरण दी जाती? उनकी रोजी-रोटी का कैसे इन्तजाम होता?

उन दिनों डॉ० विधानचन्द्र राय पश्चिम बंगाल के मुख्यमन्त्री थे। शरणार्थियों ने जिन भूमिपतियों की भूमि पर कब्जा कर लिया था, उन भूमिपतियों ने शरणार्थियों के विरुद्ध कानूनी कार्रवाई करने की तैयारी की। लेकिन डॉ० विधानचन्द्र राय की सरकार आड़े आ गयी। जहाँ जिस जमीन पर शरणार्थी बसा था, सरकार ने उसको वहीं काबिज रखा और उसे उस जमीन का पट्टा दे दिया।

कलकत्ते के सम्पन्न घरों में नौकर-नौकरानी की कमी न रही। उसी के साथ शहर की बड़ी-बड़ी चौड़ी सड़कों के किनारे झोपड़ी डालकर शरणार्थियों ने होटल

और पान-सिगरेट आदि की दुकानें खोल लीं। पूरा शहर ऐसी दुकानों से भर गया।

मर्द लोग फुटपाथों पर दुकान लगाकर बैठ गये। उन दुकानों के लिए किसी तरह का किराया या टैक्स नहीं देना पड़ता था। जितनी सुविधा हो सकती थी, राज्य सरकार ने उन शरणार्थियों को दी। लेकिन कमला और कमला की माँ औरत थीं, इसलिए वे मर्दों की तरह फुटपाथ पर दुकान खोलकर नहीं बैठ सकीं।

कुछ राजनीतिक दल भी त्राणकर्त्ता के रूप में लाल झण्डा लिये आगे आये।

उन राजनीतिक दलों के कार्यकर्त्ता शरणार्थियों को समझाने लगे-आप लोग हमें वोट देकर गद्दी पर बैठायें तो हम आपकी सभी समस्याओं को दूर करेंगे। आप लोग हमारी पार्टी में नाम लिखायें तो हम आप लोगों को इस संकट से मुक्त करेंगे।

फिर उन घर-बार और जमीन-जायदाद छोड़कर आये निराश्रित लोगों को लेकर नयी राजनीति शुरू हो गयी!

उसी समय दिल्ली की मसनद पर आसीन जवाहरलाल नेहरू बड़ी कृपा करके वानुमार्ग से कलकत्ते आये।

नेहरू जी ने उन शरणार्थियों से कहा-तुम लोग अपने घर लौट जाओ। कलकत्ते में भीड़ मत बढ़ाओ।

शरणार्थियों ने कहा-लेकिन पंजाब के लोगों को तो आपने जमीन-जायदाद दी है। उसी तरह हमें भी दीजिये उन लोगों को आपने जो सुविधाएँ दी हैं, वही सुविधाएँ आप हमें क्यों नहीं देंगे?

जवाहरलाल नेहरू ने कहा-वे लोग पंजाबी ठहरे और तुम लोग बंगाली हो। तुम लोग फिर अपने मुल्क लौट जाओगे, लेकिन पंजाबी तो लाहौर नहीं जायँगे।

-लेकिन अभी हम लोग क्या खायेंगे? कैसे अपना पेट पालेंगे?

जवाहरलाल बोले-हम तुम्हें कैश डोल देंगे। हर महीने हर आदमी को नकद रुपया मिलेगा। ऑकलैण्ड प्लेस में तुम लोगों के लिए नया दफ्तर खोला गया है। वहाँ जाओगे और दस्तखत करके रुपया लोगे।

-क्या इस तरह हम लोग जिन्दगी भर भिखारी बने रहेंगे? क्या भीख माँगकर हमें हमेशा दिन गुजारना होगा?

जवाहरलाल नेहरू ने कहा-किसने कहा कि तुम लोग जिन्दगी भर भिखारी बने रहोगे? पाकिस्तान से मेरा समझौता हो चुका है कि तुम लोग जब अपने घर लौटोगे, तुम्हें अपना घर-दुआर और जमीन-जायदाद वगैरह सब-कुछ वापस मिल जायगा। वहाँ पाकिस्तान सरकार तुम्हारी देखभाल करेगी और तुम्हें बड़े आराम से रखेगी। मैंने तुम लोगों के बारे में बहुत सोचा है और अब भी सोच रहा हूँ। जिससे तुम लोग आराम से रहो, वही मैं हमेशा सोचता रहता हूँ।

लाल झण्डेवाले भी शरणार्थियों की बस्तियों में इन्हीं बातों का मतलब लोगों को समझाते फिरे।

उन लोगों ने शरणार्थियों से कहा–खबरदार! आप लोगों में से कोई न लौट जाय। जिन लोगों ने देश का बँटवारा किया है, उनको सजा मिलनी चाहिए। उनको सजा देने के लिए आप संगठित हों, हम आपके साथ हैं। जब हम गद्दी पर बैठेंगे, तब इसका प्रतिकार होगा। आनेवाले दिनों के उस संघर्ष के लिए आप लोग तैयार हों और कहें–कांग्रेस मुर्दाबाद!

सभी शरणार्थी एक साथ चिल्ला पड़े–मुर्दाबाद!

कमला उस दिन अपने घर के दरवाजे की आड़ से वही सब बातें सुन रही थी, लेकिन उनका मतलब समझ में नहीं आ रहा था।

माँ ने पूछा–उधर कैसा शोरगुल हो रहा है?

कमला बोली–पता नहीं, कौन लोग हैं।

–वे कौन हैं?

–कैसे बताऊँ?

जिनके लिए सभा हो रही थी, भाषण दिया जा रहा था, वही कुछ समझ न सके। वे लोग यह भी न जान सके कि क्यों उनकी ऐसी दुर्दशा हुई, क्यों उनको देश छोड़ना पड़ा, सब-कुछ रहते हुए भी सर्वहारा बनकर क्यों उनको दूसरी जगह जाकर भिखारी बनना पड़ा, कौन उनके दोस्त हैं और कौन दुश्मन या कौन नेहरू है और कौन जिन्ना? वे लोग सिर्फ इतना ही समझ सके कि जो दुःख है, वह बना रहेगा। उसका प्रतिकार कभी नहीं हो सकता। रैडक्लिफ साहब का नाम तो सुनाई पड़ा, लेकिन वह कौन है और उसका क्या परिचय है, यह सब वह लोग नहीं जान सके।

उसके बाद एक दिन कमला ने आकर माँ से कहा–माँ, आपसे एक सज्जन मिलने आये हैं।

–मुझसे कौन मिलने आया?

कमला की माँ के आश्चर्य का ठिकाना न रहा।

तब तक वह युवक सामने आ चुका था।

उस युवक ने कहा–माँ!

'माँ' सम्बोधन सुनते ही कमला की माँ ने बड़े स्नेह से पूछा–तुम कौन हो बेटा?

उस युवक ने कमला की माँ के पाँव छूकर प्रणाम किया।

कमला की माँ बोली–लेकिन बेटा, मैं तो तुम्हें पहचान न सकी।

उस युवक ने कहा–आप मुझे कैसे पहचानेंगी? पहले तो कभी नहीं देखा। कमला मुझे जानती है।

–वह तुम्हें कैसे जानती है?

–वह मेरे यहाँ काम करती है।

फिर कमला की माँ की उत्सुकता बढ़ गयी। पूछा–तुम्हारा क्या नाम है बेटा?

उस युवक ने कहा–जयसुन्दर बोस।

नन्दन स्ट्रीट में कमला का मकान था। वहाँ पूजा के कमरे में उस समय कीर्त्तन हो रहा था–

माधव, कत तोर करब बड़ाई।
उपमा तोहर कहब ककरा हम
कहितहुँ अधिक लजाई।।
जओं सिरिखण्ड सौरभ अति दुरलभ
तओं पुनि काठ कठोरे।
जओं जगदीस निसाकर तओं पुनि
एकहि पच्छ उजोरे।।

कीर्त्तनया कीर्त्तन कर रहे थे। उनके साथ दो लोग ढोल–मजीरा बजा रहे थे। उनके पीछे कमला राधाकृष्ण की मूर्ति की तरफ मुँह किये हाथ जोड़े बैठी थी। आँखें बन्द थीं। कीर्त्तन के ताल पर वह धीरे–धीरे सिर हिलाती जा रही थी।

तभी अचानक गिरि दौड़ता हुआ आया और बोला–माता जी, माता जी।

इस पुकार पर मानो कमला का ध्यान टूटा। उन्होंने पीछे मुड़कर पूछा–क्या है गिरि?

गिरि बोला–माता जी, मालिक आये हैं।

–मालिक!

कमला को बड़ा आश्चर्य हुआ। वह सहसा समझ न सकी कि अब क्या करे। लेकिन जयसुन्दर बाबू तब तक जूता खटखटाते हुए वहाँ पहुँच गये।

जयसुन्दर बाबू को देखकर कमला खड़ी हो गयी। उसने जयसुन्दर बाबू की तरफ देखते हुए पूछा–आप? अचानक?

–क्यों, नहीं आना चाहिए?

कमला ने उस बात का उत्तर न देकर कहा–चलिये, हम दूसरे कमरे में जायँ।

जयसुन्दर बाबू कमला का अनुसरण करते हुए चले और बोले–नाहक घबड़ा गयी। क्या मैं जूता पहनकर तुम्हारे पूजा के कमरे में चला जाता?

कमला ने इसका कोई उत्तर नहीं दिया।

उसके बाद जयसुन्दर बाबू ने दोनों तरफ दीवारों में लगे महापुरुषों के चित्रों की तरफ देखकर कहा–वाह ! इस मकान को तो तुमने एकदम मन्दिर बना लिया है। एक साथ इतने महापुरुषों के चित्र एक जगह बड़ी मुश्किल से देखने को मिलते हैं।

कमला ने इन बातों का जवाब देना आवश्यक नहीं समझा। वह चलती चली गयी और अन्त में एक कमरे में पहुँचने के बाद कमला बोली–अब बताइये, क्या कहना है?

जयसुन्दर बाबू बोले–यह कैसे समझ गयी कि मुझको कुछ कहना है और इसीलिए मैं यहाँ आया हूँ। अगर कुछ कहना न हो तो क्या मैं इस मकान में नहीं आ सकता?

कमला बोली–क्यों नहीं आयेंगे? यह तो आपका ही मकान है। यहाँ जो कुछ देख रहे हैं, आपके पैसे से खरीदा गया है। कहना तो यह चाहिए कि इस मकान में रहने का मेरा ही कोई अधिकार नहीं है।

जयसुन्दर बाबू ने कहा–क्यों? क्यों ऐसी बात कह रही हो? तुम मेरी पत्नी हो। मेरा मकान भी तुम्हारा ही मकान है।

कमला बोली–मैं आपकी बात का विरोध नहीं करूँगी। लेकिन आप क्या कहने के लिए आये हैं, वही कहिये।

जयसुन्दर बाबू बोले–फिर वही निशिकान्त मेरे पीछे पड़ा है।

–कौन गिशिकान्त?

–क्या तुम निशिकान्त को नहीं पहचानती?

कमला बोली–मैं आपके परिचितों को कैसे पहचान सकती हूँ? मैं तो आपके साथ एक मकान में नहीं रहती, इसलिए कैसे जानूँगी कि कब कौन आपके पास आता है?

जयसुन्दर बाबू बोले–लेकिन हम तो हमेशा अलग–अलग नहीं रहते आये। कभी तो हम एक मकान में रहते थे।

–वह तो बहुत पहले की बात है। अब इतने दिनों बाद कैसे याद रह सकता है?

जयसुन्दर बाबू ने कहा–लेकिन ठाकुर–देवता की बात होती तो शायद तुम्हें जरूर याद रहती।

कमला बोली—आप ताना देकर क्यों बात कर रहे हैं? खैर, कीजिये, मैं कोई आपत्ति नहीं करूँगी। लेकिन यह तो बताइये कि ठाकुर-देवता लेकर न रहूँ तो क्या लेकर रहूँ? मुझे भी तो कोई सहारा चाहिए। आप काम के आदमी हैं। आपके पास काम की कमी नहीं है। लेकिन मेरे पास कौन-सा काम है?

जयसुन्दर बाबू बोले—क्या तुमने कभी मेरे साथ सहयोग किया है?

—क्या आपने भी सहयोग किया है?

जयसुन्दर बाबू ने कहा—तुम तो नहीं समझती कि मेरे कितने झमेले हैं। शुरू से अब तक मुझे कितना परिश्रम करना पड़ रहा है। तुम तो सब-कुछ जानती हो। रुपया कमाना क्या इतना आसान है?

कमला बोली—लेकिन इतना रुपया लेकर आप क्या करेंगे?

जयसुन्दर बाबू जरा मुस्कराये।

फिर बोले—रुपया न कमाने पर यह जो इतना खर्च है, कैसे चलता? यह जो तुमको इतने आराम से रखा है, तुम रात-दिन कीर्त्तन सुन रही हो और पूजा कर रही हो, इसके लिए रुपया खर्च नहीं होता? ये जो इतने साधु-महात्माओं के चित्र दीवार पर टाँग रखे हैं, इसके लिए रुपया नहीं लगता? यह जो तुम्हारे रामकृष्ण परमहंस हैं, यह तो कोई नौकरी नहीं करते थे? रानी रासमणि के पास यदि रुपया न होता तो वह उतने साधु-महात्माओं को कैसे पालतीं? कैसे वह मन्दिर बनवातीं? रानी रासमणि रुपया न देती रहतीं तो तुम्हारे रामकृष्णदेव क्या खाते? इस तरह हर काम में रुपया लगता है। इसलिए रुपया कमाना कोई शर्म की बात नहीं है। रुपये से घृणा करना भी ठीक नहीं है।

कमला बोली—आप ठाकुर रामकृष्ण का नाम क्यों ले रहे हैं? ऐसे महात्माओं का नाम लेना आपको शोभा नहीं देता।

—कैसे शोभा देता? मैं तो रुपये के पीछे भागता हूँ न? लेकिन रुपये के पीछे भागनेवाले बिड़ला के दान से जो मन्दिर बना है, उसमें रोज हजारों लोग पूजा करने आते हैं और लक्ष्मी-नारायण की मूर्ति की प्रशंसा करते हैं। यदि बिड़ला रुपया न कमाते और रुपये के पीछे न भागते तो क्या वैसा सम्भव होता?

कमला बोली—अब वह सब बातें रहने दीजिये। आप जो कहने आये हैं, वही कहिए।

—क्यों, क्यों वह सब बातें रहने दूँ? क्या तुम नहीं जानती कि कभी मैं इसी कलकत्ते की सड़क पर भीख माँगा करता था? राधेश्याम बाबू की कोठी में सबेरे से शाम तक बहीखाता लिखता था और उसके बदले में हर महीने पन्द्रह रुपये पाता था? वह नौकरी करने के बाद जो समय बचता था, सड़क पर घूम-घूमकर गमछा बेचा

करता था? वह सब किया था, तभी तो तुमसे शादी हो सकी, इतना बड़ा मकान बन सका और तुम नौकर-नौकरानी लेकर आराम कर रही हो। रुपया कमाया, तभी तो यह सब हो सका।

कमला ने कहा-मैं गरीब घर की लड़की हूँ। मुझे तकलीफ उठाने की आदत है।

-लेकिन वह आदत तो बहुत पहले थी। अब तो आराम कर रही हो!

कमला बोली-क्या आराम कर रही हूँ, यह तो भगवान् ही जानते हैं।

-भगवान् तो मेरे बारे में भी जानते हैं। तुम्हारे और मेरे भगवान् तो अलग-अलग नहीं हैं? फिर हर अकल तो भगवान् नहीं देते? इसके लिए अपना दिमाग भी खर्च करना पड़ता है। मैंने अपना दिमाग लगाया था, बुद्धि से काम लिया था, तभी तुम आज रानी बनकर आराम कर रही हो।

कमला बोली-दुहाई है! आपका दिया इतना आराम मैं नहीं चाहती। यदि हो सके तो मुझे जरा शान्ति दें।

-अरे, तुम तो नासमझ की तरह बात करने लगी। रुपया ही तो शान्ति है! आराम कहो या सुख, आनन्द कहो या शान्ति, रुपये के बिना यह सब-कुछ भी मिलना सम्भव नहीं है।

कमला बोली-हाँ-हाँ, सम्भव है। आप भी मेरी तरह पूजा करें, एकान्त में थोड़ी देर ध्यान लगाकर बैठे रहें तो देखेंगे कि कितना सुख, शान्ति और आनन्द मिलता है।

जयसुन्दर बाबू बोले-लेकिन उसके बाद?

कमला जयसुन्दर बाबू के प्रश्न का मतलब न समझ सकी।

उसने पूछा-उसके बाद क्या?

जयसुन्दर बाबू ने कहा-उसके बाद इस मकान का टैक्स कहाँ से दोगी? पूजा के उपचार खरीदने के लिए भी तो रुपया लगता है, कौन उसकी सप्लाई करेगा? तुम्हारे यहाँ जो लोग कीर्त्तन करते हैं, क्या वे भूखों रहकर वैसा कर सकेंगे? उनको कैसे खिलाओगी? तुम्हारे स्वामी विवेकानन्द ने भी तो कहा है कि पेट खाली रहने पर धर्म भी नहीं होता।

कमला बोली-मैंने कभी यह तो नहीं कहा कि रुपये की जरूरत नहीं है।

-तुम तो हमेशा वही कहती आयी हो!

कमला ने कहा-आप गलत क्यों कहते हैं? मैं कभी ऐसा नहीं कह सकती। मेरे बच्चे बाहर हास्टल में रहकर पढ़ते हैं। उनका खर्च अलग है। उसके लिए क्या मैंने कभी आपको रुपया कमाने से मना किया है?

जयसुन्दर बाबू बोले–लेकिन उसी के लिए तो तुम हमेशा मुझसे लड़ती रही हो?

–उसके लिए मैं कभी आपसे नहीं लड़ी। लेकिन आप तो चौबीस घण्टे रुपये के पीछे पागल बने रहते हैं। रात को सोते समय भी सोचने लगते हैं कि कैसे इनकम टैक्स देने से बचा जा सकता है। इनकम टैक्स की चोरी से कैसे अधिक कमाई हो सकती है। मैंने उसी के लिए आपको समझाना चाहा था। और कोई बात नहीं थी।

जयसुन्दर बाबू ने कहा–लेकिन रुपया कमाने के लिए सोचना नहीं पड़ेगा? रुपया कमाना होगा, रुपये का सपना देखना होगा, रुपये का नाम जपना पड़ेगा, तभी तो रुपया आयेगा। रुपया कोई मामूली चीज नहीं है। मैं रुपये के बारे में नहीं सोचूँगा, रुपये के लिए माथा–पच्ची नहीं करूँगा और रुपया आकर मेरे सन्दूक में भरता चला जायगा, ऐसा कभी हो सकता है?

फिर जरा रुककर जयसुन्दर बाबू बोले–खैर, छोड़ो। यह सब बातें सुनना शायद तुम्हें अच्छा न लगता होगा। मैं तो दूसरी बात करने आया था।

कमला बोली–मैं आपके रुपये की बात नहीं सुनना चाहती। वह सब बातें मुझसे न कहें।

जयसुन्दर बाबू बोले–अब मैं समझ रहा हूँ कि तुम्हारे पास न आता तो अच्छा करता। घर की तरफ जा रहा था। अचानक न जाने क्या सूझा, वेणीलाल से कार मोड़ने के लिए कहा।

कमला बोली–आप कभी नहीं आते और आज अचानक चले आये, इसलिए बड़ा आश्चर्य हो रहा है।

–अभी बताया न, वही निशिकान्त...

कमला जरा झुँझलाकर बोली–अब वह सब सुनना मुझे अच्छा नहीं लगता। फिर कौन कहाँ का निशिकान्त, मैं उसे पहचानती भी नहीं। इसलिए उसके बारे में सुनकर क्या करूँगी?

जयसुन्दर बाबू बोले–लेकिन उसने दो लाख रुपये माँगकर चिट्ठी लिखी है...

–यदि आपके पास हो तो दे दीजिये दो लाख रुपये। रुपये की तो कमी नहीं है।

–लेकिन इस तरह दबाव डालकर उसने अब तक मुझसे कितना रुपया लिया है, जानती हो?

कमला बोली–यदि आप उसे रुपया न देना चाहते हों, तो न दें!

यह जवाब सुनकर जयसुन्दर बाबू झुँझलाये। उन्होंने कहा–तुमसे बात करना भी एक जहमत है!

–अगर मुझसे बात करना आपको अच्छा नहीं लगता, तो इस घर में क्यों आये? यहाँ आने के लिए किसने आपसे कहा था? किसने आपको कसम धरायी थी?

जयसुन्दर बाबू बोले–तुम इस तरह बात करती हो, इसीलिए मैं अलग मकान में रहता हूँ!

–अच्छा करते हैं! फिर आप क्यों आये? मैंने तो आपको नहीं बुलाया? मैं इस जिन्दगी में कभी आपको बुलाऊँगी भी नहीं। इतना आप समझ लें।

–लेकिन मेरा रुपया क्या तुम्हारा रुपया नहीं है?

कमला ने जरा ऊँचे स्वर में कहा–नहीं, नहीं, कभी नहीं। मैं आपका रुपया लेकर स्वर्ग नहीं पहुँच जाऊँगी। इसलिए आप अपना रुपया किसको देंगे और किसको नहीं देंगे, इस सम्बन्ध में मुझसे सलाह-मशविरा करने की भी जरूरत नहीं है। मैं आपकी कौन होती हूँ? आपको यह तो मालूम होगा कि मैंने आपसे शादी करना नहीं चाहा था। आप ही चाहते थे और उसके लिए आपने मेरी माँ को बार-बार समझाया था।

जयसुन्दर बाबू बिगड़ गये।

बोले–उस समय मैंने गलती की थी। यदि मैं उस समय जानता कि तुम्हारी ऐसी आदत है तो किसी को बार-बार न समझाता। अब मैं उसी का खामियाजा भुगत रहा हूँ।

कमला बोली–वह गलती अब तो सुधार सकते हैं?

जयसुन्दर वाबू ने पूछा–कैसे?

–क्यों? अदालत में जाकर विवाह-विच्छेद का मुकदमा दायर कर सकते हैं।

–आज तुम ऐसी बात कह रही हो?

कमला बोली–क्यों न कहूँ? यदि मैं आपको जीभर गाली देती तो शायद मेरा गुस्सा शान्त होता!

जयसुन्दर बाबू बोले–अब तो ऐसा कहोगी। यदि मैं उस समय तुमसे शादी न करता तो इस समय तुम सड़क पर खड़ी होकर भीख माँगती। वह भी न होता तो कोठे पर पहुँच जाती और चेहरे पर रंग पोतकर गाहक फँसाया करती!

कमला बोली–फिर भी वह इससे बहुत अच्छा रहता।

जयसुन्दर बाबू बोले–कुत्ते को पुचकारने से वह सिर पर चढ़ जाता है। तुम्हारा भी वही हाल हैं। कभी तो तुम सड़क की कुतिया-जैसी थी, लेकिन

मैंने तुम्हें वहाँ से उठाकर पलँग पर बिठाया था। आज तुम उसका एहसान भी नहीं मानती!

–बस कीजिये। चुप हो जाइये!

जयसुन्दर बाबू ने कहा–क्यों चुप हो जाऊँ? किसी के डर से चुप हो जाऊँ? लेकिन मैं किसी से क्यों डरूँ? क्या तुम यही कहना चाहती हो कि तुमसे डरा करूँ?

कमला बोली–आप क्यों बात का बतंगड़ बनाना चाहते हैं? अब आप यहाँ से जाइये।

जयसुन्दर बाबू बोले–हाँ-हाँ, जाऊँगा। मैं तुम्हारे यहाँ रहने के लिए नहीं आया। कभी ऐसा सोचना मत। मैं जा रहा हूँ, लेकिन उसके पहले तुम्हें सावधान कर देना चाहता हूँ कि अब भी ढंग से बात करना सीखो।

कमला ने कोई उत्तर नहीं दिया। वह चुपचाप सिर झुकाये खड़ी रही।

जयसुन्दर बाबू भी एक क्षण चुपचाप खड़े रहे। उसके बाद वह दरवाजे की तरफ बढ़े।

कमला भी जयसुन्दर बाबू के साथ कमरे के बाहर निकली।

कमरे के बाहर आते ही जयसुन्दर बाबू को कीर्त्तन का मधुर स्वर सुनायी पड़ा। लेकिन उस समय उनको वह स्वर बड़ा कटु लगा।

अचानक जयसुन्दर बाबू को न जाने क्या सूझा, वह मकान के बाहर जाने के लिए मुड़कर भी रुक गये। फिर वह उस कमरे की तरफ बढ़े जहाँ कीर्त्तन हो रहा था। वह पूजा का कमरा था और कमला वहीं सुबह-शाम पूजा करती थी।

जयसुन्दर बाबू जूता पहनकर ही सीधे पूजा के कमरे में चले गये। उसके बाद वह जूता पहनकर ही कमला की राधा-कृष्ण की मूर्ति पर तड़ातड़ लात जमाने लगे।

कमला से रहा न गया। वह चीख पड़ी। चीखकर बोली–क्या किया! यह आपने क्या किया! आपने मेरे ठाकुर को लात मारी?

यह सारी घटना इतनी तेजी से घट गयी कि कीर्त्तनिया और उसके साथी समझ न सके कि क्या हो गया। लेकिन इस घटना की आकस्मिकता से उनका कीर्त्तन बन्द हो गया। फिर जयसुन्दर बाबू पूजा के कमरे से कब निकल गये, कोई देख भी न पाया। वह जिस तरह अचानक उस कमरे में जा धमके थे, उसी तरह वहाँ से निकल भी गये।

जयसुन्दर बाबू के चले जाने के बाद कमला को मानो होश आया। वह राधा-कृष्ण की टूटी मूर्ति के टुकड़ों पर मानो झपट पड़ी। दोनों हाथों में उन टुकड़ों को भरकर वह अस्फुट स्वर में कहने लगी–हे भगवान्, आप उनको क्षमा कर दें। आप उनका अपराध क्षमा कर दें। यह सारा दोष मेरा है, मेरा है।

निशिकान्त दास जयसुन्दर बाबू की जिन्दगी में कोई नया आदमी नहीं था। लेकिन वह बहुत पहले की बात थी। कहना चाहिए कि वह जयसुन्दर बाबू के जीवन का प्रारम्भ था। राधेश्याम बाबू की कोठी में रहकर जयसुन्दर बाबू ने बहीखाता लिखने का काम अच्छी तरह सीख लिया था। बहियों में मुनाफे की रकम को किस तरह घाटा दिखाया जा सकता है, यही विद्या उन्होंने पहले-पहल सीखी थी। कहना चाहिए कि वही उनके लिए ककहरा था।

जिस समय जयसुन्दर बाबू ने पहले-पहल अपना कारोबार शुरू किया था, उस समय वही अकेले मालिक थे और वही अकेले सेल्समैन। वही टाइपिस्ट थे और वही चपरासी।

जयसुन्दर बाबू के लिए वह भी एक जमाना था। उनका आर्डर सप्लाई का काम था। चारों तरफ घूम-घूमकर उन्हें आर्डर लेना पड़ता था। यदि कोई कहता था कि मुझे बीस हार्स-पावर का इलेक्ट्रिक पम्प चाहिए तो जयसुन्दर बाबू कहीं से वह पम्प खरीदकर उसे बेचते थे। ऐसे काम में उन्हें कुछ-न-कुछ कमीशन मिल ही जाता था।

लेकिन कमीशन की यह रकम कभी एक जैसी नहीं रहती थी। तीस हजार रुपये का माल बेचने पर कभी-कभी जयसुन्दर बाबू को सिर्फ दस रुपये मिलते थे। वह बहुत कम कमीशन पर माल बेचते थे। ऐसा करने से कुछ ही महीनों में उनका बड़ा नाम हो गया। जो लोग उनको माल बेचते थे और जो उनसे माल खरीदते थे, दोनों उनसे खुश रहने लगे। व्यापारियों में उनकी साख बन गयी।

साख बनने पर भी जयसुन्दर बाबू को फायदा बहुत कम होता था।

किसी तरह उनका पेट भरता था और खर्च चलता था। पूँजी राधेश्याम बाबू से उधार मिल जाती थी। उसके लिए राधेश्याम बाबू को बहुत कम ब्याज देना पड़ता था। न जाने क्यों जयसुन्दर बाबू को राधेश्याम बाबू बहुत पसन्द करने लगे थे।

एक बार राधेश्याम बाबू स्वयं जयसुन्दर बाबू के कार्यालय में आये थे। उस समय वह कार्यालय एक कमरे में था। राधेश्याम बाबू ने उसी कमरे को घूम-फिरकर देखा था। टेबिल-कुर्सियाँ लगाकर जयसुन्दर बाबू ने अपने कार्यालय को बड़े ढंग से सजाया था।

राधेश्याम बाबू ने जयसुन्दर बाबू की कार्यकुशलता की बड़ी तारीफ की थी। फिर राधेश्याम बाबू ने पूछा था–चिट्ठियाँ कौन लिखता है?

जयसुन्दर बाबू ने कहा था–मैं लिखता हूँ।

–दफ्तर की साफ-सफाई कौन करता है?

जयसुन्दर बाबू ने फिर कहा था–मैं करता हूँ?

–इस कमरे का कितना किराया देना पड़ता है?

–पाँच रुपये।

–इतना बड़ा कमरा पाँच रुपये में कैसे मिल गया?

जयसुन्दर बाबू ने कहा था–वह बड़ी विचित्र कहानी है राधेश्याम बाबू। एक दिन मैं कहीं पैदल जा रहा था कि देखा, एक बुढ़िया सड़क पार कर रही है। लेकिन तभी देखा कि एक बस बड़ी तेजी से आ रही है। पल भर भी देर करता तो बुढ़िया उस बस की चपेट में आ जाती। लेकिन मैंने लपककर उस बुढ़िया को आगे धकेल दिया। बुढ़िया तो बच गयी, लेकिन बस का धक्का खाकर मैं गिर पड़ा। उसके बाद मुझे याद है कि चारों तरफ से लोग दौड़ पड़े। लेकिन उसके बाद क्या हुआ, मुझे याद नहीं पड़ता। फिर जब होश आया तो देखा कि अस्पताल में पड़ा हूँ। मेरे सिर पर पट्टी बँधी है और वह बुढ़िया मेरे सामने खड़ी है।

उस बुढ़िया ने मुझसे पूछा–अब कैसा लग रहा है बेटा?

मैंने भी पूछा–मैं अस्पताल में कैसे आ गया?

बुढ़िया बोली–बेटा, अभी बोलो मत। तुम्हें अस्पताल में लाया गया है। मुझे बचाने में तुम अपनी जान गँवाने् लगे थे।

राधेश्याम बाबू बड़े ध्यान से जयसुन्दर बाबू की कहानी सुनने लगे थे। जयसुन्दर बाबू जरा रुके तो उन्होंने पूछा–फिर क्या हुआ?

–उसके बाद तीन महीने अस्पताल में रहा। फिर एक दिन अस्पताल से छुट्टी मिल गयी। वह बुढ़िया उस दिन आयी थी। उस दिन उसने मुझसे पूछा था–तुम कहाँ जाओगे? तुम्हारा घर कहाँ है बेटा?

मैंने कहा था–मेरा कोई घर नहीं है।

मेरी बात सुनकर बुढ़िया को बड़ा आश्चर्य हुआ था।

पूछा था–क्या कहते हो? कोई घर नहीं है?

मैंने कहा था–जी हाँ। मेरा घर नहीं है। मैं कालीघाट के मन्दिर में रहता हूँ।

–वहाँ तुम्हारा कौन है?

मैंने कहा था–मेरा कोई नहीं है। मैं उस मन्दिर के बाहर एक जगह पड़ा रहता हूँ।

–माँ–बाप, भाई–बहन या चाचा–चाची, कोई नहीं है?

–जी हाँ, कोई नहीं है।

–फिर अस्पताल से छूटकर कहाँ जाओगे?

–उसी कालीघाट के मन्दिर में।

–वहाँ किसके पास रहते हो?

मैंने कहा था–वहाँ किसी के पास नहीं रहता। वहाँ एक पण्डे की पेड़े की दुकान में अपनी चटाई रख देता हूँ। उसी के साथ एक तकिया रहता है। वहीं जाऊँगा।

इस पर बुढ़िया बोली थी–फिर तुम मेरे घर चलो बेटा! मेरे घर में तुम्हारी देखभाल हो सकेगी और तुम आराम से रह सकोगे।

राधेश्याम बाबू बड़े ध्यान से कहानी सुन रहे थे। उन्हें अन्त तक सुनने की उत्सुकता थी। उन्होंने पूछा–उसके बाद क्या हुआ? तुम बुढ़िया के घर गये?

जयसुन्दर बाबू ने कहा था–क्या करता? गया। सोचा था, चलकर देखा तो जाय। जाकर देखा कि मकान काफी बड़ा है और वह भी एकदम सड़क पर।

असल में बुढ़िया उस दिन पैदल गंगास्नान करने जा रही थी, तभी वह दुर्घटना घटी। मैंने उसे उस समय बचाया था। तभी वह मुझे उतना चाहने लगी थी। वह बुढ़िया विधवा थी। बहुत दिन पहले उसके पति की मृत्यु हो चुकी थी।

फिर एक दिन उस बुढ़िया ने मुझसे पूछा–बेटा, तुम क्या करते हो?

मैंने कहा–मैं एक मारवाड़ी की कोठी में पन्द्रह रुपये महीने पर नौकरी करता हूँ। उसके बाद जो समय बचता है, सड़क पर घूम–घूमकर गमछा बेचता हूँ। उससे भी कुछ पैसा मिल जाता है।

मेरी बात सुनकर उस बुढ़िया ने कहा–लेकिन सड़क पर घूम–घूमकर क्यों गमछा बेचते हो? कहीं कोई दुकान नहीं खोल सकते?

मैंने कहा–मुझे दुकान कहाँ मिलेगी? किराये पर दुकान लेने के लिए बहुत रुपया लगता है। उतना रुपया मुझे कहाँ से मिलेगा?

मेरी बात सुनकर बुढ़िया बोली–बेटा, मेरे मकान में नीचे सड़क की तरफ जो कमरा है, तुम वहीं दुकान खोलो। उसी से लगा जो कमरा है, उसमें रहना। यहाँ गमछे की दुकान खूब चलेगी।

मैंने पूछा–कितना किराया देना होगा?

बुढ़िया बोली–तुम्हें किराया नहीं देना पड़ेगा। तुमने अपनी जान जोखिम में डालकर मुझे बचाया है और मैं तुमसे किराया लूँगी?

मैंने कहा–आप किराया नहीं लेंगी तो मैं भी दुकान नहीं लूँगा।

बुढ़िया बोली–ठीक है। जैसा तुम चाहोगे वैसा होगा। दे देना कुछ किराया।

मैंने कहा–मैं हर महीने आपको उस कमरे का पाँच रुपये किराया दिया करूँगा।

फिर वही बात पक्की हो गयी।

मैं पाँच रुपये पर उस बुढ़िया के घर में रहने लगा और वहीं गमछे की दुकान खोल ली। लेकिन गमछा बेचकर ज्यादा पैसा नहीं बचा पाता था।

–और खाना?

जयसुन्दर बाबू बोले–बुढ़िया जब तक जिन्दा थी, मैं उसी के साथ खाना खाता था। उस बुढ़िया का इस दुनिया में कहीं कोई नहीं था। मैं ही उसके लिए सब-कुछ था।

राधेश्याम बाबू यह कहानी सुनते-सुनते उत्साहित हो चले थे। उन्होंने पूछा–उसके बाद?

–उसके बाद तो अब देख रहे हैं, मेरा स्वतन्त्र व्यवसाय बन गया है।

राधेश्याम बाबू ने उस दिन जयसुन्दर बाबू को बड़ा उत्साह दिया था।

कहा था–बहुत अच्छा। बहुत अच्छा। तुमने बड़ा अच्छा किया है। मुझे बड़ी खुशी हुई है। जब भी जरूरत पड़े, मुझसे रुपया लेना।

–रुपये की क्यों जरूरत पड़ेगी?

इस पर राधेश्याम बाबू ने कहा था–जिन्दगी भर गमछे की दुकान करोगे तो कैसे काम चलेगा? तुमको तो और बड़ा बनना होगा। तुमको तो मालामाल बनना है। लेकिन उसके लिए, यानी बड़े व्यापारी बनने के लिए तुम्हें पूँजी की जरूरत पड़ेगी।

–लेकिन आप तो मुझसे ब्याज लेंगे?

इस पर राधेश्याम बाबू ने उस दिन कहा था–हम मारवाड़ी हैं। हम तो अपने बेटे से भी ब्याज लेते हैं। इसलिए तुम भी ब्याज देना।

–किस हिसाब से ब्याज दूँगा?

–अधिक नहीं देना पड़ेगा। मैं तुमसे दो रुपये सैकड़ा ब्याज लूँगा।

जयसुन्दर बाबू ने कहा था–लेकिन मैं ब्याज दे सकूँगा?

–क्यों नहीं दे सकोगे? जब सिर पर कर्ज लदा रहता है तब ब्याज देने की खुद चिन्ता रहती है। फिर ब्याज का रुपया जुटाने के लिए आमदनी बढ़ाने का उपाय किया जाता है। अगर ऐसा न हो तो हर कोई सोचेगा कि रुपया कमाकर क्या करूँगा? मुझसे ब्याज पर रुपया लोगे तो ब्याज सहित असली रकम चुकाने के लिए तुम रात-दिन मेहनत करोगे। उससे अधिक रुपया कमा सकोगे। साथ-ही-साथ तुम्हारा व्यवसाय भी फलेगा-फूलेगा।

फिर इसी तरह शुरुआत हुई।

जयसुन्दर बाबू ने गमछा बेचने से अपना काम शुरू किया और बाद में वह बहुत बड़े कारोबारी बन गये। उन्होंने चाय बगान खरीदा और वनस्पति का कारखाना खोला। उनके कारखाने में सैकड़ों लोग काम करने लगे।

लेकिन सब-कुछ उसी मामूली गमछे से शुरू हुआ।

फिर उसके बाद कहाँ गये राधेश्याम बाबू? कहाँ गयी वह बुढ़िया मकान मालकिन? लेकिन जयसुन्दर बाबू की फैक्ट्री के सुसज्जित कार्यालय में राधेश्याम बाबू का बहुत बड़ा आयल पेण्टिंग लग गया। जयसुन्दर बाबू जब भी उस कार्यालय में जाते, उस आयल पेण्टिंग की तरफ देखकर मन-ही-मन राधेश्याम बाबू को प्रणाम करते।

सिर्फ फैक्ट्री नहीं, जयसुन्दर बाबू के अपने मकान के ड्राइंग रूम में भी राधेश्याम बाबू का उतना ही बड़ा आयल पेण्टिंग था। वे दोनों पेण्टिंग तैयार कराने में जयसुन्दर बाबू ने छह सौ रुपये खर्च किये थे।

जयसुन्दर बाबू ने जब गमछे की दुकान के बाद कपड़े की दुकान खोली थी, तब राधेश्याम बाबू ने उन्हें एकमुश्त दो हजार रुपये दिये थे। जयसुन्दर बाबू को वह रुपया लेते समय बड़ा डर लगा था। एक साथ दो हजार रुपये। दो हजार रुपये उन दिनों कोई मामूली रकम नहीं थी। जयसुन्दर बाबू को बस यही चिन्ता पड़ी थी कि यह उधार कैसे चुकता होगा। उस समय तो उनको यही चिन्ता सताने लगी थी कि दो हजार रुपये का ब्याज ही नियमित रूप से कैसे दिया जा सकेगा? ब्याज के अलावा असली रकम भी थी।

लेकिन गजब हो गया था। जयसुन्दर बाबू को सचमुच बड़ा आश्चर्य हुआ था। उनके जीवन की वह एक अद्‌भुत घटना थी।

दो महीने के अन्दर जयसुन्दर बाबू का सारा कपड़ा बिक गया था। कण्धे पर कपड़ा लादकर उनको मुहल्ले-मुहल्ले में फेरी नहीं करनी पड़ी थी। पता न चला कि कब कहाँ से कौन लोग आये और धीरे-धीरे सारा कपड़ा खरीद ले गये।

फिर एक दिन पूरा रुपया लेकर जयसुन्दर बाबू राधेश्याम बाबू की कोठी में पहुँचे थे।

जयसुन्दर बाबू को देखकर राधेश्याम बाबू को बड़ा आश्चर्य हुआ था। राधेश्याम बाबू उनकी तरफ देखने लगे थे।

–क्या खबर है जयसुन्दर बाबू?

जयसुन्दर बाबू ने जेब से रुपया निकालकर कहा था–आपका रुपया लाया हूँ। असली रकम के साथ ब्याज भी है।

–कैसा रुपया?

–आपने जो मुझे दो हजार रुपये उधार दिये थे, वही रुपया और उसका ब्याज।

–अरे! सारा कपड़ा बिक गया?

–जी हाँ।

–तब तो तुम्हें और कपड़ा खरीदने के लिए रुपया चाहिए?

–जी हाँ। वह तो चाहिए।

–वह रुपया कहाँ से आयेगा?

जयसुन्दर बाबू ने कहा था–वह तो मैंने नहीं सोचा।

–तुम्हें सोचना चाहिए। सुनो, अब एक काम की बात बताऊँ। मैं महाजन हूँ और तुम देनदार हो। महाजन का पूरा पैसा कभी नहीं चुकाना चाहिए।

–आप क्या कह रहे हैं?

–हाँ, मैं जो बता रहा हूँ, उसको सुनो। तुमने शायद महाजन का पैसा चुकाने के लिए सस्ते में सारा माल बेचा है?

–जी हाँ, बेचा है। मैं घबड़ा रहा था कि आपका कर्जा चुका पाऊँगा कि नहीं।

राधेश्याम बाबू ने कहा था–वही तो गलती की है। एक दिन तुम भी महाजन बन सको, इसकी कोशिश करनी चाहिए। इसके लिए तुम्हें जिन्दगी भर देनदार बने रहना होगा। टाटा, बिड़ला का नाम सुना है?

जयसुन्दर बाबू ने कहा था–उनका नाम कौन नहीं जानता?

राधेश्याम बाबू ने कहा था–सिर्फ टाटा–बिड़ला नहीं। उनकी तरह बहुत से छोटे–मोटे टाटा–बिड़ला भी इस देश में हैं। वे टाटा–बिड़ला–जैसे बड़े तो नहीं हैं, लेकिन किसी से कम भी नहीं हैं। जानते हो, वे सभी देनदार हैं? वे एक तरफ देनदार हैं तो दूसरी तरफ महाजन भी हैं। अंग्रेजी में इसीलिए दो शब्द हैं, डेबिट और क्रेडिट। हरेक का डेबिट है तो हरेक का क्रेडिट भी है। व्यापार करते हुए अगर तुम यह सोच लो कि तुम हमेशा क्रेडिट की तरफ रहोगे, डेबिट की तरफ नहीं, तो तुम कभी बड़े व्यापारी नहीं बन सकोगे। क्या तुम्हें पता है कि मैं भी देनदार हूँ?

यह सुनकर जयसुन्दर बाबू को बड़ा आश्चर्य हुआ था।

पूछा था–आप भी देनदार हैं?

राधेश्याम बाबू ने कहा था–देनदार न होने पर मेरे पास इतना पैसा कैसे आया?

पहले तो जयसुन्दर बाबू इस बात का मतलब नहीं समझ सके थे, लेकिन बाद में समझ गये थे। समझ गये थे कि किसी के जीवन में जिस तरह बैलन्स–शीट होता है, उसी तरह कारोबार में भी। डेबिट और क्रेडिट हर क्षेत्र में है। ये दोनों ही बड़े

अद्‌भुत हैं। जीवनभर के अनुभव में ये दोनों शब्द जितने महत्त्वपूर्ण हैं, उतने महत्त्वपूर्ण कोई भी दो शब्द किसी कोश में नहीं मिलते।

जयसुन्दर बाबू जब लौटने लगे थे, तब राधेश्याम बाबू ने उनसे कहा था–लो, अपना दो हजार रुपया ले जाओ। इस रुपये से फिर माल खरीदो। हाँ, ठीक समय पर मुझे दो परसेण्ट ब्याज देते रहना। ब्याज लछमी है। इसलिए उसको कभी इनकार नहीं करता। तुम भी कभी मत करना। तुम जिसको उधार पर माल दोगे, उससे चार परसेण्ट ब्याज लेना। इस तरह तुम्हारे पास सैकड़ा दो रुपये बचेंगे। वही तुम्हारा मुनाफा होगा।

फिर थोड़ा रुककर राधेश्याम बाबू ने कहा था–और एक बात है। कभी किसी को धोखा मत देना।

–धोखा नहीं दूँगा?

–हाँ। दूसरे को ठगोगे तो तुम्हारा अपना व्यवसाय चौपट होगा। तुम कहीं के नहीं रहोगे। इसलिए अच्छा कहकर खराब माल कभी मत बेचना। समझ गये।

–लेकिन किसी को न ठगूँगा तो व्यापार में तरक्की कैसे करूँगा?

इस पर राधेश्याम बाबू ने कहा था–यह तुम्हारा गलत ख्याल है। दूसरों को ठगोगे तो तुम्हारी दुकान चौपट होते देर न लगेगी। लेकिन मैं ऐसा नहीं कह रहा हूँ कि तुम कभी किसी को नहीं ठगोगे। ठगोगे सिर्फ सरकार को। धोखा दोगे तो सिर्फ गवर्नमेण्ट को। सरकार को जितना धोखा दोगे, उतनी जल्दी तरक्की करोगे।

–सरकार को धोखा दूँगा?

–हाँ, सरकार को धोखा दोगे। अगर सरकार को न ठग सकोगे तो जिन्दगी में कभी तरक्की भी न कर पाओगे।

–लेकिन सरकार को ठगने पर तो पुलिस मुझे पकड़ेगी।

राधेश्याम बाबू ने कहा था–पुलिस को पता चलेगा, तभी तो वह पकड़ेगी। लेकिन उसे क्यों पता चलेगा? सरकार को ऐसे ठगना होगा कि उसे पता भी न चल पाये। देखो, मैं भी सरकार को ठगता हूँ, लेकिन कोई मुझे पकड़ नहीं पाता। किसी व्यवसायी को कोई पकड़ नहीं पाता। फिर आखिरी दाँव तो है ही।

–यह आखिरी दाँव क्या है?

राधेश्याम बाबू ने कहा था–यह आखिरी दाँव है घूस। रिश्वत पाने पर सबका मुँह बन्द हो जाता है।

–लेकिन लोग मुझसे घूस क्यों लेंगे?

–नहीं। लेंगे। फिर ऐसे आदमी के हाथ से घूस दोगे कि वे लेंगे। घूस लेना जितना मुश्किल है, उतना ही मुश्किल है घूस देना! अगर एक बार घूस देने का ढंग आ जाय तो तुम्हें मालामाल होने में देर न लगेगी।

तभी राधेश्याम बाबू के कमरे में चूड़ामणि आ गये थे और आगे कोई बातचीत न हो सकी थी।

राधेश्याम बाबू ने सिर्फ कहा था–ठीक है जयसुन्दर, तुम और किसी दिन आ जाना। मैं तुम्हें सब समझा दूँगा।

न जाने क्यों जयसुन्दर बाबू के प्रति राधेश्याम बाबू के मन में न जाने कैसा आकर्षण पैदा हो गया था। इसलिए उन्होंने चूड़ामणि जी के सामने जयसुन्दर बाबू को अधिक कुछ बताना नहीं चाहा।

जयसुन्दर बाबू बाहर दरवाजे के पास आये तो चूड़ामणि जी ने उनको पकड़ा।

पूछा–मालिक से क्या बात हो रही थी बंगाली बाबू?

जयसुन्दर बाबू ने कहा था–अरे, कोई खास बात नहीं थी।

उस दिन यही कहकर जयसुन्दर बाबू राधेश्याम बाबू की कोठी से निकले थे।

जयसुन्दर बाबू ने जब अपना दफ्तर खोला, तभी उनको टाइपिस्ट की जरूरत पड़ी। उस समय चिट्ठी–पत्री लिखने का काम बहुत बढ़ गया था। अकेले उनसे वह सब काम नहीं हो पाता था। शुरू में जब वे गमछा या धोती–साड़ी बेचा करते थे, तब सारा काम अकेले सँभाल लेते थे।

लेकिन बाद में जयसुन्दर बाबू ने आर्डर सप्लाई का नया काम शुरू किया। वह काम शुरू करने पर उनको दस जगह दौड़ना पड़ता था। वह भी कलकत्ते के अन्दर नहीं, बाहर भी जाना होता था। आज दिल्ली तो कल भुवनेश्वर, परसों बम्बई तो फिर उसके बाद मद्रास जाना पड़ता था।

किसी को विलायती बायलर की जरूरत पड़ती थी तो किसी को पुराने ट्रान्सफार्मर की। वह सब माल किसके पास है, यह सब जयसुन्दर बाबू को ही देखना पड़ता था। फिर हरेक का स्पेसिफिकेशन लेकर उसके पास दौड़ना पड़ता था, जो उसको खरीदना चाहता था। इस काम में भाग–दौड़ के अलावा बराबर पत्र–व्यवहार करना पड़ता था।

आर्डर सप्लाई का काम बड़े झमेले का था। शादी तय कराने में

जिस तरह लड़केवाले और लड़कीवाले दोनों को राजी करना पड़ता

है, उसी तरह आर्डर सप्लाई के काम में खरीदार और बिकवाल दोनों से बराबर निपटना पड़ता है। फ्लतः जयसुन्दर बाबू को एक मिनट दफ्तर में बैठकर काम करने का मौका नहीं मिलता था। इसलिए उस समय उनको एक ऐसे आदमी

की जरूरत थी, जो टाइप करने के अलावा चिट्ठी-पत्री भी लिख ले और बाहर से टेलीफोन आने पर जिम्मेदारी के साथ बात भी कर ले।

जयसुन्दर बाबू को जब ऐसे आदमी की जरूरत थी, तभी वह कमला आयी थी। उस दिन जयसुन्दर बाबू अपने दफ्तर में बैठे हुए थे। तभी वहाँ गोल-मटोल चेहरेवाली वह लड़की पहुँची थी।

जयसुन्दर बाबू ने उस लड़की की तरफ देखकर पूछा था-क्या चाहती हो?

-आपके यहाँ कोई नौकरी मिलेगी?

उस नवयुवती की बात सुनकर जयसुन्दर बाबू को बड़ा आश्चर्य हुआ था। उन्होंने पूछा था-आप कहाँ से आ रही हैं?

-टालीगंज से।

-टालीगंज? टालीगंज में कहाँ से?

उस नवयुवती ने कहा था-आप वह जगह नहीं पहचान पायेंगे। टालीगंज को पीछे छोड़कर काफी दूर जाना पड़ता है। वहाँ शरणार्थियों की एक कालोनी है। मैं वहीं रहती हूँ।

-लेकिन आपको यह कैसे पता चला कि मेरे यहाँ नौकरी मिलेगी?

इस पर उस लड़की ने कहा-मैं कई महीने से नौकरी की तलाश कर रही हूँ। इसके लिए मुझे विभिन्न दफ्तरों का चक्कर लगाना पड़ता है। इसी तरह किसी ने मुझसे कहा कि आपके यहाँ कोई जगह खाली है।

-आपका क्वालिफिकेशन?

वह लड़की बोली-ढाका में रहते समय क्लास टेन तक पढ़ी थी। उसके बाद पिता जी चल बसे और फिर देश का बँटवारा हुआ। हमें सब-कुछ छोड़कर हिन्दुस्तान आना पड़ा। उसके बाद बहुत दिन तक माँ दूसरों के घर काम करती रहीं। इस तरह हमारा खर्च चलता रहा। फिर मैंने टाइपराइटिंग सीख ली।

-टाइपराइटिंग जानती हो? तब तो बड़ा अच्छा हुआ।

-जी हाँ, कामचलाऊ टाइपराइटिंग जानती हूँ।

जयसुन्दर बाबू ने कहा-ठीक है। पहले मैं टाइपराइटिंग मशीन खरीद लूँ, उसके बाद तुम्हे बुला लूँगा। तुम मुझे अपना पता दे दो।

कमला ने एक कागज पर अपना नाम-पता लिख दिया था।

फिर दो दिन बाद जयसुन्दर बाबू ने सस्ते में एक पुरानी टाइपराइटिंग मशीन खरीद ली। बहुत दिनों से यह मशीन खरीदने की इच्छा थी, लेकिन टाइपिस्ट न होने से उन्होंने मशीन नहीं खरीदी थी। परन्तु बाहर से चिट्ठियाँ टाइप कराने में समय

बहुत बरबाद हो रहा था। पैसा भी ज्यादा देना पड़ रहा था। मशीन खरीदने के बाद जयसुन्दर बाबू ने कमला को आने के लिए पत्र लिख दिया।

पत्र पाकर कमला आ गयी।

जयसुन्दर बाबू ने कमला से पूछा–इस मशीन पर काम कर लोगी न?

कमला ने कहा–कोई काम दीजिये। टाइप करके देखूँ।

एक पत्र देते हुए जयसुन्दर बाबू ने कहा–लो, इसी को टाइप करो।

कमला ने फटाफट वह पत्र टाइप कर दिया।

जयसुन्दर बाबू ने टाइप किये हुए पत्र को अच्छी तरह देखा।

फिर कहा–इसी से मेरा काम चल जायगा। लेकिन कितनी तनख्वाह मिलने पर तुम अपना काम चला सकोगी?

कमला बोली–इस समय हम परेशानी में हैं। इसलिए आप जो कुछ देंगे, मैं खुशी से लूँगी।

खैर, इसी तरह कमला उस दिन जयसुन्दर बाबू के यहाँ टाइपिस्ट के रूप में आयी थी। लेकिन किसका भाग्य अच्छा था, कहा नहीं जा सकता। शायद कमला का ही भाग्य अच्छा था और उसी के भाग्य से जयसुन्दर बाबू पर लक्ष्मी की कृपा-दृष्टि हुई। जयसुन्दर बाबू का कारोबार दिन-दूनी रात-चौगुनी उन्नति करता गया। फिर तो वह कंकड़-पत्थर भी हाथ में लेने लगे तो वह सोना बनने लगा।

जयसुन्दर बाबू कमला पर अपने कार्यालय का भार सौंपकर बाहर निकलते थे। कार्यालय की चिन्ता नहीं करनी पड़ती थी। इससे उनका बाहर का काम ढंग से होने लगा। कार्यालय का सारा काम कमला सँभालती थी। जयसुन्दर बाबू बाहर-ही-बाहर रहते थे। प्राय: उनको कलकत्ते के बाहर जाना पड़ता था।

दूसरे शहर का काम निपटाकर जयसुन्दर बाबू जब कलकत्ते लौटते थे, तब देखते थे कि कमला ने सिर्फ टाइप का काम नहीं, बल्कि बहुत-से अन्य काम भी पूरे कर लिये हैं।

मनी-आर्डर से जो रुपया आता था, कमला उसके एक-एक पैसे का हिसाब रखती थी।

अनेक बार ऐसा हुआ कि कमला घर नहीं लौट सकी। जयसुन्दर बाबू के कार्यालय में कई कमरे थे। कमला वहीं सो जाती थी और होटल से खाना खा लेती थी।

काम में कमला की लगन देखकर जयसुन्दर बाबू को बड़ा आश्चर्य होता था।

वह पूछते थे–तुम घर नहीं गयी?

कमला कहती थी–बताइये, कैसे जाती? दफ्तर में बहुत रुपये रखे थे। वह सब किसके जिम्मे रखकर जाती?

–क्यों? जो पहरेदार यहाँ मुहल्ले में पहरा देता है, उससे कहकर जा सकती थी।

–लेकिन रुपया? उतना रुपया मैं किसके जिम्मे करती?

–क्यों? तुम अपने साथ रुपया ले जाती?

–कार्यालय का रुपया घर क्यों ले जाऊँगी?

–लेकिन घर में तुम्हारी माँ घबड़ा रही होंगी।

कमला कहती थी–माँ को बताकर आयी हूँ। मैं जानती थी कि आपके लौटने में दो–एक दिन की देर होगी।

जयसुन्दर बाबू कहते थे–क्या बताऊँ, उन लोगों ने आने नहीं दिया। पहले तो यही तय था कि मैं तीन दिन पहले कलकत्ते लौट आऊँगा। मुझे क्या पता था कि उन लोगों की वजह से इतनी देर हो जायगी?

उसके बाद जयसुन्दर बाबू खेद प्रकट करते थे।

कहते थे–समझ नहीं पा रहा हूँ कि इस तरह कितने दिन चलेगा?

जयसुन्दर बाबू कहने को तो ऐसा कहते थे, लेकिन जब भी वह बाहर जाते थे, उनके लौटने में देर होती थी। फिर जब भी ऐसा होता था, कमला अपने घर नहीं लौट पाती थी।

एक दिन फिर जयसुन्दर बाबू ने कहा–समझ नहीं पाता कि इस तरह कितने दिन चलेगा?

कमला ने पूछा–क्या आपके घर में कोई नहीं है?

जयसुन्दर बाबू बोले–अपना कहने के लिए मेरा इस दुनिया में कोई नहीं है।

कमला समझ न पायी कि क्या जवाब देगी।

फिर जरा रुककर बोली–आप शादी कर लीजिये न। आपके मकान में कितने कमरे खाली पड़े हैं।

जयसुन्दर बाबू ने कहा–किससे शादी करूँ? कौन मुझे अपनी लड़की देगा? इस दुनिया में मेरा कोई नाम लेनेवाला हो, तब तो?

उसके बाद उन्होंने न जाने क्या सोचकर कहा–क्या तुम भी करना चाहोगी?

–मैं?

जयसुन्दर बाबू ने कहा–हाँ-हाँ, तुम। मैं तुम्हारी बात कर रहा हूँ। क्या मेरी बात सुनकर तुम्हें आश्चर्य हो रहा है? लेकिन यह समझ लो कि मैं तुमसे मजाक नहीं कर रहा हूँ।

अपनी धुन में इतना कह लेने के बाद जयसुन्दर बाबू की निगाह कमला पर पड़ी तो उन्होंने देखा कि कमला ने आँखें झुका ली हैं। उसकी आँखों से आँसू बह रहे हैं।

फिर उस दिन जयसुन्दर बाबू ने देर नहीं की थी। वह कमला को साथ लिये सीधे उसकी माँ से उनके टालीगंजवाले मकान में जाकर मिले थे। उसके पहले जयसुन्दर बाबू कभी उधर नहीं गये थे। उन दिनों उस इलाके में घनी बस्ती नहीं थी। जहाँ-तहाँ लोग बसे थे, लेकिन अधिकतर जमीन खाली पड़ी थी और उसमें झाड़-झंखाड़ उग आये थे।

कमला के विवाह का प्रस्ताव सुनकर पहले तो उसकी माँ विश्वास न कर सकी थीं। उनकी भी बेटी की शादी होगी और उस बेटी का अपना घर होगा, इसकी मानो उन्होंने कभी कल्पना भी नहीं की थी।

जयसुन्दर बाबू को उन दिनों की बातें अच्छी तरह याद थीं। लेकिन कैसे क्या हो गया था, यह सब सोचने पर उनको लगता था कि मानो वह सपना देख रहे हैं।

मनुष्य के मन में जब आवेग आता है तब वह सोचने-समझने की शक्ति मानो खो देता है। जयसुन्दर बाबू का भी वही हाल हुआ था। उस समय उनको लगा था कि यह आवेग नहीं, अनुराग है। उन्होंने आवेग को अनुराग समझने की गलती की थी और उसी गलती का खामियाजा उनको बाद में जिन्दगीभर भुगतना पड़ा था।

बाद में जयसुन्दर बाबू महसूस करने लगे थे कि उन्होंने शुरू में कमला को पहचानने में गलती की थी।

जयसुन्दर बाबू के पास कमला पत्नी के रूप में आयी तो उसने पहले ही जयसुन्दर बाबू को जता दिया कि सिर्फ मुझको अपने पास रखने से काम न चलेगा, मेरी माँ को भी मेरे साथ रखना होगा। नहीं तो मेरी माँ कहाँ रहेगी? कौन उनकी देख-भाल करेगा?

आवेग के कारण जयसुन्दर बाबू को पहले इस बात का ध्यान नहीं आया था। लेकिन कमला के लिए ऐसी माँग करना केवल स्वाभाविक ही नहीं, तर्कसंगत भी था।

फिर दो-चार दिन बाद ही जयसुन्दर बाबू समझ गये कि कमला और उसकी माँ से उनका क्या सम्बन्ध है। जयसुन्दर बाबू ने पहले उस सम्बन्ध के बारे में उतनी गम्भीरता से नहीं सोचा था।

कमला की माँ, यानी जयसुन्दर बाबू की सास ने जयसुन्दर बाबू से कहा-बेटा, कमला तुम्हारे घर में बहू बनकर आयी है। क्या अब भी वह तुम्हारे दफ्तर में काम करेगी?

वह सवाल सुनकर जयसुन्दर बाबू थोड़ा असमंजस में पड़ गये थे। उन्होंने बाद में कमला से पूछा था–क्या तुमने माँ से कुछ कहा था?

यह सुनकर कमला ने पलटकर पूछा–मैंने? मैंने क्या कहा है?

–तुम्हारी माँ कह रही थीं कि तुम इस घर में बहू बनकर आयी हो, इसलिए तुम पहले की तरह काम करना नहीं चाहती।

कमला ने कहा था–आप झूठ कह रहे हैं। माँ कभी ऐसी बात नहीं कह सकतीं।

यह उत्तर सुनकर जयसुन्दर बाबू को बहुत बुरा लगा था।

जयसुन्दर बाबू ने कहा था–फिर क्या मैं झूठ कह रहा हूँ? अगर तुम मेरे दफ्तर में मेरे साथ काम नहीं करना चाहती तो मुझसे कह सकती थी। माँ से क्यों कहने गयी?

यह शादी के एकदम बाद की बात थी। उन दिनों जयसुन्दर बाबू का व्यापार तरक्की पर था। इसलिए उनका काम बहुत बढ़ गया था। कमला से उनके सम्बन्ध में कटुता भी उसी अनुपात में बढ़ती गयी थी।

ठीक उसी समय निशिकान्त आया था। वही निशिकान्त दास।

उन दिनों जयसुन्दर बाबू की आर्थिक स्थिति में तेजी से सुधार होने लगा था।

चारों तरफ से उनको आर्डर मिलने लगा था। कार्यालय का काम सँभालने के लिए उन्होंने कई लोगों को रख लिया था। कमला की जगह पुरुष टाइपिस्ट भी रखा गया था। दो क्लर्क भी रखे गये थे। पहले की तरह जयसुन्दर बाबू को बाहर घूमना नहीं पड़ता था। कमला भी अपने घर के काम में व्यस्त रहने लगी थी।

फिर भी जयसुन्दर बाबू अपना काम निपटाकर जब घर में जाते थे, रात काफी हो जाती थी।

घर में जाते ही जयसुन्दर बाबू कमला को आवाज देते थे–अरी, कहाँ गयी तुम?

आवाज सुनकर कमला आती थी। कहती थी–क्या हो गया है? क्यों बुला रहे हैं?

जयसुन्दर बाबू कहते थे–फिर कल एक पार्टी देनी पड़ेगी।

कमला कहती थी–पार्टी? फिर किसको डुबायेंगे?

इस पर जयसुन्दर बाबू कहते थे–क्या कहती हो? क्या किसी को डुबाने के लिए मैं पार्टी देता हूँ?

–डुबाना नहीं तो और क्या है? आप जिसको भी पार्टी देते हैं, उसी को डुबाते हैं।

जयसुन्दर बाबू कहते थे–तुम तो बस इसी एक बात की रट लगाती रहती हो! मैं तो अपने कारोबार के लिए पार्टी देता हूँ। फिर उस पार्टी में जो जैसा खाना-पीना चाहता है, उसी को वैसा खिलाता-पिलाता हूँ।

–क्या हर आदमी आपसे शराब पीना चाहता है? आप ही तो अपना काम निकालने के लिए सबको शराब पिलाते हैं। इस तरह वे लोग आपकी मुट्ठी में आ जाते हैं और आपको माल का आर्डर देते हैं।

इस पर जयसुन्दर बाबू कहते थे–लेकिन यह काम क्या मैं अकेला करता हूँ? आजकल तो शराब पिलाये बिना कोई काम नहीं होता। आर्डर भी शराब पिलाकर ही मिलता है? यह तो तुम अच्छी तरह जानती हो।

–लेकिन अब मुझसे वह सब पीने के लिए तो नहीं कहेंगे?

इस पर जयसुन्दर बाबू कहते थे–शिष्टाचार के नाते ऐसा कहना पड़ता है। तुम घर में रहकर भी जरा-सी नहीं पियोगी तो लोग क्या कहेंगे?

इसके उत्तर में कमला कहती थी–मैं आपसे शादी करके इस घर में आयी हूँ। आप मुझसे वह सब काम नहीं करा सकेंगे। अगर आपको वही सब करना है तो बाजार से औरत लाइये और उसी को अपनी पत्नी बनाकर वह सब कीजिये।

–लेकिन वह चालाकी किसी ने पकड़ ली तो?

कमला कहती थी–कैसे कोई पकड़ सकेगा? उस बाजारू औरत की माँग में भी सिन्दूर भर दीजिये। अपनी पत्नी कह कर उसी का सबसे परिचय कराइये।

जयसुन्दर बाबू कहते थे–सचमुच तुमसे शादी करके मुश्किल में पड़ गया हूँ।

कमला कहती थी–जी नहीं। इसका उलटा हुआ है। आपके घर में आकर मेरी ही परेशानी बढ़ गयी है।

–फिर तुमने मुझसे क्यों शादी की?

इस पर कमला कहती थी–जी नहीं। मैंने शादी नहीं की। शादी के लिए कोशिश आपकी तरफ से शुरू हुई थी। बल्कि शुरू में मैंने आपत्ति की थी। इस पर आपने कहा था कि मैं तुम्हारी माँ को तुम्हारे पास रख दूँगा। तभी तो मैं राजी हुई थी।

लेकिन उस समय मुझे क्या पता था कि मुझसे शादी करने के पीछे आपका यह अभिप्राय था।

जयसुन्दर बाबू मानो पश्चात्ताप करते हुए कहते थे–उस समय मैंने सोचा था कि मैं जो कुछ कहूँगा, तुम करोगी।

इस पर कमला कहती थी–आप जो कहते हैं, मैं वही करती हूँ। सिर्फ उस एक काम के लिए आप मुझसे मत कहें। मुझसे वह काम नहीं हो सकेगा।

–लेकिन यह तो बताओ कि मैं क्या करूँ? आजकल यही फैशन हो गया है। कारोबार चलाने के लिए लोगों को शराब पिलानी पड़ती है। जो शराब नहीं पिलाता, उसका कारोबार नहीं चमकता।

कमला कहती थी–मैंने कब मना किया है कि आप दूसरों को शराब मत पिलायें। बस, मैं नहीं पी सकती।

–लेकिन आजकल का वह नियम नहीं है। नियम है कि पार्टी में पति–पत्नी दोनों को मौजूद रहना पड़ेगा। दोनों को मिलकर अतिथियों का आदर–सत्कार करना पड़ेगा।

–आपका कहना सही है। लेकिन जिसके घर में पत्नी नहीं है, वह क्या करता है?

–वह अपने कारोबार से अधिक रुपया नहीं कमा सकता। उसका कारोबार धीरे–धीरे चौपट होने लगता है।

इस पर कमला कहती थी–लेकिन आप इतना रुपया लेकर क्या करेंगे? आपको कितने रुपये की जरूरत पड़ती है? अब तो आपके पास काफी रुपया हो गया है–फिर आप रुपये के पीछे क्यों हाय–हाय कर रहे हैं? हमारे तो सिर्फ दो ही लड़के हैं।

जयसुन्दर बाबू कहते थे–रुपये के पीछे हाय–हाय करना क्या कभी खत्म होता है? रुपया रहने पर ही तो मन में साहस रहता है। मैं रुपया कमाता हूँ, तभी तो तुम आराम से रहती हो। जब भी मन में होता है, गहने खरीदती हो। बच्चे अच्छी तरह पढ़–लिख रहे हैं। रुपया न रहता तो क्या यह सब होता?

फिर जरा रुककर जयसुन्दर बाबू कहते थे–रुपया न रहने पर कितनी तकलीफ होती है, यह तो तुम नहीं जानती! मेरे जीवन में एक ऐसा समय था, जब कभी–कभी मुझे भोजन भी नसीब न होता था। राधेश्याम बाबू की कोठी में पन्द्रह रुपये की नौकरी करता था। उसी पन्द्रह रुपये में महीने भर का खर्च चलाता था। किराये पर कमरा भी न ले सका था और कालीघाट के मन्दिर में रात को पड़ा रहता था। फिर आज जो कुछ हुआ है, उसके पीछे राधेश्याम बाबू की बहुत बड़ी दया है। उन दिनों

मैं खाली समय में सड़क पर गमछे की फेरी करता था। उन्हीं दिनों राधेश्याम बाबू ने मुझको बुलाकर दो हजार रुपये दिये थे। उसी उधार की रकम से मैंने धोती-साड़ी का काम शुरू किया था। तभी से मुझ पर लक्ष्मी की कृपा होने लगी है। उसी के बाद तुम मेरे यहाँ टाइपिस्ट बनकर आयी।

जयसुन्दर बाबू की आप-बीती सुनकर कमला कहती थी-यह सब तो मैं जानती हूँ।

यह सुनकर जयसुन्दर बाबू कहते थे-हाँ, यह सब तो पहले भी बता चुका हूँ। लेकिन आज जहाँ तक पहुँच सका हूँ; वहाँ तक पहुँचने के बाद उन पुराने दिनों की बातें बार-बार कहने को मन करता है। तभी तो वह सब तुम्हें सुनाता हूँ।

इस पर कमला कहती थी-लेकिन एक ही बात बार-बार सुनना अच्छा नहीं लगता।

जयसुन्दर बाबू कहते थे-खैर, एक बात तो समझने की कोशिश करो। मेरा रुपया क्या तुम्हारा रुपया नहीं है? आखिर मैं किसके लिए इतना रुपया कमाता हूँ? तुम्हीं लोगों के लिए न? फिर अधिक-से-अधिक रुपया कमाना क्या बुरा है?

कमला कहती थी-आप अपने लिये रुपया कमाते हैं। आपको रुपया कमाने का नशा लग गया है, इसीलिए आप कमाते हैं! आप हमारे लिये क्या कमाते होंगे?

-हाँ-हाँ, क्यों नहीं? यह सारा रुपया लेकर मैं स्वर्ग जाऊँगा न?

इस पर कमला बिगड़ जाती थी। कहती थी-आप अपनी दलील अपने पास रखें।

इसके बाद जयसुन्दर बाबू वहाँ ज्यादा देर नहीं रुकते थे। वहाँ से जाते समय कमला से कहते थे-तुम अगर मेरी बात न मानो तो तुम्हारे साथ रहने से फायदा? तुम अपनी माँ के साथ अलग रह सकती हो।

फिर भी कमला कहती थी-ठीक तो है। आप हमारे अलग रहने का इन्तजाम कर दीजिये न?

इस पर जयसुन्दर बाबू कहते थे-तुम दोनों को अलग मकान में रहने की जरूरत नहीं है, मैं ही खुद अलग रहने का इन्तजाम कर लूँगा।

इतना कहकर जयसुन्दर बाबू कमरे से निकल जाते थे।

शुरुआत इसी तरह हुई थी।

इसी तरह एक दिन जयसुन्दर बाबू नन्दन स्ट्रीटवाला मकान छोड़कर फ्लैट में चले गये थे। फिर नया फ्लैट खरीदने में देर न लगी थी। जयसुन्दर बाबू के पास रुपया था, इसलिए उनको किस बात की चिन्ता थी? अलग फ्लैट में जाने का मतलब था, अलग घर बसाना।

उन्हीं दिनों वह निशिकान्त दास आ पहुँचा था।

जयसुन्दर बाबू के दिमाग में हमेशा नया-नया कारोबार शुरू करने की बात आती थी। जब किसी का अच्छा समय आता है, तब वह जो कुछ चाहता है उसे मिल जाता है।

तभी उस निशिकान्त ने आकर जयसुन्दर बाबू के सामने एक नया प्रस्ताव रखा।

जयसुन्दर बाबू ने पूछा–आपकी तारीफ?

आगन्तुक ने कहा–मुझे निशिकान्त दास कहते हैं।

जयसुन्दर बाबू ने कहा–आप अपनी पूरी बात बताइये।

–आपके पास तो हार्डवेयर का भी बिजनेस है? आप हमारी कम्पनी को माल की सप्लाई क्यों नहीं करते?

जयसुन्दर बाबू ने कहा–मौका मिलेगा तो क्यों नहीं करूँगा? मेरा काम ही तो वही है। कितने का माल देना पड़ेगा?

–यही समझ लीजिये कि दो लाख रुपये का।

–लेकिन कैसे माल की सप्लाई करनी पड़ेगी?

–स्टील बैरल का। है आपके पास? दे सकेंगे उसकी सप्लाई।

जयसुन्दर बाबू ने पूछा–टेंण्डर देना पड़ेगा?

निशिकान्त ने कहा–वह सब आप मुझ पर छोड़ दें।

–क्यों? आप मेनिपुलेशन कर सकेंगे?

–जरूर! नहीं तो किसलिए कह रहा हूँ? आपको आर्डर मिल जाय, बस। बाकी जिम्मा मेरा है। हमारे जो चेयारमैन हैं न, मेरे बड़े खास आदमी हैं।

–टेण्डर एप्रूव्ड होने के बाद माल सप्लाई करने के लिए कितना समय देंगे?

–यही समझ लें कि पाँच महीने।

जयसुन्दर बाबू मन-ही-मन बहुत खुश हुए। उन्होंने हाथ बढ़ाकर घण्टी बजायी। घण्टी बजते ही चपरासी ने आकर सलाम किया।

–हुजूर!

–दो कप काफी लाओ।

काफी आयी। काफी का प्याला होंठों से लगाते हुए जयसुन्दर बाबू ने पूछा– आप इस कम्पनी से कैसे जुड़े हुए हैं?

–मैं इस कम्पनी का चीफ इन्स्पेक्टर हूँ।

जयसुन्दर बाबू बोले–फिर तो आप सारा माल चेक करने के बाद रिपोर्ट देंगे?

–जी हाँ।

–फिर तो माल पास कराने में कोई रिस्क नहीं है?

–जी नहीं। जरा भी रिस्क नहीं है। उस मामले में आप निशाखातिर रखें। जब तक मैं हूँ, कोई कुछ नहीं कर सकता।

जयसुन्दर बाबू ने पूछा–लेकिन आप लोग तो अखबारों में विज्ञापन देंगे ही?

–नाम के वास्ते वह तो देना ही पड़ेगा। आप उसके लिए परेशान न हों। लेकिन आपको दो काम करने पड़ेंगे।

–कैसे दो काम?

–बताता हूँ। पहला यह कि आपको पार्टी देनी पड़ेगी।

–पार्टी का मतलब? काकटेल पार्टी?

–जी हाँ। हमारे चेयरमैन मिस्टर बनर्जी को उसमें बुलाना पड़ेगा।

–लेकिन वह पार्टी किस बहाने दी जाय?

–अरे, पार्टी देने, यानी खिलाने-पिलाने के लिए बहाने की क्या कमी है? यही समझ लीजिये कि आप लोगों की मैरिज एनिवर्सरी है या और कुछ।

यह सुनकर जयसुन्दर बाबू कुछ गम्भीर हो गये।

निशिकान्त ने यह भाँप लिया और कहा–आप अचानक गम्भीर हो गये?

जयसुन्दर बाबू बोले–शादी की सालगिरह मनाने में जरा परेशानी है। वैसे समारोह में मेरी पत्नी को मौजूद रहना पड़ेगा, लेकिन इस समय उनकी तबीयत खराब चल रही है। वे उस पार्टी में शामिल नहीं हो सकेंगी।

–फिर आप बेटे का बर्थ डे मनाइये या वैसा और कुछ कीजिये।

–लेकिन मेरे बेटे दार्जिलिंग में रहकर पढ़ते हैं।

निशिकान्त बोला–फिर आप अपनी कम्पनी की सिलवर जुबली मनाइये।

अगर आप पार्टी देना चाहेंगे तो कोई–न–कोई बहाना मिल जायगा। खैर, सब बाद में सोचा जायगा।

फिर जयसुन्दर बाबू ने पूछा–आपकी और शर्त क्या रहेगी?

निशिकान्त बोला–आपका दूसरा काम यह होगा कि मुझको कुछ देंगे।

–आपको क्या देना पड़ेगा?

–देखिये, आपको दो लाख रुपये का आर्डर मिल रहा है। उसमें मेरा भी कोई शेयर बनता है। कम-से-कम फाइव परसेण्ट तो मिलना ही चाहिए।

इसी तरह निशिकान्त ने फाइव परसेण्ट पर शुरू किया था।

जयसुन्दर बाबू को उन दिनों की बातें अच्छी तरह याद थीं। पहला आर्डर मिलने से पहले ही उन्होंने एक बड़े होटल में पार्टी दी थी। इस तरह शुरू में उनका कुछ पैसा खर्च हो गया था। मिस्टर बनर्जी उस कम्पनी के चेयरमैन थे। उन्हीं के हाथ में सब-कुछ था। मालिक तो बहुत बड़े उद्योगपति थे। वे बंगाली नहीं थे। सारे भारत में उनका कारोबार फैला हुआ था। वह कभी कलकत्ते में रहते थे, तो कभी बम्बई में और कभी तमिलनाडु में। कलकत्ते में उनका जो बिजनेस था, उसके चेयरमैन थे मिस्टर बनर्जी।

मिस्टर बनर्जी इंग्लैण्ड से बिजनेस मैनेजमेण्ट पास करके आये थे। बाद में उन्होंने कम्पनी सेक्रेटरीशिप की परीक्षा भी दी थी।

उसी मिस्टर बनर्जी ने उस पार्टी में हँसकर कहा था–आप मुझे ह्विस्की मत दें।

जयसुन्दर बाबू ने कहा था–आपने तो बस तीन पेग ली है, और एक-दो पेग लीजिये।

मिस्टर बनर्जी ने कहा था–दोपहर में तीन पेग ली है। एक जगह लंच था, इसलिए वहाँ भी पीना पड़ा। इसीलिए अब पीने को मन नहीं कर रहा है।

इस पर निशिकान्त ने कहा था–यह कैसे हो सकता है सर? आप ही के लिए यह पार्टी दी गयी है और आप अगर हाथ समेटकर बैठे रहेंगे तो सारा इन्तजाम बेकार जायगा। आप ही सर, आज हमारे चीफ हैं!

निशिकान्त की बात सुनकर मिस्टर बनर्जी होंठों में मुस्कराने लगे थे।

–ठीक है, फिर हाफ दीजिये।

सिर्फ एक बार हाफ लेकर मिस्टर बनर्जी को छुटकारा नहीं मिला। वह एक-एककर कई बार हाफ लेते चले गये।

जब लगभग दस पेग ह्विस्की चढ़ गयी, तब मिस्टर बनर्जी की जबान लड़खड़ाने लगी। उन्होंने मानो हकलाते हुए निशिकान्त से पूछा–टोटल कितने हुए निशिकान्त?

निशिकान्त ने कहा–अभी क्या टोटल करना है सर, पाँच ही पेग तो हुए।

मिस्टर बनर्जी ने लड़खड़ाती जबान में कहा–सच? तुमने ठीक से गिना है न?

निशिकान्त बोला–सर, आप पी रहे हैं और मैं उसका हिसाब नहीं रखूँगा? आपने क्या निशिकान्त को ऐसा समझ लिया है कि वह आपको दस पेग पिलाकर

पाँच कहेगा और आपको मुसीबत में डालेगा? फिर तो आपके साथ उसका रहना ही बेकार है।

फिर मिस्टर बनर्जी ने जयसुन्दर बाबू की तरफ देखकर कहा–जानते हैं मिस्टर बोस, मैं पहले यह सब दारू-ओरू नहीं पीता था। लेकिन जिस बार स्टेट्स गया था और वहाँ छह महीने रहना पड़ा था, उसी बार यह आदत पड़ी थी। अकेले में समय नहीं बीतता था तो एक पब में जाकर बैठ जाता था। फिर वहीं ग्लास लेकर बैठने लगा। तब से यह आदत पड़ी है।

इस पर जयसुन्दर बाबू ने कहा–सर, आपको कम्पनी के लिए बहुत खटना पड़ता है। इसलिए आप रात-दिन टेन्शन में रहते हैं। आप अगर रोज थोड़ी-सी पी लिया करें तो कोई नुकसान नहीं होगा। दवा की खुराक की तरह पिया करें तो रात को अच्छी नींद भी आयेगी और काम करने की क्षमता भी बढ़ेगी।

फिर अपनी तरफ इशारा करके जयसुन्दर बाबू ने कहा–आप मुझको तो देख रहे हैं। अपनी कम्पनी के लिए मुझे भी बहुत खटना पड़ता है, लेकिन मैं कभी टायर्ड नहीं होता। इसका कारण यही है कि मैं रोज रात को सोने से पहले निश्चित मात्रा में अल्कोहल लेता हूँ।

उसके बाद जरा रुककर पूछा–और एक आधा दूँ सर?

मिस्टर बनर्जी ने पूछा–कितने बजे?

अपने हाथ में घड़ी बँधी थी, लेकिन मिस्टर बनर्जी को उसका ख्याल नहीं था।

जयसुन्दर बाबू बोले–अभी ज्यादा रात नहीं हुई है सर, दस बजे हैं।

मिस्टर बनर्जी ने कहा–फिर ज्यादा मत दीजिये। बस, आधा काफी है।

इसी तरह उस बार दो लाख रुपये के बैरल की सप्लाई कर जयसुन्दर बाबू ने मोटी रकम कमायी थी।

फिर दूसरे ही दिन निशिकान्त आया। आते ही जयसुन्दर बाबू से पूछा–कहिये, कैसा रहा सर? अब तो मेरी बात पर विश्वास हुआ?

जयसुन्दर बाबू बोले–जी हाँ, आपके चेयरमैन तो बड़े अच्छे आदमी हैं।

–फिर मेरा पावना कब देंगे?

जयसुन्दर बाबू ने कहा–लेकिन अभी क्या? पहले अखबार में एडवर्टाइजमेण्ट छपे, मेरा टेण्डर मंजूर हो और मुझे सप्लाई का ठेका मिले तब तो?

निशिकान्त ने कहा–देखिये सर, मैं आपको एक बात पहले से बता देना चाहता हूँ। मैं जिस तरह गोटी लाल करना जानता हूँ, उसी तरह उसे कचियाना भी।

आपने तो शुरू में विश्वास ही नहीं करना चाहा था, लेकिन अब तो देख लिया कि मिस्टर बनर्जी किस तरह मेरी मुट्ठी में हैं!

जयसुन्दर बाबू ने कहा–हाँ। कल तो मिस्टर बनर्जी लगभग बारह पेग पी गये।

निशिकान्त बोला–आपने तो देख लिया कि किस तरह पाँच पेग कहकर उनको बारह पेग ह्विस्की पिला दी।

–लेकिन मिस्टर बनर्जी को घर लौटने में कोई परेशानी तो नहीं हुई?

–परेशानी क्यों होगी? मैं उनको सीधे घर पहुँचाकर ही अपने घर लौटा था। आप क्या समझते हैं कि मैं कोई कच्चा काम करूँगा?

जयसुन्दर बाबू ने कहा–मेरी तरह और भी तो सप्लायर हैं। क्या वे सभी मिस्टर बनर्जी को शराब पिलाते हैं?

–क्यों नहीं पिलायेंगे? लेकिन बताया न, मैं बीच में रहता हूँ। इसलिए हर कोई आकर टाँग नहीं अड़ा सकता। मैं इस कम्पनी का चीफ इन्स्पेक्टर हूँ। मैं अगर माल पास न करूँ तो चेयरमैन को चाहे कोई कितनी शराब पिलाये, कुछ नहीं कर सकता। इसलिए जिससे कुछ मिलेगा, मैं उसी का माल पास करूँगा।

–क्या वे सब आपको कुछ नहीं देते?

–क्यों नहीं देते? लेकिन बहुत कम देते हैं। इसीलिए मैं आपके पास आया हूँ। आप मुझे अच्छी रकम देते रहिये, मैं भी आपको सभी आर्डर दिलाता रहूँगा।

जयसुन्दर बाबू ने पूछा–फिर इस समय आपको कितना देना पड़ेगा?

निशिकान्त बोला–इस महीने में अभी तक बोहनी ही नहीं हुई। इसलिए कम-से-कम दो हजार रुपये दीजिये। इसके बाद जब आर्डर मिल जायगा, तब बाकी रकम दे दीजियेगा।

–लेकिन आर्डर न मिला तो?

निशिकान्त बोला–जनाब, मैं आदमी पहचानता हूँ। मैं कभी आपको धोखा नहीं दे सकता।

फिर जयसुन्दर बाबू ने अधिक बातचीत में समय न गँवाकर निशिकान्त को पहले ही एक हजार रुपये दे दिये थे।

उस समय इसी तरह झमेला खत्म हुआ था।

लेकिन उसके बाद आश्चर्य हो गया था। जयसुन्दर बाबू को उतनी उम्मीद भी नहीं थी। लेकिन जब उनको दो लाख रुपये के बैरल का आर्डर मिला था, तब बड़ा आश्चर्य हुआ था। फिर उसके लिए निशिकान्त को दस हजार रुपये देने पड़े थे। जयसुन्दर बाबू को उस सप्लाई में पचास हजार रुपये का फायदा हुआ था।

उस बार भी जयसुन्दर बाबू नन्दन स्ट्रीटवाले मकान में जाकर कमला से मिले थे।

गिरि ने आकर दरवाजा खोला तो जयसुन्दर बाबू ने पूछा–तुम्हारी माता जी कहाँ है?

–माता जी पूजा कर रही हैं।

गिरि ने क्या जवाब दिया, पूरा सुने बिना ही जयसुन्दर बाबू अन्दर चले गये। लेकिन कमला उस समय पूजा कर रही थी। कब उसकी पूजा समाप्त होगी, कोई ठिकाना नहीं था।

घण्टे भर बैठे रहने के बाद जयसुन्दर बाबू लौटने लगे थे। कमला के लिए जैसे पूजा थी, वैसे उनके लिए उनका अपना काम था। हाथ–पर–हाथ धरे बैठे रहना उनके लिए सम्भव नहीं था।

लेकिन तभी अचानक कमला कमरे में आयी। आते ही उसने पूछा–आप कब आये?

जयसुन्दर बाबू बोले–काफी देर हो गयी है। एक घण्टा हो गया होगा।

–क्या कोई खास बात है?

–खास बात न रहने पर क्या नहीं आना चाहिए?

कमला बोली–आप ही ने मुझे अलग कर दिया है! अलग कर देने पर फिर कौन–सी बात रह सकती है?

–मैने तुम्हें अलग किया है, या तुमने मुझे अलग फ्लैट में रहने के लिए मजबूर कर दिया है?

कमला ने कहा–वह तो आपने मुझे यहाँ छोड़कर अलग रहने के लिए अलग फ्लैट खरीद लिया? मैंने तो आपसे अलग रहने के लिए नहीं कहा था? यह मकान भी आपका है और इस घर का खर्च भी आपके पैसे से चल रहा है। मैं तो इसमें कुछ भी नहीं हूँ।

जयसुन्दर बाबू बोले–तुम अगर रात–दिन पूजा–पाठ लेकर रहोगी तो कौन मुझे देखेगा?

कमला बोली–यह जो मैं पूजा करती हूँ, यह क्या अपने लिये? आप सबके भले के लिए मैं पूजा करती हूँ।

जयसुन्दर बाबू बोले–अगर तुम मेरा भला चाहती तो मेरी बात सुनती।

कमला बोली–यह तो बताइये कि मैंने आपकी कौन-सी बात नहीं सुनी?

जयसुन्दर बाबू बोले–यह जो मैं काकटेल पार्टी देता हूँ, उसमें कभी तुम शामिल हुई हो?

कमला बोली–पहले तो शामिल होती थी, लेकिन आप मुझसे भी पीने के लिए कहते थे। मैंने आपसे बार-बार कहा था कि मुझसे वह सब पीने के लिए मत कहिये, लेकिन आपने कभी मेरी बात नहीं मानी।

जयसुन्दर बाबू बोले–वह सब पीना क्या इतना बुरा है? अगर बुरा होता तो सरकार उन शराबों का कारोबार ही क्यों किसी को करने देती? अभी कई दिन पहले की बात याद करो न। मैंने कितनी बार तुमसे कहा कि मेरी पार्टी में चलो, लेकिन तुम नहीं गयी।

कमला बोली–मैंने तो आपसे कह दिया था कि मैं वैसी पार्टी में नहीं जाऊँगी। हमेशा से मैं वही कहती आयी हूँ।

जयसुन्दर बाबू ने कहा–इसीलिए तो मुझे फ्लैट किराये पर लेना पड़ा, ताकि अब से मैं अपने फ्लैट में पार्टी दे सकूँ।

–क्या इस बार फ्लैट में पार्टी दी थी?

–नहीं, होटल में दी थी। बहुत बड़े फाइवस्टार होटल में यह पार्टी हुई थी। इसलिए बहुत पैसा फालतू खर्च हुआ। लेकिन कोई बात नहीं, फायदा भी काफी हुआ है। सारा खर्च निकालने के बाद भी लगभग पचास हजार रुपये मिले हैं।

कमला ने इस बात का कोई जवाब नहीं दिया।

इस पर जयसुन्दर बाबू ने कहा–अरे, तुम तो कुछ बोल नहीं रही हो?

–बताइये, क्या बोलूँ?

–तुम क्या बोलोगी, यह भी मुझे बताना पड़ेगा? क्या यह सुनकर तुम्हें खुशी नहीं हुई कि मैंने पचास हजार का फायदा किया है?

कमला बोली–वह तो आपका रुपया है। दूसरों को शराब पिलाकर आपने वह रुपया कमाया है। उससे मेरा क्या?

–मेरा रुपया क्या तुम्हारा नहीं है?

कमला ने कहा–आप बार-बार रुपये की बात मत करें। आप स्वस्थ रहें, सकुशल रहें, शान्ति से रहें। आपके बच्चे भी उसी तरह रहें। मैं हर समय भगवान् से यही प्रार्थना करती हूँ।

–लेकिन सुख-शान्ति के लिए तो रुपये की जरूरत है!

कमला बोली–क्या मैंने कभी यह इनकार किया है?

–अगर तुमने इनकार नहीं किया, तो पार्टी में क्यों नहीं गयी?

कमला ने कहा–कहने पर तो आप विश्वास नहीं करेंगे, फिर भी कह रही हूँ कि मेरा भगवान् वह पसन्द नहीं करता।

जयसुन्दर बाबू ने इस बात का कोई जवाब नहीं दिया।

वह कुर्सी पर बैठे थे–खड़े हो गये। बोले–तुमसे कोई बात करना भी जहमत है। हर बात में बस भगवान् और भगवान्। अब तुम अपने भगवान् को लेकर पड़ी रहो, मैं चला। अगर तुम अपने भगवान् को लेकर ही पड़ी रहना चाहती हो तो रहो, लेकिन मुझको भूलना पड़ेगा।

यह कहकर जयसुन्दर बाबू उसी तरह वहाँ से चले, जिस तरह आये थे।

उसी के बाद से जयसुन्दर बाबू ने नन्दन स्ट्रीट जाना बन्द कर दिया था। उन्होंने तय कर लिया था कि अब कभी कमला के पास नहीं जाऊँगा। कमला से कोई सम्बन्ध भी नहीं रखूँगा। बस, हर महीने कमला के पास रुपया भेजकर अपना कर्त्तव्य पूरा करूँगा। सिर्फ एक पति का कर्त्तव्य नहीं, बल्कि एक पिता का कर्त्तव्य भी नियम से पूरा करता जाऊँगा।

जयसुन्दर बाबू ने अपने बड़े बेटे का नाम रखा था–अजय।

छोटे बेटे का नाम रखा था–विजय।

दोनों लड़के साल–डेढ़–साल छोटे–बड़े थे।

शुरू–शुरू में जयसुन्दर बाबू कमला और इन दो बेटों के साथ बड़े आराम से रहने लगे थे। पति–पत्नी और दो बेटे! किसी का इससे सुखी परिवार और हो सकता था?

उन दिनों जयसुन्दर बाबू भी बहुत रुपया कमाने लगे थे। मानो रुपये की वर्षा होने लगी थी। कमला का मिजाज भी उतना चिड़चिड़ा नहीं था। हर वक्त उसके चेहरे पर हँसी रहती थी।

कमला कहती थी–मैं अजय को डाक्टरी पढ़ाऊँगी और विजय को इंजीनियरिंग।

जयसुन्दर बाबू कहते थे–क्या मेरे व्यवसाय में उनको आने नहीं दोगी? जब मैं बूढ़ा हो जाऊँगा, तब वे दोनों मेरे व्यवसाय की देखभाल नहीं करेंगे तो कौन करेगा?

कमला कहती थी–वह आप समझेंगे! लेकिन मैं अपने बेटों को आपके व्यवसाय में किसी तरह जाने नहीं दूँगी।

–लेकिन मेरे व्यवसाय में कौन–सी कमी है?

कमला कहती थी–आपके व्यवसाय में जितने फरेबियों और मक्कारों से साबका पड़ता है, उतना किसी और काम में नहीं। वैसे लोगों की संगत में रहने पर मेरे बेटे बिगड़ जायँगे!

–क्या हमेशा फरेबियों और मक्कारों से मेरा साबका होता रहता है?

–और नहीं तो क्या? सिर्फ फरेबी और मक्कार नहीं, जितने सारे शराबियों और कबाबियों के बीच आपको उठना–बैठना पड़ता है। वैसे लोगों का साथ करने पर क्या मेरे लड़के बिगड़ नहीं जायँगे?

जयसुन्दर बाबू कहते थे–फिर क्या तुम मुझको भी उसी तरह का समझती हो?

–और नहीं तो क्या? आप क्या समझते हैं कि मैं आपको बहुत भला समझती हूँ?

जयसुन्दर बाबू फिर भी कमला की बात को हलके ढंग से लेते थे और कहते थे–क्यों लड़कों के सामने मुझे इस तरह गाली दे रही हो?

कमला कहती थी–मैंने कोई गाली नहीं दी। आप जो कुछ हैं, वही बता रही हूँ। इस समय वे लड़के छोटे हैं, इसलिए कुछ नहीं समझते। लेकिन जब वे बड़े होंगे, सब–कुछ समझ जायँगे। उस समय आप उनको क्या जवाब देंगे? स्कूल में उनको जो कुछ पढ़ाया जायगा, वे पढ़ेंगे। अच्छी–अच्छी बातें पढ़ेंगे और सीखेंगे। लेकिन बड़े होकर, समझदार होकर देखेंगे कि जो कुछ पढ़ा है और सीखा है, आप उसके विपरीत हैं।

यह सुनकर जयसुन्दर बाबू कमला की बातों को गम्भीरता से लेते थे और कहते थे–स्कूल में जो कुछ पढ़ेंगे वह तो पढ़ेंगे ही, लेकिन तुमसे जो कुछ पढ़ेंगे उसी को ज्यादा सीखेंगे। तुम्हारी ही बातों पर अधिक विश्वास करेंगे!

इस पर कमला कहती थी–इसीलिए तो कहती हूँ कि आप उन बच्चों को कहीं बाहर किसी स्कूल में भरती कर दीजिये। दार्जिलिंग में भी बढ़िया स्कूल है और देहरादून में भी। यहाँ रहने पर आपके बारे में उनकी धारणा बदल जायगी।

फिर उसी के बाद जयसुन्दर बाबू अजय और विजय को दार्जिलिंग के बोृडग स्कूल में भरती कर आये थे। तभी से वे बच्चे माँ–बाप से दूर रहने लगे थे। बीच–बीच में कमला जाकर उनको देख आती थी। इसमें खर्च तो अधिक होता था, लेकिन उसकी कोई चिन्ता नहीं थी। जयसुन्दर बाबू उन दिनों धुआँधार धन कमाने लगे थे। इसलिए उस समय उनके लिए कलकत्ते के बाहर जाना सम्भव नहीं था। जाने पर उन्हीं का नुकसान होता। लेकिन फायदा यही हुआ कि वह अपने बेटों से दूर होते गये।

यह सब जयसुन्दर बाबू के प्रारम्भिक जीवन की बातें हैं।

उन दिनों जयसुन्दर बाबू के जीवन में सफलता की शुरुआत थी। व्यवसाय से अच्छी आमदनी भी होने लगी थी। ज्यों-ज्यों उनकी आय बढ़ती जा रही थी, अधिक-से-अधिक रुपया कमाने का नशा भी बढ़ता जा रहा था। रुपया कमाने की जो भी तरकीब जो बताता था, जयसुन्दर बाबू वही करते थे। अगर कोई कहता था कि शराब पीने पर रुपया मिलेगा, तो वह शराब पीने लगते थे। अगर कोई कहता था कि पैण्ट-कोट पहनकर साहब बन जाने पर आमदनी बढ़ेगी तो वह वही करते थे। कलकत्ते के न्यू मार्केट में जाकर नयी-नयी साहबी पोशाक का आर्डर देते थे। यानी, जब जैसी जरूरत पड़ती थी, जयसुन्दर बाबू वैसा करते थे।

कभी किसी कांग्रेसी से काम पड़ता था तो जयसुन्दर बाबू अपना उल्लू सीधा करने के लिए वहाँ खद्दर पहनकर ही जाते थे। केवल शुरू-शुरू में नहीं, वह जिन्दगीभर यही करते थे। उनका हर काम रुपये से जुड़ा हुआ था। उन्होंने सोचा था कि पूरी जिन्दगी इसी तरह कट जायगी। लेकिन ऐसा नहीं हुआ।

बुढ़ापे में पहुँचकर जयसुन्दर बाबू को अचानक बाधा मिली। वह अचानक बाधा निशिकान्त की तरफ से आयी। निशिकान्त ही उनके लिए परेशानी का कारण बन गया। लेकिन वह निशिकान्त से हार मानने को तैयार नहीं थे। शुरू से अनवरत संघर्ष कर उन्होंने धन-दौलत और इज्जत-आबरू आदि जो कुछ कमाया था, उसे जीवन के अन्तिम दिनों में एक अदना निशिकान्त चौपट कर दे, यह उनके लिए बर्दाश्त के बाहर की बात थी। निशिकान्त में ऐसी हिम्मत कैसे हो सकती थी कि उनको प्रतिष्ठा के स्वर्ग-शिखर से उठाकर नीचे नरक की गन्दगी में पटक दे!

इसलिए जयसुन्दर बाबू ने सोचा था कि कमला को जाकर सब-कुछ बताया जाय। निशिकान्त के पत्र ने उनको इतना विचलित कर दिया था कि दिल खोलकर किसी को वह सब बताये बिना वह अपने को हलका महसूस नहीं कर पा रहे थे। उन्होंने सोचा था कि कमला कम-से-कम मेरे दुःख को समझ सकेगी। मुसीबत के समय कमला कम-से-कम धीरज बँधाने के लिए दो-चार शब्द कहेगी।

इनसान माफ भी तो करना जानता है। जयसुन्दर बाबू मानते थे कि उन्होंने गलत ढंग से बहुत रुपया कमाया था। आयकर विभाग को लाखों का चूना लगाया था। जीवन के सायंकाल में पहुँचकर वह स्वीकार करने लगे थे कि ऐसा कोई पाप नहीं था, जो धन कमाने के लिए उन्होंने नहीं किया था। कितनी ही विधवाओं की सम्पत्ति हड़पकर उनको भिखारिन बनाकर छोड़ा था। कितने ही अमीरों के बेटों को शराब पिलाकर बरबाद किया था और उनकी जायदाद दूसरों के नाम लिखाकर खुद

हड़प ली थी। यह सब चाहे और किसी को पता न हो, लेकिन निशिकान्त को खूब पता था।

कहना चाहिए कि जयसुन्दर बाबू ने जो अकूत धन कमाया था, उसके पीछे निशिकान्त की भरपूर मदद थी। वही धन जयसुन्दर बाबू ने 'बोस एण्ड कम्पनी' में लगाया था और किसी को कुछ पता भी न चल पाया था। यहाँ तक कि कमला भी यह सब नहीं जानती थी।

कमला यह नहीं जानती थी कि कैसे-कैसे तिकड़म से जयसुन्दर बाबू ने रुपया कमाया था, लेकिन वह यह तो जानती थी कि जयसुन्दर बाबू ने उसके लिए कितना रुपया खर्च किया था। लेकिन उसके लिए कमला उनका जरा भी एहसान नहीं मानती थी। कमला अपने पूजा-पाठ में दिन-रात व्यस्त रहती थी। लेकिन उसके लड़कों की पढ़ाई के लिए जयसुन्दर बाबू ने हजारों रुपये खर्च किये थे। उन लड़कों को दार्जिलिंग में रखकर पढ़ाया था। एक लड़का डाक्टर बना था और दूसरा इंजीनियर।

लेकिन उन लड़कों के लिए जयसुन्दर बाबू ने कैसे और कहाँ से रुपया कमाया था, उससे कमला को कोई मतलब नहीं था। उसके लिए तो उसका पूजा-पाठ ही सब-कुछ था। उसके बाहर उसने कभी कुछ सोचने-समझने की कोशिश नहीं की। कमला को मानो जयसुन्दर बाबू के सुख का हिस्सा लेना था और उसने लिया भी, लेकिन उनके दुःख से कोई मतलब नहीं था।

जयसुन्दर बाबू के दोनों लड़के भी कुछ नहीं जानते थे। उनको किसी बात की कमी नहीं थी और उसी से वे सन्तुष्ट थे। हाँ, बड़े होकर वे यही जान सके थे कि माँ और बाप अलग-अलग मकान में रहते हैं।

अजय जब कुछ बड़ा हो गया था, उसने माँ से पूछा था–माँ, पिताजी अलग मकान में क्यों रहते हैं?

इस पर कमला ने कहा था–तुम्हारे पिताजी के पास बहुत काम रहता है, इसलिए उनको इस घर में आने का समय नहीं मिलता।

–पिताजी के पास चाहे जितना काम हो, लेकिन रात को तो उनको घर आना चाहिए।

बेटे की बात सुनकर कमला ने कहा था–उनको मौका नहीं मिलता, इसलिए नहीं आते। लेकिन उससे क्या, वही तो तुम लोगों के पढ़ने-लिखने और खाने-पीने का सारा खर्च देते हैं। यह मकान भी तो उन्हीं का है!

अजय ने कहा था–लेकिन यह कैसी बात है! मेरे जितने साथी हैं, सबके माँ-बाप एक मकान में रहते हैं। आप लोगों का यह कैसा विचित्र नियम है माँ?

कमला अपने बेटे के सवाल का जवाब सहसा न दे सकी थी। फिर भी उसने कहा था–यह सब लेकर तुम क्यों सोचते हो?

इस पर अजय ने कहा था–नहीं माँ, मैं इसके बारे में पिता जी से पूछूँगा!

कमला ने हारकर कहा था–पूछ सकते हो। लेकिन यह भी बता देती हूँ कि वह बड़े व्यस्त रहते हैं। ऐसी बात पूछने पर नाराज हो सकते हैं!

अजय और विजय कुछ दिनों की छुट्टी में कलकत्ता आते थे और छुट्टी खत्म होते ही फिर हास्टल लौट जाते थे।

लेकिन उस दिन अजय अपनी बात पर अडिग था।

उस दिन रात को जयसुन्दर बाबू बहुत देर करके घर लौटे थे। आये दिन वह उसी तरह देर से घर लौटते थे, क्योंकि शाम होने पर ही उनका असली काम शुरू होता था। तमाम लोगों से मिलना पड़ता था। आये दिन पार्टी रहती थी। यह सब काम दिन में कम ही हो पाता था।

जयसुन्दर बाबू के लौटते ही उस रात नन्द ने कहा–आपसे मिलने के लिए एक बाबू बैठे हुए हैं।

–कौन है? जयसुन्दर बाबू ने पूछा।

–यह तो बता नहीं सकता।

जयसुन्दर बाबू ने कहा–पता नहीं, इतनी रात को कौन मिलने आया! तूने कहा क्यों नहीं कि बाबू घर में नहीं हैं? फिर मैं घर पर किसी से मिलता भी नहीं।

नन्द बोला–मैंने कहा था। फिर भी उन्होंने कहा कि मैं इन्तजार कर रहा हूँ। दफ्तर में बैठे हुए हैं।

–क्या नाम है उस बाबू का?

–यह तो नहीं पूछा।

–अरे, यह तो पूछना चाहिए कि कौन आया है!

इतना कहकर जयसुन्दर बाबू नहीं रुके। वह सीधे अपने कार्यालय में चले गये। वह मन-ही-मन नाराज थे और आगन्तुक के सामने अपनी नाराजगी प्रकट भी करना चाहते थे। लेकिन आफिस रूम में पहुँचकर देखा कि अजय है।

अजय को देखते ही जयसुन्दर बाबू मानो सकपका गये।

बोले–अरे, तुम हो? खड़े क्यों हो गये, बैठो। क्या खबर है? कब आये?

–परसों आया।

–परसों आये? ठीक-ठाक हो न? पढ़ाई कैसी चल रही है? रुपये की जरूरत है?

—जी नहीं। आप तो नियम से रुपया भेजा करते हैं। रुपये के लिए हमें जरा भी असुविधा नहीं है।

फिर?

यह पूछकर जयसुन्दर बाबू ने अजय की तरफ देखा तो उन पर मानो घड़ों पानी पड़ गया। क्या कोई जरूरत न हो तो बेटा बाप के पास नहीं आ सकता?

अजय थोड़ी देर चुप रहा।

जयसुन्दर बाबू बोले—कुछ बोल नहीं रहे हो? तुम्हारी माँ कैसी हैं?

—ठीक हैं।

—तुम्हें कोई जरूरत नहीं है?

—जी।

—बोलो न, क्या चाहिए? कुछ कहोगे तो? अगर कुछ भी नहीं कहना है तो आये क्यों? इतनी रात को क्या कोई किसी के घर आता है? क्या तुम नहीं जानते कि मैं हर समय कितना व्यस्त रहता हूँ? क्या तुम्हारी माँ ने तुमको यह सब नहीं बताया? देखते नहीं, तुम लोग नन्दन स्ट्रीट में रहते हो और मैं एक बार भी वहाँ जा नहीं पाता...

इतनी देर बाद अजय ने खामोशी तोड़ी और कहा—वही तो कहने आया हूँ।

—क्या कहने आये हो?

—आप हमारे साथ एक मकान में क्यों नहीं रहते?

—अच्छा! यह पूछ रहे हो?

यह कहकर जयसुन्दर बाबू ने ठहाका लगाया।

उसके बाद बोले—बेटा, अभी तुम बच्चे हो। पहले बड़े हो जाओ और उसके बाद यह समझो कि दुनिया क्या है, फिर सब-कुछ तुम्हारी समझ में आ जायगा! इस समय तुम दोनों सिर्फ मन लगाकर पढ़ो-लिखो, ताकि लायक बन सको। मैं जो इतना खटता हूँ, वह इसीलिए। मेरे पिता जी मेरे लिये एक पैसा नहीं छोड़ सके थे। इसलिए मुझे बड़ा कष्ट उठाना पड़ा था। इसी शहर में मेरा ऐसा समय बीता है, जब आये दिन मुझे भूखों रहना पड़ा। उसके बाद पन्द्रह रुपये महीने पर एक नौकरी मिली। एक मारवाड़ी की कोठी में बही-खाता लिखता था। वह नौकरी करते हुए शाम को सड़क पर घूम-घूमकर गमछा बेचता था। पन्द्रह रुपये की नौकरी और गमछे की फेरी, दोनों एक साथ करता रहा। उसके बाद उसी मारवाड़ी से, जिसके यहाँ नौकरी करता था, रुपया उधार लेकर साड़ी-धोती बेचने लगा। इस तरह मुझे आगे

बढ़ना पड़ा था। यह सब तुम नहीं जानते, लेकिन तुम्हारी माँ जानती है। आज यह जो 'बोस एण्ड कम्पनी' देख रहे हो, इसके पीछे खटने और पिसने का लम्बा इतिहास है।

इतना कहकर जयसुन्दर बाबू ने थोड़ा दम लिया।

अजय बड़े आश्चर्य से पिता जी के जीवन-संघर्ष की कहानी सुनता रहा।

थोड़ा रुककर जयसुन्दर बाबू कहने लगे-मेरी बात सुनकर शायद तुम्हें बड़ा आश्चर्य हो रहा है। बड़ा कष्ट उठाकर बड़ा बना हूँ। इसलिए मैं नहीं चाहता कि मैंने जैसा कष्ट उठाया है, वैसा तुम दोनों भाइयों और तुम्हारी माँ को उठाना पड़े। तुम लोगों का भविष्य सुरक्षित करने के लिए आज भी मैं इतना कष्ट उठा रहा हूँ।

अजय कुछ कहने जा रहा था, लेकिन बाधा पड़ी।

नन्द ने कमरे में आकर कहा-मालिक, निशिकान्त बाबू आये हैं।

-ठीक है। यहाँ ले आ।

निशिकान्त आया तो जयसुन्दर बाबू ने अजय की तरफ देखकर कहा-अब तो तुमने सुन लिया अजय? मेरी बातों को याद रखना। मैंने अपने जीवन में जो कुछ किया है, वह सब तुम लोगों को सुखी रखने के लिए। तुम दोनों भाई अपने जीवन में खूब बड़े बनो, सुखी रहो और दीर्घायु हो, यही मेरी कामना है। उसके बाद मैं तुम्हारी माँ के साथ काशी में जाकर जीवन के अन्तिम दिन बिताऊँगा। अब तो तुमने देख लिया कि मुझे कितना काम करना पड़ता है। दिनभर खटने के बाद रात को भी मुझे चैन नहीं मिलता। अब यह सज्जन आये हैं और इनसे व्यवसाय के सम्बन्ध में बात करूँगा।

फिर अजय नहीं बैठा।

वह उठकर बाहर जाने लगा।

जयसुन्दर बाबू ने कहा-बहुत रात हो गयी है, कैसे घर लौटोगे?

अजय बोला-बस मिल गयी तो उसी से चला जाऊँगा, नहीं तो रिक्शा कर लूँगा।

-कहीं रिक्शा भी न मिला तो?

-पैदल चला जाऊँगा।

जयसुन्दर बाबू बोले-उतनी दूर पैदल क्यों जाओगे? मेरे पास कार है। मेरा ड्राइवर तुम्हें घर पहुँचा देगा।

इतना कहकर जयसुन्दर बाबू ने ड्राइवर वेणीलाल को बुलाने के लिए नन्द से कहा। वेणीलाल आया तो जयसुन्दर बाबू ने उसे आवश्यक निर्देश दिया।

अजय वेणीलाल के साथ बाहर निकला।

यह सब भी न जाने कब की बातें हैं। उसके बाद कितना लम्बा समय बीता।

उन दिनों अजय और विजय कितने छोटे थे। दार्जिलिंग में रहकर स्कूल में पढ़ते थे। वहाँ की पढ़ाई समाप्त कर एक ने डाक्टरी पढ़ी और दूसरे ने इंजीनियरी। उसके बाद एक अमेरिका गया और दूसरा नौकरी लेकर मिडिल ईस्ट। फिर जयसुन्दर बाबू को बेटों की पढ़ाई का खर्च नहीं देना पड़ता था। दोनों बेटे आत्मनिर्भर हो गये थे। वे भी अच्छी आय करने लगे थे।

बेटों की तरफ से जयसुन्दर बाबू निश्चित हो चुके थे। लेकिन कमला के साथ एक मकान में रहना उनके लिए सम्भव न हो सका था।

अब अगर कोई जयसुन्दर बाबू से उनके बड़े बेटे अजय की तरह यह सवाल पूछ बैठे कि आप अब भी कमला के साथ एक मकान में क्यों नहीं रहते, तो वह क्या उत्तर देंगे?

अचानक वेणीलाल ने कार रोक दी।

कार रुकते ही जयसुन्दर बाबू की चिन्ता का तार टूटा।

वेणीलाल ने पूछा—कार गैरिज में कर दूँ?

—हाँ।

जयसुन्दर बाबू कार से बाहर निकले। उसके बाद वह धीरे-धीरे सीढ़ी तय करते हुए अपने मकान की ऊपरी मंजिल में जाने लगे। उस समय भी उनके कानों में कमला की बातें गूँज रही थीं। कुछ ही देर पहले कमला ने वह बातें कही थीं।

कमला के घर में उस समय कीर्त्तन हो रहा था, जब जयसुन्दर बाबू वहाँ गये थे। उस कीर्त्तन के पद भी उनके कानों में गूँज रहे थे।

सचमुच, कमला को यह क्या हो गया है? उस कीर्त्तन में उसे क्या रस मिला है? जयसुन्दर बाबू को उन दिनों की बात याद आयी जब कमला उनके पास नौकरी के लिए आयी थी। उस समय वह कितनी छोटी थी। सचमुच, क्या उम्र रही होगी उसकी? उसके बाद नौकरी करते-करते एक दिन वह जयसुन्दर बाबू की पत्नी बन गयी।

निशिकान्त के उस पत्र ने जयसुन्दर बाबू को अतीत की ओर मुड़ने के लिए मजबूर कर दिया था। पता नहीं, किस आकर्षण से जयसुन्दर बाबू ने कमला से शादी की थी?

अचानक नन्द का स्वर सुनकर जयसुन्दर बाबू चौक पड़े।

–क्या है नन्द? किसी ने टेलीफोन किया था?

–जी हाँ, एक आदमी ने टेलीफोन किया था।

–कौन था?

नन्द बोला–नाम तो नहीं बताया।

–क्या कहा?

–पूछा कि आप घर में हैं कि नहीं।

–तूने नाम क्यों नहीं पूछा?

–पूछा था, लेकिन उन्होंने टेलीफोन रख दिया।

जयसुन्दर बाबू अपने फ्लैट में चले गये। बहुत दिनों से वह उस फ्लैट में उसी तरह अकेले रह रहे थे। बाहर की कितनी ही घटनाओं ने उन्हें विचलित किया था और अन्दर की कितनी ही घटनाओं ने विगलित। लेकिन वह सब घटनाएँ उन्हें विशेष याद नहीं थीं। उन्हें बस इतना ही याद था कि जीवन के हानि–लाभ के जोड़-बाकी से जो हासिल हुआ था, वह था रुपया। बहुत रुपया उन्होंने कमाया था।

जब जयसुन्दर बाबू को याद आया कि मेरे पास बहुत रुपया है, तभी उनको ख्याल हुआ कि निशिकान्त ने मौका समझकर ही मेरे नाम यह पत्र भेजा है।

तभी बाहर से नन्द की आवाज सुनायी पड़ी–मालिक, आपका खाना तैयार है।

जयसुन्दर बाबू ने कहा–नहीं रे नन्द, आज खाना नहीं खाऊँगा। तू खा ले।

कमरे की बत्ती बुझाकर जयसुन्दर बाबू लेट गये।

अँधेरा ही जयसुन्दर बाबू को बड़ा अच्छा लगने लगा था। अँधेरे में ठीक से सोचने का मौका मिलता है। मनुष्य जब संकट में होता है, तभी शायद वह ठीक से अपने को देख पाता है।

क्या जयसुन्दर बाबू डर गये थे? लेकिन वह तो कभी डरते नहीं थे। कभी किसी बात से डरनेवाले भी नहीं थे! उन्होंने सोचा, आखिर यह निशिकान्त क्या कर सकता है? क्या वह पुलिस को खबर करके मुझे गिरफ्तार करायेगा? लेकिन सबूत क्या है कि पुलिस मुझे पकड़ेगी? मैंने कभी कोई काम सबूत रखकर नहीं किया।

जयसुन्दर बाबू फिर बिस्तर से उठे। बत्ती जलाने के लिए स्विच दबाया। कमरे में रोशनी भर गयी।

वारड्रोब खोलकर जयसुन्दर बाबू ने कुरते की जेब से वह पत्र निकाला। फिर उस पत्र को पढ़ा। बार–बार पढ़ा। कहीं निशिकान्त के नाम से किसी और ने तो पत्र नहीं लिखा?

लेकिन नहीं। जयसुन्दर बाबू निशिकान्त की लिखावट को पहचानते थे।

एक बार जयसुन्दर बाबू के मन में आया कि इस चिट्‌ठी को लेकर थाने चला जाऊँ। थाने जाकर बताऊँ कि मुझे यह चिट्‌ठी मिली है। या सीधे डी० सी० के पास जाऊँ? डिप्टी कमिश्नर को मैं अच्छी तरह पहचानता हूँ। अच्छी जान-पहचान भी है। अनेक बार पार्टियों में उनसे मुलाकात हुई है। बड़े मिलनसार हैं!

अगर डिप्टी कमिश्नर ने यह पूछ लिया कि क्या आप निशिकान्त दास को जानता हैं?

तब क्या बताऊँगा? 'जानता हूँ' कहना ठीक रहेगा, या 'नहीं जानता'?

अन्त तक जयसुन्दर बाबू ने यही बताना निश्चय किया कि मैं निशिकान्त को जानता हूँ।

फिर जयसुन्दर बाबू पुलिस के डिप्टी कमिश्नर से मन-ही-मन सवाल-जवाब करते रहे-

-आपसे निशिकान्त का क्या सम्बन्ध है? क्या वह बोस एण्ड कम्पनी का पार्टनर है?

-जी नहीं, वैसा कोई पार्टनर नहीं है। मैं ही इस कम्पनी का एकमात्र मालिक हूँ। लगता है, यह आदमी मुझे ब्लैक मेल करना चाहता है।

-लेकिन वह अकारण आपको क्यों ब्लैक मेल करेगा? आप उसको जरूर जानते होंगे, क्योंकि वह आपको जानता है।

-हो सकता है कि उसे जानता हूँ। बिजनेस में रहकर तमाम लोगों के सम्पर्क में आना पड़ता है, जिनमें से बहुतों को याद नहीं रख पाता। हो सकता है, यह निशिकान्त उन्हीं में से कोई हो। लेकिन उसकी हिम्मत तो देखिये। टेलीफोन नहीं किया, सीधे पत्र लिखा! एकदम ब्लैक एण्ड ह्वाइट में पत्र। उसने जरा भी नहीं सोचा कि यह पत्र पुलिस को दिखा सकता हूँ

-ठीक है। आप यह पत्र मेरे पास रहने दीजिये।

जयसुन्दर बाबू ने सोचा, सचमुच पुलिस अगर मुझसे यह पत्र माँगकर अपने पास रख ले, तो? तो मैं क्या करूँगा? फिर निशिकान्त अगर अपने को बचाने के लिए मुझको मरवा डाले तो? निशिकान्त जिस स्वभाव का आदमी है, वह सब-कुछ कर सकता है! फिर अगर वह मेरा खून न कराये तो पुलिस के पास मेरी सारी पोल-पट्‌टी खोल सकता है। उससे मेरी कलई खुल जायगी और बड़ी बदनामी होगी।

न जाने क्या-क्या सोचते रहे जयसुन्दर बाबू। कलई खुल जाने का उन्हें बड़ा डर था। फिर तो सबको पता चल जायगा कि जयसुन्दर बाबू की असलियत क्या है। अखबारों में उनका कच्चा चिट्‌ठा छपेगा तो क्या नाम छिपा रह जायगा? फिर तो

उनकी बदनामी देशभर में फैल जायगी। सब उनके कारनामों को जान जायँगे।

जयसुन्दर बाबू को जाननेवालों की कमी नहीं थी। कोई उनका मित्र था तो कोई प्रशंसक। लेकिन उनकी असली सूरत को देखकर सभी लोग हँसेंगे। उनमें से कुछ लोग टेलीफोन करके पूछेंगे कि क्या माजरा है? फिर जयसुन्दर बाबू किस-किस का मुँह बन्द करते फिरेंगे और किस-किस की जबान रोकेंगे? फिर तो मिट्टी खोदकर केंचुआ निकालने में साँप निकल आयेगा।

तब क्या होगा? जयसुन्दर बाबू ने सोचा।

जयसुन्दर बाबू को राधेश्याम बाबू का किस्सा याद आया।

राधेश्याम बाबू जयसुन्दर बाबू के हितचिन्तक थे। उन्होंने अनेक बार रुपया देकर जयसुन्दर बाबू की मदद की थी। उन्हीं ने जयसुन्दर बाबू को रातोंरात अमीर बनने का राज बताया था। लेकिन वही राधेश्याम बाबू बेमौत मारे गये थे। उन्हीं की कोठी में किसी ने उनकी हत्या कर दी थी। वह मामला पुलिस के रिकार्ड में दर्ज हुआ था और बहुत दिनों तक उसकी जाँच-पड़ताल हुई थी।

सिर्फ राधेश्याम बाबू की हत्या नहीं की गयी थी, बल्कि उनकी तिजोरी से कई लाख रुपये भी गायब किये गये थे। उसके बाद उस मामले की बहुत दिनों तक अखबारों में चर्चा हुई थी। बहुत-से किस्से सामने आये थे। उन किस्सों को पढ़कर देशभर के लोग राधेश्याम बाबू के नाम पर हँसे थे। फिर कोई नया सनसनीखेज मामला सामने आने पर राधेश्याम बाबू का मामला दब गया था।

लेकिन मेरे मामले में क्या होगा? जयसुन्दर बाबू सोचते रहे।

निशिकान्त को तो हर बात का पता है। जयसुन्दर बाबू के जीवन की बहुत-सी ऐसी घटनाएँ निशिकान्त जानता है, जो और कोई नहीं जानता। इसलिए निशिकान्त चाहे तो जयसुन्दर बाबू का सर्वनाश कर सकता है।

उस बैरलवाली घटना से निशिकान्त का आगमन हुआ था। मामूली काकटेल पार्टी देकर जयसुन्दर बाबू ने हजारों रुपया कमाया था। उसी के बाद से निशिकान्त बराबर आने लगा था।

जयसुन्दर बाबू ने इसी तरह पार्टी दे-देकर 'बोस एण्ड कम्पनी' की आमदनी दिन-दूनी और रात-चौगुनी बढ़ायी थी। उन्होंने हर आर्डर में जो मुनाफा कमाया था, निशिकान्त ने उसमें से हिस्सा लिया था। वह हिस्सा पाँच सौ रुपये से लेकर कभी-कभी दस हजार रुपये तक होता था।

एक दिन निशिकान्त ने आकर कहा-सर, आज मैंने नौकरी छोड़ दी।

यह सुनकर जयसुन्दर बाबू को बड़ा आश्चर्य हुआ। उन्होंने पूछा-यह क्या किया? उतनी अच्छी नौकरी तुमने छोड़ दी?

निशिकान्त बोला–खाक अच्छी नौकरी थी! आठ सौ रुपये की नौकरी को आप अच्छी नौकरी कह रहे हैं? अगर मैं अपनी एनर्जी बिजनेस में लगाऊँ तो रोज आठ सौ रुपये कमा सकता हूँ! लेकिन एक बात है–आप मेरी सहायता करेंगे न?

–मैं क्या सहायता करूँगा?

निशिकान्त ने कहा–वह मैं आपको बाद में बताऊँगा।

उसने काफी दिन बाद निशिकान्त आ धमका।

बोला–सर, बड़ी अच्छी खबर है। किसी को कानोंकान खबर न होने पाये।

–पहले खबर तो बताओ। जयसुन्दर बाबू ने कहा।

निशिकान्त ने बड़ी धीमी आवाज़ में मानो फुसफुसाकर कहा–एक लाख रुपये का एक मकान बड़े सस्ते में बिक रहा है। लेंगे?

जयसुन्दर बाबू बोले–मकान की कोई जरूरत नहीं है। फिर मकान लेकर क्या करूँगा?

–अच्छा मुनाफा कमायेंगे, और क्या करेंगे?

–उस मकान के लिए कितना देना पड़ेगा?

निशिकान्त बोला–यही समझ लीजिये कि आठ-दस हजार।

–क्या कहते हो? ठीक-ठीक मालूम है न? एक लाख रुपये का मकान आठ-दस हजार में कौन बेचेगा? फिर तुम क्यों नहीं ले रहे हो?

निशिकान्त ने कहा–मैं? उतना रुपया मुझे कहाँ से मिलेगा?

फिर उस मकान के लिए चार-छह दिन दौड़-धूप करनी पड़ी।

निशिकान्त ने जो कुछ कहा था, सही था। वह एक विधवा का मकान था। बिचौलिये वकील को कुछ खिलाना पड़ा। निशिकान्त ने भी कुछ खाया। लेकिन जो कुछ बचा, वह जयसुन्दर बाबू की तिजोरी में गया।

लेकिन बाद में कैसे क्या हो गया, यह जयसुन्दर बाबू आज भी नहीं समझ पाते। उन्होंने इस पर बहुत सोचा, लेकिन कोई संगत कारण समझ में नहीं आया। उनको इतना ही याद है कि एक दिन वह विधवा उनके दफ्तर के सामने आकर धाड़ मारकर रोने लगी थी। उसका उस तरह रोना सुनकर लोग जुट गये थे। रास्ते में भीड़ लग गयी थी।

सबने उस विधवा बुढ़िया से पूछा था–क्या हुआ माई, क्यों रो रही हो?

लेकिन बहुत देर तक जयसुन्दर बाबू को वह दृश्य नहीं देखना पड़ा था।

बोस एण्ड कम्पनी के दरबान ने पास के थाने में खबर की थी और एक कान्स्टेबिल आकर उस बुढ़िया को न जाने कहाँ ले गया था।

कलकत्ते में अगर किसी के पास रुपया हो तो उसके लिए किसी का मकान हड़प लेना कोई मुश्किल काम नहीं है। तमाम गिरवी रखे मकान मिट्टी के मोल बिकते रहते हैं। निशिकान्त वैसे मकानों का पता लगाता रहता था। ऐसे कितने मकानों और जमीन-जायदाद का पता निशिकान्त देता था। गिरवी रखे मकान या जमीन-जायदाद को छुड़ाकर खरीद लिया जाता था। बाद में उसी मकान या जमीन-जायदाद को ऊँचे दाम पर बेचा जाता था। जयसुन्दर बाबू को यह सब सलाह निशिकान्त ही देता था। फिर जयसुन्दर बाबू उस सलाह के मुताबिक काम करते थे और रुपया देते थे।

इस तरह जयसुन्दर बाबू ने बहुत कमाया था-लाखों रुपया कमाया था। निशिकान्त को उसमें से हिस्सा जरूर मिला था, लेकिन वह ऊँट के मुँह में जीरा-जैसा था।

सबसे भयानक और हृदयविदारक घटना थी राधेश्याम बाबू की हत्या। दूसरों का खून चूसते-चूसते निशिकान्त खून का प्यासा बन गया था।

एक दिन आधी रात को चोर की तरह निशिकान्त आ पहुँचा।

-क्या बात है? इतनी रात को?

जयसुन्दर बाबू उस समय थके-मारे सो गये थे। उनको जगाया गया था।

निशिकान्त पसीने से तरबतर हो रहा था। उसकी हालत देखकर जयसुन्दर बाबू को बड़ा आश्चर्य हुआ था।

चारों तरफ एक निगाह डालकर निशिकान्त ने कहा था-कुछ रुपये की जरूरत पड़ गयी है।

-रुपये की? कितने रुपये की? किसलिए जरूरत पड़ गयी?

निशिकान्त बोला-पुलिस को देना पड़ेगा। फिलहाल दो हजार से काम चल जायगा।

दो हजार रुपये देकर जयसुन्दर बाबू ने निशिकान्त को विदा किया।

निशिकान्त भी रुपया मिलते ही चला गया।

लेकिन दूसरे दिन सबेरे अखबार पढ़ते ही जयसुन्दर बाबू चौंके। डाकुओं ने राधेश्याम बाबू की हत्या कर उनकी कोठी लूट ली थी! पुलिस किसी को गिरफ्तार न कर सकी थी। जाँच चल रही थी।

यह खबर पढ़कर जयसुन्दर बाबू का मन न जाने क्यों बेचैन हो उठा।

फिर तीसरे दिन सबेरे भी अखबार में राधेश्याम बाबू की हत्या से सम्बन्धित खबर निकली। उस खबर में था कि पुलिस ने राधेश्याम अग्रवाल हत्याकाण्ड में निशिकान्त दास नामक एक व्यक्ति को गिरफ्तार किया है।

आज भी याद है कि वह खबर पढ़ते ही जयसुन्दर बाबू बुरी तरह डर गये थे। उनको यह सोचकर डर लगा था कि निशिकान्त कहीं इस मामले में उन्हीं को न फँसा दे!

फिर उसी दिन जयसुन्दर बाबू कलकत्ता छोड़कर चले गये थे।

लेकिन जाने से पहले जयसुन्दर बाबू ने एक काम किया था। उन्होंने अपने एक क्लायण्ट के नाम एक खत डाल दिया था। उस खत में तीन दिन पहले की तारीख डाली गयी थी। अगर कभी उस मामले में जयसुन्दर बाबू को अदालत जाना पड़ता तो वह उस चिट्ठी को पेश कर साबित करते कि जिस दिन राधेश्याम अग्रवाल की हत्या हुई थी, उस दिन मैं कलकत्ते में नहीं था।

क्लायण्ट के नाम वैसा खत भेजकर जयसुन्दर बाबू सीधे बम्बई चले गये थे।

राधेश्याम अग्रवाल हत्याकाण्ड के कारण जयसुन्दर बाबू जितने विचलित हुए थे, उतना कुछ भी नहीं हुआ। बम्बई जाकर वह कलकत्ते के अखबारों को रोजाना देखते थे।

एक दिन खबर छपी थी कि राधेश्याम अग्रवाल की हत्या के सम्बन्ध में पुलिस ने जिस निशिकान्त दास को गिरफ्तार किया है, उसने बयान दिया है कि मैं निर्दोष हूँ। मैंने कभी किसी की हत्या नहीं की है। राधेश्याम अग्रवाल को मैं जानता भी नहीं। इस बयान पर पुलिस को शक है कि असली हत्यारा फरार है।

महीना भर बम्बई में रहने के बाद जयसुन्दर बाबू कलकत्ते लौट आये थे। उनके लौटने के बाद राधेश्याम बाबू की हत्या का मामला सुनवाई के लिए अदालत में पहुँचा था।

मुकदमे की सुनवाई के दौरान निशिकान्त पुलिस की हिरासत में ही था। उसे जमानत पर छोड़ा नहीं गया था। उसके बाद उसे दस साल कैद की सजा मिली थी।

लेकिन वही निशिकान्त दास कब जेल से छूटकर आया, जयसुन्दर बाबू को इसका पता नहीं था। ये दस साल कब बीत गये, जयसुन्दर बाबू को ख्याल ही न था। फिर उन्होंने मन-ही-मन हिसाब लगाकर देखा कि हाँ, दस बरस बीत चुके हैं! फिर इतने दिनों बाद जेल से छूटते ही निशिकान्त दास ने उनको पत्र लिखा था!

बोस एण्ड कम्पनी का आफिस रोज जैसे साढ़े दस बजे खुलता था, उस दिन भी वैसे सही समय पर खुला था। आफिस कोई खास बड़ा नहीं था। फिर भी एक

आफिस में जो कुछ होना चाहिए, वह सब-कुछ था। मैनेजर, क्लर्क, टाइपिस्ट और दरबान आदि सभी कर्मचारी थे। वे सब कर्मचारी बीस वर्षों से वहाँ काम कर रहे थे।

हाँ, कुल मिलाकर बीस वर्ष हुए थे।

कम्पनी के मालिक थे जयसुन्दर बाबू। वह आयें, चाहे न आयें, दफ्तर के काम में फर्क पड़नेवाला नहीं था। वह जिस दिन अचानक चले आते थे, उस दिन जो चिट्ठियाँ रहती थीं, उन पर दस्तखत करते थे। फिर टाइपिस्ट को बुलाकर कई चिट्ठियों के लिए डिक्टेशन देते थे।

उस दिन भी आफिस आते ही मैनेजर को रोज की तरह कुछ पत्र मिले। वह एक-एककर उन पत्रों को उठाकर देखने लगे। पहला पत्र जबलपुर से आया था और दूसरा मद्रास से। कई पत्र थे। मैनेजर सुशीतल बाबू हर पत्र को खोलकर पढ़ने लगे। सभी पत्र पुरानी पार्टियों के थे।

अचानक एक पत्र पर निगाह पड़ते ही सुशीतल बाबू रुक गये।

वह पत्र स्वयं मालिक ने, यानी जयसुन्दर बाबू ने लिखा था।

सुशीतल बाबू ने जल्दी-जल्दी लिफाफा फाड़ा। चर-चर की आवाज हुई।

फिर पत्र निकालकर सुशीतल बाबू ने देखा कि उन्हीं के नाम मिस्टर बोस, यानी जयसुन्दर बाबू ने लिखा है। पता 'होटल सागर', पुरी का है। मिस्टर बोस ने वहीं से पत्र लिखा है।

सुशीतल बाबू ने जरा जोर से निरापद को बुलाया।

निरापद टाइपिस्ट था।

सुशीतल बाबू ने उसी से कहा-अरे निरापद, बड़े साहब पुरी गये हैं!

निरापद टाइप मशीन छोड़कर मैनेजर साहब के पास आ गया।

कहा-अचानक पुरी क्यों चले गये?

सुशीतल बाबू बोले-क्यों गये, यह मैं कैसे बताऊँ? चिट्ठी में बड़े साहब ने जो कुछ लिखा है, वही बता रहा हूँ। हर बार तो वह बताकर जाते हैं। इस बार शायद बताने का मौका नहीं मिला।

फिर तो दफ्तर भर के लोग जान गये कि आज बड़े साहब, यानी मिस्टर बोस नहीं आयेंगे। इसलिए आराम से धीरे-धीरे काम करो। जल्दबाजी या हड़बड़ी करने की जरूरत नहीं है। दस-पाँच मिनट की देर होने पर आज कोई डाँटनेवाला नहीं है। इस खबर से दफ्तर में मानो शान्ति छा गयी।

जिस दिन बड़े साहब नहीं आते, उस दिन कम्पनी के लोगों को बड़ा आराम मिलता है। उस दिन सुशीतल बाबू को भी बड़ा चैन रहता है। किसी के हुक्म की तामील नहीं करनी पड़ती।

बड़े साहब का पत्र पढ़ लेने के बाद सुशीतल बाबू ने दरबान को आवाज दी– दु:खमोचन, एक कप चाय लाओ, भैया।

काम की जल्दी न रहने पर हर दफ्तर में चाय का दौर शुरू होता है।

जयसुन्दर बाबू यह सब नहीं जानते, ऐसी बात नहीं थी। वह अच्छी तरह जानते थे कि कलकत्ते से हटते ही उनके दफ्तर के लोग काम में ढिलाई करेंगे। लेकिन वह भी तो एक काम था।

रातभर नींद नहीं आयी थी। जयसुन्दर बाबू दस मिनट भी सो न सके थे। इसमें नींद का क्या कुसूर था? जिन्दगीभर उन्हें न जाने कैसा–कैसा झमेला झेलना पड़ा था। कैसी–कैसी मुसीबत उठानी पड़ी थी।

जिन दिनों जयसुन्दर बाबू कालीघाट के काली मन्दिर में सोते थे, उन दिनों भी वह रात को ठीक से सो नहीं पाते थे। बरसात के दिनों में तो कभी नहीं, क्योंकि पानी बरसते ही उसकी बौछार से नींद खुल जाती थी। रातभर एक मिनट भी सो नहीं पाते थे।

अब निशिकान्त के कारण जयसुन्दर बाबू सो नहीं पा रहे थे। सचमुच वह निशिकान्त भी एक आश्चर्य था। उसके लिए जयसुन्दर बाबू ने क्या नहीं किया था, लेकिन उसी ने उनको कितना कष्ट दिया। यदि शुरू से हिसाब किया जाय तो पता चलेगा कि कई वर्षों में उसने जयसुन्दर बाबू से एक लाख से अधिक रुपया लिया था। उसने आकर जब भी हाथ फैलाया, जयसुन्दर बाबू ने कुछ–न–कुछ दिया। कभी उसको खाली हाथ नहीं लौटाया।

लेकिन सुशीतल बाबू ने कितनी बार जयसुन्दर बाबू से कहा है–आप उस निशिकान्त को ज्यादा मुँह न लगाइये सर, वह आदमी ठीक नहीं है।

इस पर जयसुन्दर बाबू ने पूछा है–तुम्हें कैसे पता चला, सुशीतल?

किसी का चेहरा देखकर मैं बता सकता हूँ। सुशीतल ने कहा है।

–फिर यह बताओ कि मैं कैसा आदमी हूँ?

सुशीतल बाबू ने कहा है–मैं आपका नमक खाता हूँ सर! मैं तो आपका गुण ही गाऊँगा। मेरी बात रहने दीजिये।

मालिक के बारे में कभी नौकर को अपने मन में बुरी धारणा नहीं बना लेनी चाहिए। सुशीतल बाबू वगैरह कितने दिनों से जयसुन्दर बाबू के आफिस में काम कर रहे थे, वे लोग क्यों उनकी निन्दा करेंगे? यदि बुराई करनी भी हो तो पीठ पीछे करेंगे। सामने कभी नहीं। सामने सभी जयसुन्दर बाबू की तारीफ करेंगे। लेकिन वे लोग निशिकान्त को सही पहचान सके थे।

सुशीतल बाबू ने और भी कहा था–देख लीजियेगा, वह कभी-न-कभी आपको चक्कर में डालेगा।

अन्त तक सुशीतल बाबू की बात ही सही निकली। इसलिए उस दिन जयसुन्दर बाबू खूब सबेरे ही घर से निकल पड़े थे। नन्द ने उनको देख लिया था और पूछा था–नहीं। तू किसी से कुछ मत कहना।

–अगर कोई पूछे तो क्या कहूँगा?

–अगर कोई तुझसे मेरे बारे में पूछता है तो बता देना कि मुझे कुछ नहीं मालूम।

उस समय दिन की रोशनी भी ठीक से नहीं निकली थी। कलकत्ता शहर का वह रूप जयसुन्दर बाबू ने बहुत दिनों से नहीं देखा था। पहले जब उनके सोने की जगह नहीं थी, खाने का ठिकाना नहीं था, तब उन्होंने शहर का वह रूप अनेक बार देखा था।

जयसुन्दर बाबू निशिकान्त के मकान का पता भी ठीक से नहीं जानते थे। फिर वह थी भी तो बहुत दिन पहले की बात। उन दिनों वह अनेक बार अपनी कार से निशिकान्त को उसके घर के पास छोड़ गये थे। फिर वह अभी तक उसी मकान में है या नहीं, इसका भी क्या ठिकाना है। जयसुन्दर बाबू ने सोचा।

निशिकान्त के जेल जाने के बाद शायद उसके घरवालों ने वह मकान बदल दिया होगा। जयसुन्दर बाबू सोचते रहे। निशिकान्त के घर में कौन-कौन है, जयसुन्दर बाबू यह भी नहीं जानते थे। वह उतने दिनों तक निशिकान्त के सम्पर्क में रहे, लेकिन कभी उन्होंने यह सब जानने की कोशिश नहीं की। उसकी जरूरत भी नहीं पड़ी थी। निशिकान्त से उनका रुपये का सम्बन्ध था। निशिकान्त उनको रुपया लाकर देता था और वह उसको उसका हिस्सा देते थे। हिस्सा देकर ही वह फुरसत पा जाते थे।

जहाँ किसी से किसी का सम्बन्ध रुपये का होता है, वहाँ प्राणों के सम्बन्ध का सवाल ही नहीं उठता। किसी कम्पनी का मालिक क्या अपने हर कर्मचारी के घर का पता याद रखता है? वह तो सिर्फ उसी कर्मचारी के घर का पता जानता है, जिससे उसका व्यक्तिगत स्वार्थ जुड़ा होता है।

निशिकान्त तो जयसुन्दर बाबू की कम्पनी का कर्मचारी भी नहीं था। इसलिए निशिकान्त का पता जानने का सवाल भी नहीं उठता था। फिर भी उस समय जयसुन्दर बाबू उसका मकान ढूँढ़ने निकल पड़े थे, क्योंकि उनका व्यक्तिगत स्वार्थ था।

जयसुन्दर बाबू ने पहले ही एक टैक्सी कर ली थी। एक जगह पहुँचकर उन्होंने टैक्सीवाले से कहा–रुको! रुको!

वह जगह जयसुन्दर बाबू को जानी–पहचानी लगी। बहुत दिन उसी सड़क के मोड़ पर उन्होंने अपनी कार से निशिकान्त को छोड़ा था। उसी जगह खड़े होकर उनको नमस्कार करने के बाद निशिकान्त अपने घर की तरफ चला गया था।

टैक्सी से उतरकर सामने एक आदमी को देखा तो जयसुन्दर बाबू ने उससे पूछा–भैया, निशिकान्त नाम का कोई आदमी यहाँ रहता है?

–निशिकान्त दास?

यह कहकर वह आदमी जयसुन्दर बाबू की तरफ देखता रहा। उसके बाद उसने पूछा–आप कहाँ से आ रहे हैं?

जयसुन्दर बाबू को यह सवाल अच्छा नहीं लगा। फिर भी उन्होंने मन का गुस्सा मन में दबाकर कहा–श्याम बाजार से।

इस उत्तर से भी उस आदमी को सन्तोष नहीं हुआ।

उसने फिर पूछा–कितने दिनों से उससे आपकी मुलाकात नहीं हुई?

जयसुन्दर बाबू ने कहा–कई साल हो गये होंगे?

यह सुनकर उस आदमी ने कहा–अच्छा! इसीलिए। वह तो जेल काट रहा है। आपको पता न होगा।

–जेल काट रहा है? क्या किया था उसने?

उस आदमी ने कहा–बड़े बाजार के एक मारवाड़ी की हत्या के आरोप में पकड़ा गया था। फाँसी हो जाती, लेकिन पुलिस को बहुत पैसा खिलाकर बच गया।

–पुलिस को पैसा खिलाकर? कितना खिलाना पड़ा?

–यह सब बाहर का आदमी कैसे जान सकता है? लेकिन सुनने में आया कि जिन्दगीभर की पूरी कमाई पुलिस की जेब में गयी है। एक कहावत है न, चोरी का धन मोरी में जाय!

वह आदमी अपनी बातों से रसिक भी लगा! शायद निशिकान्त के बारे में वह बहुत कुछ जानता है। आखिर एक ही मुहल्ले का है न। जयसुन्दर बाबू ने सोचा।

फिर भी उस आदमी को एक बात की जानकारी नहीं थी कि निशिकान्त जेल से छूटा है।

जयसुन्दर बाबू ने पूछा–इस समय निशिकान्त के घर में कौन–कौन हैं?

उस आदमी ने कहा–यह तो नहीं जानता। आप स्वयं जाकर पता कर लें।

जयसुन्दर बाबू ने किराया देकर टैक्सी छोड़ दी। उसके बाद वह पैदल उस मकान की तरफ गये।

बहुत पुराना मकान था। दीवार पर जगह-जगह पलस्तर उखड़ चुका था। बहुत दिनों से उस मकान की न मरम्मत हुई थी और न सफेदी। बाहर दरवाजे में ताला नहीं लगा था, इसलिए समझ में आया कि अन्दर जरूर कोई है।

जयसुन्दर बाबू बाहरवाले दरवाजे की कुण्डी खटखटाने लगे।

बहुत देर कुण्डी खटखटाने के बाद अन्दर से किसी पुरुष की आवाज सुनाई पड़ी-कौन?

जयसुन्दर बाबू ने बाहर से पूछा-निशिकान्त दास हैं?

-नहीं।

विचित्र कर्कश स्वर था। लेकिन किसी ने दरवाजा खोलने का नाम नहीं लिया। मानो अन्दर से 'नहीं' कह देना ही उसके लिए काफी था।

जयसुन्दर बाबू ने फिर कहा-जरा दरवाजा खोलिये न।

अन्दर से जवाब आया-बताइये, क्या कहना है?

जयसुन्दर बाबू ने पूछा-निशिकान्त दास घर पर नहीं हैं तो कहाँ गये हैं?

-पुरी।

-पुरी?

जयसुन्दर बाबू वह छोटा-सा जवाब पाकर सन्तोष न कर सके। उन्होंने पूछा-कब गये हैं?

-बहुत दिन हो गये।

-कब लौटेंगे?

अन्दर से जवाब आया-यह तो बताकर नहीं गये।

-आप कौन हैं? आप निशिकान्त बाबू के कौन हैं?

-यह सब जानकर आप क्या करेंगे?

बात करने के ढंग पर जयसुन्दर बाबू बिगड़ गये। उन्होंने सोचा कि अब यही पूछा जाय कि निशिकान्त कब जेल से छूटा है?

लेकिन नहीं, यह पूछने की जरूरत नहीं है। ऐसा सवाल करने पर जवाब देनेवाला बिगड़ जायगा। इससे मेरा काम बिगड़ जायगा। इसलिए मीठा बोलकर सारी जानकारी लेनी होगी। जयसुन्दर बाबू ने सोचा। फिर उन्होंने पूछा-आप नाराज क्यों हो रहे हैं? दरवाजा खोलिये न!

अन्दर से उस आदमी ने कहा-मैं दरवाजा नहीं खोलूँगा। आपको जो कुछ करना हो, करें।

जयसुन्दर बाबू बोले-आप तो गजब कर रहे हैं! आप बाहर आयेंगे तो क्या मैं आपको खा जाऊँगा? मेरा नाम है जयसुन्दर बोस। मैं बोस एण्ड कम्पनी का मालिक

हूँ। कल निशिकान्त बाबू ने मुझे एक पत्र भेजा था। वही पत्र पाकर मैं मिलने आया हूँ। निशिकान्त बाबू ने मुझे कल पत्र लिखा और तीन–चार दिन पहले वह पुरी भी चले गये, यह कैसे हो सकता है?

अब उस आदमी ने दरवाजा खोला।

जयसुन्दर बाबू अब उस आदमी को ठीक से देख सके।

अधेड़ था। सिऱ के बाल खिचड़ी थे। एक दाँत नहीं था। पान खाने से दाँत काले पड़ चुके थे।

जयसुन्दर बाबू ने पूछा–आप निशिकान्त बाबू के कौन हैं?

उस आदमी ने कहा–मैं उनका कोई नहीं हूँ। मैं उनके काम–काज की देखभाल करता हूँ।

–निशिकान्त बाबू की फेमिली कहाँ है? उनकी पत्नी और बाल–बच्चे कहाँ हैं? क्या वे इस मकान में नहीं रहते।

उस आदमी ने कहा–बाबूजी का कहीं कोई नहीं है।

जयसुन्दर बाबू ने पूछा–आपको ठीक से पता है न कि निशिकान्त बाबू पुरी गये हैं?

उस आदमी ने कहा–मुझको तो यही बताकर गये हैं।

–क्या वह पुरी का पता दे गये हैं? यानी, वहाँ किस होटल में ठहरे हैं, कुछ पता है?

उस आदमी ने सिर हिला दिया। यानी, उसको वह सब मालूम नहीं था।

जयसुन्दर बाबू समझ गये कि उस आदमी से और कोई जानकारी नहीं मिल सकती।

फिर यहाँ खड़े होकर समय नष्ट करने से फायदा? जयसुन्दर बाबू ने सोचा। उसके बाद वह वहाँ नहीं रुके। वह वहाँ से चलकर सड़क पर आ गये। उसी समय वहाँ से एक टैक्सी जा रही थी। उसी को बुलाकर वह उसमें बैठ गये।

पुरी में 'होटल सागर' का बड़ा नाम है।

'होटल सागर' में जो भी ठहरता है, उसके मालिक के आदर–सत्कार से प्रसन्न हो जाता है। वहाँ कौन क्या खायेगा, उसके लिए उसको सोचना नहीं पड़ता। होटल के लोग ही आकर पूछते हैं–मछली का झोल खायेंगे या मांस का सालन?

हमारे यहाँ हर तरह का इन्तजाम है। अगर शाकाहारी भोजन करना चाहेंगे तो वह भी मिल जायगा।

उस दिन सवेरेवाली ट्रेन से जो युवती आयी थी, उससे भी उन लोगों ने वही सब पूछा था।

–मछली का झोल और भात खाऊँगी। उस युवती ने कहा था।

–दोपहर में लंच के साथ दही और रात को डिनर में दूध लेंगी न?

–दे सकते हैं।

–दूध न लेना चाहें तो पुडिंग भी ले सकती हैं। जैसी आपकी इच्छा।

उस युवती ने कहा–ठीक है। दूध के बदले पुडिंग दे सकते हैं।

–जी हाँ। वही होगा। इस समय ब्रेकफास्ट में क्या लेंगी? रसगुल्ला, गुलाबजामुन और चाय भेजूँ?

–भेजें।

झुँझलाकर यह कहे बिना कोई चारा नहीं था।

होटलवाले से जान छुड़ाकर उस युवती को मानो चैन मिला।

लेकिन थोड़ी देर बाद वह आदमी फिर आया। लम्बा-सा रजिस्टर और कलम लेकर आया। उस युवती के सामने वह रजिस्टर रखते हुए उस आदमी ने कहा–कृपा करके आप यहाँ अपना नाम लिख दें।

लिखने के लिए कलम उठाकर युवती रुक गयी। फिर उसने जल्दी-जल्दी लिखा–वरुणा चौधरी।

–कहाँ से आयी हैं?

–कलकत्ते से।

–फिर वह भी यहाँ लिख दीजिये।

वरुणा ने वह भी लिख दिया। उसके बाद उसने एक खाना दिखाकर पूछा–यहाँ क्या लिखूँगी?

–वहाँ लिखिए कि आप कितने दिन पुरी में रहना चाहती हैं।

वरुणा बोली–उसका तो अभी से कोई ठीक नहीं है। चार दिन भी रह सकती हूँ और अच्छा लगा तो पन्द्रह दिन भी।

होटलवाले ने कहा–फिर वहाँ कुछ लिखने की जरूरत नहीं है। बाद में जब जाने लगेंगी, तभी लिख देने से काम चल जायगा। फिर इस कालम में लिखिये कि किसलिए पुरी आयी हैं।

–किसलिए पुरी आयी! घूमने के लिए, और क्या?

उस आदमी ने कहा–फिर वहाँ वही लिख दीजिये।

वरुणा ने वही लिखा।

लिखना पूरा होते ही उस आदमी ने कलम और रजिस्टर ले लिया।

फिर पूछा–आपका ब्रेकफास्ट तो इसी कमरे में लाऊँगा?

–जी हाँ।

वरुणा ने ज्यों कहा, वह आदमी बाहर चला गया। वरुणा जरा अकेले में रहना चाहती थी, लेकिन वैसा नहीं हो सका। वह जब से आयी थी, होटलवाला उसे परेशान करने लगा था–आदर–सत्कार के नाम पर या औपचारिकताएँ पूरी करने के लिए।

रातभर ट्रेन में बड़ी तकलीफ हुई थी। एक मिनट भी वरुणा सो न सकी थी। समुद्र के पास होटल होने के कारण समुद्र–गर्जन सुनायी पड़ रहा था। लेकिन अचानक वरुणा को न जाने कैसा सन्देह हुआ। यह समुद्र का गर्जन है या मेरे दिल धड़कने की आवाज? वरुणा ने सोचा। एक–दो बार उसे लगा कि वह आवाज उसके वक्ष में से आ रही है। लेकिन दिल की धड़कन क्या कानों से सुनायी पड़ती है?

फिर एकाएक उस आदमी के आते ही वरुणा चौंक पड़ी। उसके हाथ की ट्रे में मिठाई की प्लेट और पानी का गिलास था। उसी के पास चाय का कप रखा था। वह सब टेबिल पर रखकर वह आदमी जाने लगा।

वरुणा ने उसे रोका।

कहा–जरा रुक जाइये। मैं खा लेती हूँ। आप यह सब लेते जायँ। बार–बार आपको कष्ट करके यहाँ आने की जरूरत नहीं है।

उस आदमी ने कहा–नहीं–नहीं, कष्ट किस बात का बहन जी, यही तो मेरा काम है। आप लोगों की सेवा करना मेरी ड्यूटी है।

फिर भी वरुणा ने झटपट मिठाइयाँ खाकर पानी पी लिया। उसके बाद उसने ठण्डी चाय मुँह में उँड़ेल ली। तब कहीं मानो उसे छुटकारा मिला।

कहा–जाइये। अब यहाँ आने की जरूरत नहीं है। नहाने के बाद मैं थोड़ी देर सो लूँगी।

–दोपहर का भोजन कब करेंगी?

वरुणा बोली–यही साढ़े बारह या एक बजे। उसके पहले नहीं।

प्लेट और कप ट्रे पर रखकर उस आदमी ने ट्रे उठा ली और कमरे के बाहर चला गया।

जाते समय उसने कहा–अगर किसी चीज की जरूरत पड़े तो मुझे बुलाइयेगा, बहन जी। मेरा नाम है किंकर। याद रहेगा न?

वरुणा बोली–ठीक है। अब आप जायँ।

–बस, मेरा नाम याद रखें किंकर, बुलाते ही मैं आ जाऊँगा। अच्छा चला।

उसके जाते ही वरुणा ने दरवाजा बन्द कर लिया।

'होटल सागर' दुमंजिले मकान में है। सीढ़ी ज्यादा चौड़ी नहीं, बल्कि ऊँची-ऊँची है। लेकिन बार-बार ऊपर-नीचे करते-करते किंकर को आदत पड़ गयी है। होटल का आफिस नीचे है। वहीं हिसाब की किताबें लिए मैनेजर बैठे रहते हैं। उसी कमरे में चीनी का बोरा, दाल का बोरा और चावल का बोरा रखा रहता है। सभी कीमती सामान मैनेजर अपने कमरे में रखते हैं। इससे चोरी होने का भय नहीं रहता। जब जरूरत पड़ती है, रसोइया आकर उनके सामने चावल, दाल या तेल नापकर ले जाता है।

असल में 'होटल सागर' के मैनेजर ही मालिक हैं। प्रोप्राइटर-कम-मैनेजर। पैसा देकर मैनेजर रखने से होटल का काम नहीं चलता। इसलिए मैनेजर का काम शेखर बाबू स्वयं करते हैं।

किंकर के दिखायी पड़ते ही शेखर बाबू ने उसे बुलाया–क्यों रे, बारह नम्बर रूम में नाश्ता दे आया?

–जी हाँ। किंकर बोला।

शेखर बाबू ने एक किताब में न जाने क्या लिख लिया। हर कमरे में कौन क्या खा रहा है, कब खा रहा है, कौन कब आ रहा है, यह सब-कुछ शेखर बाबू लिखते रहते हैं। वह हिसाब के बड़े पाबन्द हैं और मुश्किल से उनके हिसाब में कभी गलती होती है।

बहुत दिन पहले अपना स्वास्थ्य सुधारने शेखर बाबू पुरी आये थे। यहाँ आकर उनका गठिया ठीक हो गया था। उसके बाद जब वह घर लौट गये थे, तब फिर वह गठिया शुरू हो गया था। फिर वह जब भी पुरी आये, गठिया ठीक हुआ और घर लौटते ही वह रोग हो गया। कई बार ऐसा होने के बाद उन्होंने तय किया कि अब घर नहीं लौटूँगा।

फिर शेखर बाबू इसी होटल में स्थायी रूप से रह गये। उसके बाद जब इस होटल के बिकने की बात चली, उन्होंने इसे किश्त बाँधकर खरीद लिया। तब से इस होटल की दिन-पर-दिन उन्नति होती गयी। बाद में शेखर बाबू ने होटल को बड़ा किया और कई नये कमरे बनवाये। कई कमरों को बड़ा अच्छा बनवाया गया। उनमें

बड़े-बड़े लोग आकर ठरहते हैं। उन कमरों का किराया कुछ अधिक है। लेकिन बड़े लोगों के ठहरने के लिए भी तो कोई जगह होनी चाहिए। अगर वैसी जगह न हो तो वे लोग कहाँ ठहरेंगे?

गरमी के दिनों में 'होटल सागर' के सभी कमरे भरे रहते हैं। कभी-कभी होटल खाली भी हो जाता है। लेकिन सवेरे जब पुरी एक्सप्रेस स्टेशन पर पहुँचती है, तब सभी होटलों के एजेण्टों के साथ 'होटल सागर' का एजेण्ट भी पैसेंजर पकड़ने के लिए स्टेशन पहुँचता है। 'होटल सागर' के एजेण्ट का नाम है गुणेश्वर।

शेखर बाबू गुणेश्वर को छपे हुए हैंडबिल थमा देते हैं। प्लेटफार्म पर पुरी एक्सप्रेस के आने के बाद जब पैसेंजर उतरने लगते हैं, गुणेश्वर सबको एक-एक हैण्डबिल देता है। उसी के साथ वह कहता जाता है-सर, एक बार हमारा 'होटल सागर' भी ट्राई करके देखें। हवा और रोशनी की कमी नहीं है। एकदम समुद्र पर है। कृपया एक बार जरूर ट्राई करें। चार्ज भी माडरेट है।

वरुणा चौधरी भी जब पुरी स्टेशन के प्लेटफार्म पर ट्रेन से उतरी थी, गुणेश्वर ने उसे भी हैण्डबिल दिया था। वरुणा के साथ एक सज्जन भी थे।

उस सज्जन से वरुणा चौधरी ने पूछा था-'होटल सागर' में ठहरूँ?

-ठहरो। उस सज्जन ने कहा था।

-और आप?

उस सज्जन ने कहा था-मेरे लिये क्यों परेशान होती हो? तुम 'होटल सागर' में जाओ, मैं कहीं और ठहर जाऊँगा। बाद में तुम्हारे होटल में जाकर तुमसे मिल लूँगा।

इतना कहकर वह सज्जन अपना सामान लिये दूसरी तरफ चले गये थे।

शेखर बाबू शायद ही कभी आराम करते हैं। उनको नींद भी मानो बहुत कम आती है। बीस वर्ष पहले पता नहीं कब उन्होंने यह होटल खरीदा था और तब से चावल-दाल-तेल-चीनी रखने के उसी कमरे में रहते आ रहे हैं। वहीं बैठे-बैठे वह रुपये-पैसे का हिसाब भी करते हैं। ये कई वर्ष उन्होंने उसी छोटे से कमरे में बिता दिये। कब रात हुई और कब दिन हुआ, उनको मानो पता भी न चल पाया। वह सिर्फ इतना ही जान सके कि उनके पास बहुत रुपया हो गया है। रुपये का पहाड़ लग गया है।

इसके अलावा शेखर बाबू यह भी जान सके कि कैसे-कैसे लोग कैसे-कैसे मकसद से जिन्दगी बिता रहे हैं। कोई समुद्र देखने आया, लेकिन घण्टे भर के लिए भी उसने समुद्र नहीं देखा और कमरे का दरवाजा बन्द कर सारा समय बोतल-पर-बोतल शराब पीने में बिता दिया। कोई अपनी पत्नी के साथ आया। प्रतिदिन उसने सपत्नीक जगन्नाथ मन्दिर के दर्शन में ही सुबह, शाम और रात का अधिकांश समय बिता दिया। प्रेमी-प्रेमिका की जोड़ी भी आयी। पति-पत्नी के रूप में यहाँ एकान्त में तीन दिन बिताकर चौथे दिन वे कलकत्ते लौट गये। इससे शेखर बाबू को कोई नुकसान नहीं, बल्कि फायदा हुआ है। इस तरह हजारों लोग आये और उनके 'होटल सागर' में ठहरे। उनमें शायद ही कोई शेखर बाबू को याद है।

उस दिन शेखर बाबू ने देखा कि एक अपरिचित व्यक्ति उनके होटल में आया।

शेखर बाबू ने पूछा-किसको चाहते हैं?

उस व्यक्ति ने कहा-आपके होटल में वरुणा चौधरी आयी हुई है। वह किस नम्बर में हैं?

खाता देखकर शेखर बाबू बोले-बारह नम्बर कमरे में देखिये। दूसरी मंजिल में है।

नम्बर पूछकर व्यक्ति दूसरी मंजिल में चला गया।

शेखर बाबू ने फिर हिसाब की बही में मन लगाया।

होटल का काम कच्चे माल का धन्धा है। निगाह चूकी कि चोरी हुई। इसी चोरी से बचने के लिए शेखर बाबू रात-दिन चावल-दाल-चीनी के बोरे और तेल-घी के कनस्तर अगोरते रहते हैं।

दिन निकलने से पहले ही शेखर बाबू को काम में जुट जाना पड़ता है। रात तीन बजे वह उठ जाते हैं। उस समय चाहे जितनी नींद आये, बिस्तर पर पड़े रहना सम्भव नहीं है। होटल के सभी बोर्डर सोकर उठते न उठते चाय माँगेंगे। रसोइया चीनी और चाय की पत्ती माँगने आयेगा। शेखर बाबू अपने हाथ से चीनी और चाय की पत्ती निकालकर देते हैं। आजकल चीनी का दाम कितना बढ़ गया है, चाय का रेट बढ़ाये बिना काम नहीं चलता।

उसके बाद गुणेश्वर को बुलाना पड़ता है। गुणेश्वर को बुलाते हुए शेखर बाबू कहते हैं-अरे गुणेश्वर, उठ जा! उठ जा! चार बज गये हैं। स्टेशन जाना है। जल्दी तैयार हो ले!

गुणेश्वर झटपट बिस्तर से उठकर चाय पीने के लिए रसोईघर की तरफ जाता है।

इधर शेखर बाबू जल्दी मचाते रहते हैं–अब तुझे चाय पीने की जरूरत नहीं है। रास्ते में चाय पी लेना। यह ले, पैसा रख।

दो–दो कमरे खाली पड़े हैं। इससे बहुत नुकसान हो रहा है। रोज बीस–बीस रुपये करके चालीस रुपये का नुकसान मामूली बात नहीं है। आज गुणेश्वर एक भी बोर्डर लाये तो वह नुकसान किसी हद तक पूरा हो सकता है। इस महँगाई के जमाने में बीस रुपये भी कौन देता है?

गुणेश्वर छपे हुए हैण्डबिल लेकर चला जाता है। वह जब स्टेशन पहुँचता है, तभी पुरी एक्सप्रेस प्लेटफार्म पर आती है। गुणेश्वर प्लेटफार्म पर जाकर खड़ा हो गया। ठीक उसी जगह, जहाँ से यात्री बाहर जायंगे। एक–एक पैसेंजर कुली के सिर पर बक्सा–बिस्तर रखकर आगे बढ़ने लगेगा तो गुणेश्वर अपनी रटी–रटायी बात कहेगा–हमारे 'होटल सागर' में एक बार ट्राई करके देखें सर। होटल एकदम समुद्र पर है। कृपया एक बार जरूर ट्राई करें सर। माडरेट भी चार्ज है।

अन्य सभी होटलों के एजेण्ट कतार में खड़े हैं। उनके पास भी हैण्डबिल हैं। वे भी पैसेंजरों को अपनी तरफ खींचने की कोशिश करेंगे। उसके बाद पण्डे भी हैं। जो लोग तीर्थ करने आते हैं, उनकी तरफ पण्डों का ध्यान अधिक रहता है। यात्रियों की शक्ल देखने से पता चल जाता है कि कौन तीर्थ करने आया है और कौन नहीं। फिर जो लोग घूमने आते हैं, वे होटल में ठहरते हैं। गुणेश्वर–जैसे होटल के एजेण्टों की निगाह उन पर अधिक रहती है।

इतने में एक पैसेंजर ट्रेन से बाहर निकला तो गुणेश्वर उसकी तरफ बढ़ा।

उस पैसेंजर के पास जाकर गुणेश्वर अपनी रटी–रटायी बात कहने लगा–हमारे 'होटल सागर' को एक बार ट्राई करके देखें सर। हवा और रोशनी की कमी नहीं है। एकदम समुद्र पर है सर। हमारे 'होटल सागर' को जरूर ट्राई करके देखें। चार्ज भी माडरेट है।

जयसुन्दर बाबू के पास सिर्फ एक बड़ा–सा सूटकेस था। वह उस समय वही सूटकेस कुली के सिर पर रख रहे थे। गुणेश्वर की बात सुनकर उन्होंने पूछा–कौन–सा होटल बताया?

गुणेश्वर बोला–'होटल सागर' सर।

जयसुन्दर बाबू ने पूछा–कैसा होटल है? ठीक रहेगा न?

गुणेश्वर ने कहा–जी हाँ, बहुत ठीक रहेगा सर। अगर आपको होटल पसन्द नहीं आता तो दूसरे होटल तक जाने में कितनी देर लगती है?

–खाने का कैसा इन्तजाम है?

–आप जैसा कहेंगे सर, वैसा दिया जायगा। आप लोगों की सेवा करना ही हमारा काम है।

फिर एक टैक्सी में सूटकेस रखा गया।

जयसुन्दर बाबू पीछे की सीट पर बैठ गये।

गुणेश्वर के बताये रास्ते से टैक्सी चलने लगी। वह आगे की सीट पर ड्राइवर के पास बैठा था।

जयसुन्दर बाबू टैक्सी में बैठे बाहर देखने लगे। सड़क पर अनगिनत लोग थे। जयसुन्दर बाबू सबको अच्छी तरह देखने की कोशिश करने लगे। हो सकता है, अचानक निशिकान्त दिखायी पड़ जाय!

यह सोचकर जयसुन्दर बाबू को बड़ा आश्चर्य हुआ कि इतनी जगह रहते निशिकान्त पुरी क्यों आया? फिर सोचा, मेरे पते पर चिट्ठी भेजने के पहले ही क्या वह पुरी आया है? लेकिन उसे पैसा कहाँ से मिला? यहाँ आकर वह जरूर किसी होटल में ठहरा होगा? हालाँकि कलकत्ते में उसका अपना घर है। उसके घर पर जो आदमी मिला था, वह कौन है?

ट्रेन में भी जयसुन्दर बाबू यही सब सोचते हुए आये थे। निशिकान्त जेल से कब छूटा? फिर जेल से छूटकर उसने रुपये का कहाँ से इन्तजाम किया? जो आदमी दस वर्ष जेल काटता है, उसके पास रुपया होना सम्भव नहीं है! हो सकता है कि उसने पहले ही बहुत रुपया इकट्ठा करके रखा था। लेकिन कहाँ रखा था? बैंक में?

फिर जयसुन्दर बाबू को याद आया था कि निशिकान्त बैंक में रुपया रखनेवाला आदमी नहीं है। लेकिन उसने कम रुपया नहीं कमाया था। जयसुन्दर बाबू ने ही उसको कितना रुपया दिया था। शायद उसने वह रुपया पूरा खर्च नहीं किया था और उसमें से कुछ बचाकर रखा था। फिर राधेश्याम अग्रवाल की कोठी से जो कई लाख रुपये गायब हो गये थे, पुलिस वह रुपया बरामद न कर सकी थी। अन्त तक एक सिगरेट केस पुलिस के हाथ लगा था। फिर उसे सिगरेट केस के सुराग पर निशिकान्त पकड़ा गया था। बहुत दिनों तक वह मुकदमा चला था।

उन दिनों जयसुन्दर बाबू निशिकान्त के केस की खबर नियमित अखबार में पढ़ते थे। जब भाग्य में मुसीबत बदी रहती है, तभी ऐसा होता है। नहीं तो निशिकान्त–जैसा धूर्त आदमी अपनी छोटी–सी गलती के लिए क्यों पकड़ा जाता? निशिकान्त के साथ और जो दो आदमी पकड़े गये थे, बाद में उनको फाँसी हो गयी थी। लेकिन निशिकान्त का भाग्य अच्छा था, इसलिए अन्त तक उसे फाँसी से नहीं लटकाया गया था।

अदालत में खड़े होकर पुलिस के वकील ने निशिकान्त से बहुत जिरह की थी।

उस वकील ने बार-बार वह सिगरेट केस निशिकान्त को दिखाया था और पूछा था—क्या यह सिगरेट केस आपका है? अच्छी तरह देखिये, फिर बताइये।

निशिकान्त-जैसा आदमी भी वह सिगरेट केस देखकर पहले घबड़ा गया था।

फिर उस सिगरेट केस को अच्छी तरह देखने का बहाना करके कहा था—जी नहीं। वह सिगरेट केस मेरा नहीं है।

—अगर नहीं है तो इसमें आपका नाम क्यों खुदा हुआ है?

निशिकान्त को वह बात एकदम याद नहीं थी।

फिर निशिकान्त ने अपनी गलती को सुधारते हुए कहा था—जी हाँ, अब मुझे याद आया। वह मेरा ही पुराना सिगरेट केस है। तेरह-चौदह वर्ष पहले मेरा वही सिगरेट केस चोरी चला गया था।

वकील की जिरह से उस दिन निशिकान्त परेशान हो गया था।

चोरी, जालसाजी और मिलावट का धन्धा करते-करते उन दिनों निशिकान्त का दुस्साहस इतना बढ़ गया था कि अपने काम-काज में होशियारी बरतने में ढिलाई करने लगा था। उसी लापरवाही के कारण उससे वह छोटी-सी गलती हो गयी थी और उसे उसी की सजा भुगतनी पड़ी थी।

लेकिन वह कई लाख रुपये?

अन्त तक पुलिस उस रुपये का पता नहीं लगा सकी थी।

जयसुन्दर बाबू ने सोचा, निशिकान्त ने वह रुपया जरूर छिपाकर रखा है। फिर इतने दिनों बाद उसने रुपया माँगकर मुझको क्यों पत्र लिखा?

अगर अचानक पुरी में ही निशिकान्त से मुलाकात हो जाय तो उससे क्या कहूँगा? जयसुन्दर बाबू ने सोचा।

निशिकान्त से साफ-साफ पूछूँगा—क्यों तुमने मुझे वैसा पत्र लिखा?

जयसुन्दर बाबू ने अपने मन में ही निशिकान्त का जवाब बना लिया।

निशिकान्त कहेगा—यह तो बताइये कि मेरे कारण आप कितना रुपया कमा सके? उस रुपये पर मेरा भी तो कोई हिस्सा बनता है?

जयसुन्दर बाबू कहेंगे—कमाया तो क्या तुम मुझे डराते हुए पत्र लिखोगे? तुम्हारी इतनी हिम्मत हो गयी?

इस पर निशिकान्त शायद चुप्पी साधे रहेगा।

जयसुन्दर बाबू फिर कहेंगे—मैंने जो रुपया कमाया, क्या उसका हिस्सा तुम्हें नहीं मिला? क्या तुम नहीं जानते कि मुझसे तुम्हें कितना रुपया मिला है? जब भी

तुमने माँगा, मैंने दिया। जितना माँगा, उतना दिया। जब तुमने मकान बनवाना चाहा था, तब भी तुमने कहा था कि मेरे पास रुपया नहीं है। उस समय मैंने तुम्हें कितना रुपया दिया था, क्या तुम्हें याद नहीं है?

इस पर निशिकान्त शायद कहेगा–सिर्फ एक मकान बनाने से चल जायगा? क्या और भी खर्च नहीं है? जिस समय मुझ पर मुकदमा चला था, उस समय कितना पैसा खर्च हुआ था, आपको पता है? फिर मैं कोई नौकरी नहीं करता कि उस पैसे से मेरा खर्च चलता?

–अगर तुम्हें रुपये की इतनी जरूरत पड़ी तो तुम सीधे मेरे पास क्यों नहीं चले आये? क्या रुपया माँगने पर मैं न देता? लेकिन तुमने धमकी-भरा पत्र क्यों लिखा? जानते हो, मैं वह पत्र पुलिस को दिखाकर तुम्हें गिरफ्तार करवा सकता हूँ?

शायद इस पर निशिकान्त कहेगा–आपके भी बहुत-से पत्र मेरे पास हैं। बहुत-से सबूत भी हैं। मैं भी यह सब पुलिस को दिखा सकता हूँ। उससे मेरा कुछ नहीं बिगड़ेगा, बल्कि आपका नुकसान होगा।

–क्या नुकसान होगा।

निशिकान्त कहेगा–देखिये, आप मुझे डराने की कोशिश मत कीजिये। मैं अच्छी तरह जानता हूँ कि आप कैसे इतने अमीर बने हैं? मैं वह सब भण्डाफोड़ कर दूँगा। आपने किस-किस की जायदाद हड़पी है, उसकी पूरी लिस्ट मेरे पास है। मैं जेल जाऊँगा, आप बच जायँगे, ऐसा नहीं हो सकता। आप यह समझ लीजिये कि मैं भी आपको जेल भेज सकता हूँ। लेकिन आप मुझे दो लाख रुपये दे देंगे तो मैं किसी से कुछ नहीं कहूँगा।

इस पर जयसुन्दर बाबू कहेंगे–देखो निशिकान्त, तुम एक बार जेल काट चुके हो। लगता है, फिर तुम जेल काटना चाहते हो? अगर ऐसी बात है तो बताओ, मैं उसका भी इन्तजाम कर सकता हूँ।

अचानक आवाज होते ही जयसुन्दर बाबू का सपना टूटा।

गुणेश्वर बोला–आइये सर, उतर आइये। 'होटल सागर' आ गया है।

जयसुन्दर बाबू ने टैक्सी का किराया दे दिया।

गुणेश्वर ने जयसुन्दर बाबू का सूटकेस लेकर सीढ़ी चढ़ते हुए कहा– आइये सर, ऊपर चले आइये।

जयसुन्दर बाबू भी सीढ़ी से ऊपर चढ़ने लगे।

अन्दरवाले कमरे में बैठे शेखर बाबू हिसाब का खाता देख रहे थे। गुणेश्वर की आवाज पाकर उन्होंने सिर उठाकर देखा।

शेखर बाबू को लगा कि गुणेश्वर मालदार पैसेंजर लाया है। है तो गुणेश्वर काम का। शेखर बाबू ने सोचा। लेकिन पता नहीं, यह सज्जन कितने दिन रहेंगे। देखने से तो लगता है कि काम-काजी आदमी हैं, अधिक दिन नहीं रहेगे। ठीक है, न रहें। लेकिन एक बार जब आये हैं, तब अपने इष्ट-मित्रों से इसी होटल में ठहरने के लिए कहेंगे। इनके दोस्त-अहबाब भी

इन्हीं की तरह मालदार होंगे। फिर एक बार जब आये हैं, तब दूसरी बार जरूर आयेंगे। इस बार भले ही कम दिन रहें, लेकिन दूसरी बार ज्यादा दिन रहेंगे।

–ठाकुर। शेखर बाबू ने रसोइये को आवाज दी।

रसोइया आया।

शेखर बाबू ने कहा–ठाकुर, बड़ा अच्छा कस्टमर आया है। अभी तक आर्डर नहीं मिला, लेकिन आज ढंग से तेल-मसाला देकर खाना बनाना। कस्टमर को खुश होना चाहिए। समझ गये?

रसोइया बोला–फिर आज बाजार से बढ़िया मछली मँगवा दीजिये। अगर मीट बनाने को कहते हैं, तो जरा बढ़िया लाने को कहियेगा। फिर खाना तो ऐसा बना दूँगा कि यह सज्जन जब भी पुरी आयेंगे, यहीं ठहरेंगे।

–यह रहा आपका कमरा हुजूर।

गुणेश्वर एक कमरे का ताला खोलकर अन्दर गया।

पीछे-पीछे जयसुन्दर बाबू भी गये।

–यह देखिये, कितनी बड़ी खिड़की है। फिर यह दरवाजा खोल दीजिये, सामने बारजा है। यहाँ बैठकर आप सुबह-शाम समुद्र देख सकेंगे। तड़के नींद खुलते ही यहाँ आकर बैठ जाइये, सूर्योदय देख सकेंगे। देखिये, आरामकुर्सी लगी है।

जयसुन्दर बाबू ने गुणेश्वर की बातों पर ध्यान नहीं दिया, लेकिन गुणेश्वर अपना काम करता रहा।

गुणेश्वर ने उस कमरे से लगे बाथरूम का दरवाजा खोलकर कहा–यह देखिये सर, जरा बाथरूम तो देख लीजिये। चौबीस घण्टे पानी रहता है। ऐसा साफ-सुथरा बाथरूम आपको पुरी के किसी भी होटल में नहीं मिलेगा। फिर गरम पानी के लिए कहेंगे तो वह भी मिल जायगा।

जयसुन्दर बाबू ने फिर भी गुणेश्वर की बातों पर ध्यान नहीं दिया। उनके दिमाग में बस निशिकान्त चक्कर काट रहा था।

अचानक जयसुन्दर बाबू ने पूछा–सुनो, तुम्हारे यहाँ निशिकान्त दास नाम का कोई बोर्डर आया है?

गुणेश्वर होटल की तारीफ करने में मशगूल था। उसने जयसुन्दर बाबू की पूरी बात नहीं सुनी। पूछा–आपने क्या नाम बताया?

–निशिकान्त दास।

गुणेश्वर ने जरा सोचकर कहा–निशिकान्त दास? नहीं सर, इस नाम का कोई सज्जन इस समय होटल में नहीं है।

जयसुन्दर बाबू ने पूछा–पहले कभी आया था?

गुणेश्वर बोला–फिर तो रजिस्टर देखना पड़ेगा सर। तुरन्त बताना मुश्किल है। आप कितने दिन पहले की बात कर रहे हैं? रजिस्टर देखकर बता सकता हूँ।

जयसुन्दर बाबू बोले–नहीं, रहने दो। उसकी जरूरत नहीं है।

–ब्रेकफास्ट में क्या लेंगे सर।

जयसुन्दर बाबू खाने के लिए पुरी नहीं आये थे। इसलिए बोले–जो चाहो, लाओ।

गुणेश्वर कमरे के बाहर चला गया।

जयसुन्दर बाबू ने कुरता उतारते हुए खिड़की में से समुद्र की तरफ देखा। वाह! समुद्र तो देखने में बड़ा अच्छा लग रहा है। क्या विशाल कारोबार शुरू कर दिया है उसने! जयसुन्दर बाबू को अपने मन की प्रतिच्छवि उस समुद्र में देखने को मिली। उन्हीं के मन की तरह वह समुद्र अस्थिर था।

नहीं, जयसुन्दर बाबू के पास सौन्दर्य देखने का समय नहीं था। नहा-धोकर उसी वक्त उनको निकलना था। एक-एककर सभी होटलों में पता लगाना था कि किस होटल में निशिकान्त ठहरा था।

इस छोर से उस छोर तक पुरी के समुद्र किनारे अनेक गलियाँ हैं। शहर के विभिन्न भागों से वे गलियाँ आकर समुद्र की रेत में मिली है। उन गलियों में भी छोटे-छोटे बहुत-से सस्ते होटल हैं। उन होटलों में भी कितने लोग ठहरते हैं। जिनके पास पैसा कम है, उनके लिए वही होटल अच्छे हैं।

शाम के धुँधलके में वरुणा निशिकान्त के साथ वैसे ही एक होटल में गयी।

एक कमरे का ताला खोलने के बाद अन्दर जाकर निशिकान्त ने वरुणा से कहा–बैठो। उसी तख्त पर बैठ जाओ।

कमरे में सिर्फ एक तखत, एक टेबिल और एक कुर्सी थी। और कोई फर्नीचर नहीं था।

निशिकान्त ने कहा–होटल में कमरा तो तुम्हें बढ़िया मिला है। वहाँ कोई परेशानी तो नहीं है?

वरुणा बोली–नहीं।

–खाना कैसा देता है?

वरुणा ने कहा–ठीक ही देता है।

–अब तुमसे जो कहा है, कर सकोगी न? डर तो नहीं रही हो? जयसुन्दर बाबू देखने में बड़ा गम्भीर और रोबीला लगता है, लेकिन अन्दर-ही-अन्दर बड़ा डरपोक है। असल में उसके पास बहुत रुपया है, इसलिए बाहर से बड़ा रोबीला लगता है। लेकिन है बड़ा बेवकूफ। बड़ा कंजूस भी है। पत्नी बहुत पैसा खर्च करती है, इसलिए उसे घर पर रखकर खुद अलग फ्लैट में रहता है। यह सब तो तुमको पहले भी बता चुका हूँ। बोलो, बताया है न?

–हाँ, बताया है।

–बताया है, लेकिन फिर इसलिए बता रहा हूँ कि तुम्हें अच्छी तरह याद रहे।

वरुणा बोली–मुझे और कुछ रुपये दीजिये न।

–रुपये? पाँच सौ रुपये तो तुम्हें पहले ही दे चुका हूँ। पहले काम तो पूरा करो, उसके बाद तुम्हें और पाँच सौ रुपये दूँगा। कुल हजार रुपये ही तो तुम्हें देने हैं। फिर अगर तुम्हारे काम से खुश होता हूँ तो तुम्हें और पाँच सौ रुपये दे सकता हूँ। चलो, यह पाँच रुपये देने का वादा करता हूँ।

वरुणा का चेहरा फिर भी उतरा हुआ देखकर निशिकान्त ने कहा–क्या हुआ? मेरी बात पर विश्वास नहीं हो रहा है?

इस पर वरुणा बोली–और कुछ रुपये मिल जाते तो अच्छा होता।

–क्यों? वह पाँच सौ रुपये से क्या किया?

वरुणा बोली–वह रुपया खर्च हो गया है।

–पाँच सौ रुपये खर्च हो गये? उतने रुपये किसमें खर्च किये?

वरुणा बोली–कुछ उधार था, आते समय चुकता किया। जो रुपया बचा, उससे मैंने यह साड़ी खरीदी।

–तुम पर कैसा कर्ज था?

वरुणा बोली–वाह! मेरे खर्च नहीं हैं? मैं जिस मेस में रहती हूँ, वहाँ खाने का खर्च महीने में डेढ़ सौ रुपये पड़ता है। वह भी हम सब लड़कियाँ दाल-भात और साग-सब्जी खाती हैं, तब भी हरेक के पीछे इतना खर्च होता है। इससे ज्यादा हम

कुछ भी नहीं खातीं। इसके अलावा सीट रेण्ट हरेक के लिए तीस रुपये है। यही हो गये हर महीने एक सौ अस्सी रुपये। फिर और भी तो खर्च है। इसलिए फिर महीने बाकी बीस रुपये से पूरा नहीं पड़ता। उधार लेना पड़ता है। तब दूसरी लड़कियों से रुपया माँगती हूँ।

–अभी तक कोई नौकरी नहीं मिल सकी?

वरुणा बोली–आप तो नहीं जानते कि आजकल नौकरी मिलना कितना मुश्किल है! जो लड़कियाँ नाज–नखरे करना जानती हैं, उन्हीं को नौकरी मिलती है।

–लेकिन तुमने तो कहा है कि बी० ए० पास हो?

वरुणा बोली–सिर्फ बी० ए० पास नहीं, स्टेनोग्राफर भी हूँ।

–तब तो और अच्छा है। लेकिन तुम–जैसी क्वालिफाइड लड़की को नौकरी नहीं मिलती, यह कैसे विश्वास हो सकता है? इसके अलावा तुम देखने में भी अच्छी हो!

वरुणा बोली–इससे क्या होता है? नौकरी के लिए मैंने सभी दफ्तरों में दरखास्त दी। अखबार में विज्ञापन देख–देखकर कितनी जगह एप्लाई की है, लेकिन सिर्फ नाज–नखरे के बल पर मुझसे हजार गुना कम क्वालिफिकेशनवाली लड़कियों को नौकरी मिल गयी। मुझमें नाज–नखरे नहीं हैं तो कैसे नौकरी मिलेगी? फैशन भी मैं नहीं कर सकती। मेरी साड़ी की हालत नहीं देख रहे हैं? मैंने इसीलिए कहा न, मुझे और कुछ रुपये दीजिये। यहाँ बाजार से दो साड़ियाँ खरीद लूँ! ऐसी साड़ी पहनकर जयसुन्दर बाबू को कैसे मोह सकती हूँ?

–कितने रुपये चाहिए?

वरुणा बोली–दो अच्छी साड़ियाँ और ब्लाउज खरीदने में ही दो सौ रुपये लग जायँगे। फिर स्नो–पाउडर चाहिए! उसके लिए भी पैसे की जरूरत है।

निशिकान्त ने जेब से मनीबैग निकाला।

कहा–ठीक है। अभी यह लो, बाद में और दूँगा।

इतना कहकर निशिकान्त ने बैग से एक सौ रुपये के तीन नोट निकाले और गिनकर वरुणा के हाथ में दिये। फिर कहा–तीन सौ ही दिये। नोट गिन लो।

वरुणा ने नोटों को गिनकर अपने बैग में रखा।

कहा–ठीक है। अब तो मैं जा रही हूँ। बाजार जाना है।

निशिकान्त बोला–इतनी जल्दी किस बात की? फिर तुम अकेली क्यों जाओगी? मैं भी तुम्हारे साथ जा सकता हूँ। नयी जगह पर क्या तुम बाजार पहचान पाओगी? इसके पहले कभी पुरी आयी भी नहीं!

वरुणा बोली–रिक्शेवाले से कहने पर वही मुझे बाजार ले जायगा।

निशिकान्त बोला–लेकिन इतनी जल्दी क्यों कर रही हो? क्या तुम्हारे पास साड़ी एकदम नहीं है?

वरुणा बोली–है। लेकिन जयसुन्दर बाबू को अच्छी लगे, ऐसी साड़ी नहीं है। आज तो मेरी हालत के बारे में जानते हैं। क्या आपके मित्र ने मेरे बारे में आपसे कुछ नहीं कहा?

निशिकान्त बोला–अरे, वह मेरा मित्र कहाँ है? किसी जमाने में उससे जान-पहचान थी, बस! बहुत दिन बाद अचानक उससे रास्ते में मुलाकात हो गयी। मैंने उससे कहा, मुझे कोई लड़की दे सकते हो? तो उसने पूछा, लड़की क्या करोगे? मैंने कहा, मेरे यहाँ नौकरी करेगी। तब वह तुम्हें मेरे पास लाया।

वरुणा ने कहा–मैं उस समय समझ न सकी थी कि कैसा काम है।

–तुमने अपने मेस की किसी लड़की से तो नहीं कहा कि कैसा काम है?

वरुणा बोली–नहीं। मैंने उनसे सिर्फ इतना कहा है कि मैं एक नौकरी के लिए पुरी जा रही हूँ। उस समय मैं भी नहीं जानती थी कि कैसी नौकरी है। आपने तो बाद में सब बताया।

निशिकान्त बोला–घबड़ाओ मत। फिलहाल यह काम तुम कर दो। सब-कुछ ठीक-ठाक हो जायगा तो मैं भी एक आफिस खोलकर बैठ जाऊँगा। तब अपने आफिस में तुम्हें अच्छी तनख्वाह पर रख लूँगा।

वरुणा बोली–देखिये, आप मुझे अब भी अच्छी तरह नहीं समझ पा रहे हैं, क्योंकि आप नहीं जानते कि कितनी गरीबी में मैं पली हूँ और घर से किस हालत में कलकत्ते आयी हूँ। कलकत्ते आकर कितने लोगों से अपमानित हुई और मुँह बन्द कर वह सब किस तरह बर्दाश्त किया, यह सब मेरे अलावा कोई नहीं जानता? इसलिए आपने जब यह काम देना चाहा, आगा-पीछा, सोचे बिना मैं राजी हो गयी। यह नौकरी किये बिना मेरे लिये कोई चारा नहीं था!

यह कहते हुए वरुणा की आँखों से आँसू निकल आये।

निशिकान्त बोल पड़ा–अरे, तुम तो सचमुच रोने लगी! दिल को इतना कमजोर कर लोगी तो तुमसे यह काम नहीं हो पायेगा। इसके लिए दिल को कड़ा करना पड़ेगा। होटल में तुमको इस तरह रहना होगा कि जयसुन्दर बाबू यह समझ जायँ कि तुम बहुत चालाक-चतुर लड़की हो। नहीं तो तुम्हारी तरफ उनका मन कैसे खिंचेगा?

वरुणा बोली–आप मुझे बता दीजिये कि क्या करना होगा?

निशिकान्त बोला–कितनी बार बताऊँगा?

–अगर वह हमारे होटल में न ठहरें?

निशिकान्त ने कहा–उसके लिए तुम्हें सोचना नहीं है। मैंने गुणेश्वर को अलग बुलाकर सब-कुछ समझा दिया है। उसके हाथ पर दस रुपये का एक नोट भी रखा है। उसको बता दिया हे कि कल वह सज्जन आयेंगे।

–आपको कैसे पता कि कल आयेंगे?

–कल ही आयेंगे। अगर किसी कारण से कल नहीं आये तो परसों जरूर आयेंगे। बिना आये वह रह नहीं सकते। मैंने सब बन्दोबस्त कर रखा है।

वरुणा बोली–तो कल ही आयेंगे?

निशिकान्त बोला–मुझको तो लगता है, कल ही आयेंगें।

–आकर अगर तीसरी मंजिल के किसी कमरे में ठहरते हैं?

निशिकान्त न कहा–तुम क्या समझती हो कि मैंने उसका इन्तजाम नहीं किया है? ऐसा इन्तजाम किया है कि उसे ठीक तुम्हारे बगलवाले कमरे में रखा जायगा, ताकि आते-जाते तुमको देख सके। तुम हर वक्त सज-धजकर रहना। समझ गयी, हर वक्त सज-धजकर रहना।

वरुणा बोली–इसीलिए अभी बाजार जाना चाहती हूँ। सजने लायक साड़ी-ब्लाउज मेरे पास नहीं हैं। बढ़िया स्नो-पाउडर-क्रीम भी नहीं है।

निशिकान्त बोला–चलो, मैं भी तुम्हारे साथ बाजार चलता हूँ। मैं देख-भालकर अच्छी चीज तुम्हें खरीद दूँगा।

वरुणा बोली–लेकिन मुझे सचमुच बड़ा डर लग रहा है।

निशिकान्त बोला–डर किस बात का? एक मर्द को तुम अपनी मुट्ठी में नहीं ला सकती? मर्द एक औरत से क्या चाहता है, एक औरत में कौन-सी चीज देखने पर उसे अच्छा लगता है, यह सब क्या तुम नहीं जानती? अगर नहीं जानती तो एक औरत होकर क्यों पैदा हुई थी?

लजाकर वरुणा ने सिर नीचा कर लिया।

निशिकान्त ने कहा–क्या हुआ? सिर झुकाये क्यों खड़ी हो गयी? जवाब दो। चेहरा ऊपर करो।

चेहरा ऊपर करने की कोशिश में वरुणा ने दोनों हाथों में चेहरा छिपा लिया।

–देखो, इतना शरमाने से काम नहीं चलेगा। तुमने पाँच सौ रुपये पेशगी ली है। अभी तुमको तीन सौ रुपये दिये। फिर भी तुम्हें शरम लग रही है?

वरुणा बोली–मुझसे न होगा निशिकान्त बाबू, मुझसे यह सब काम न होगा।

निशिकान्त बोला–इतना आगे बढ़कर 'ना' कहने से काम नहीं चलेगा। ट्रेन के किराये में कितना खर्च हो गया है! अभी होटल का कितना चार्ज देना होगा! अब अगर तुम पीछे हट जाओगी तो मुझे यह रुपया कौन देगा?

–लेकिन मैंने पहले कभी ऐसा काम नहीं किया।

निशिकान्त बोला–तुम्हारी इतनी उम्र हो गयी है, तुमने अभी तक किसी से प्यार नहीं किया? कभी किसी लड़के को नहीं चाहा?

वरुणा चुप रही।

निशिकान्त बोला–क्या सोच रही हो? जवाब दो।

थोड़ी देर न जाने क्या सोचकर वरुणा बोली–मुझे अपनी जिन्दगी में अभी तक किसी से प्यार नहीं मिला। बचपन में मेरी माँ मर गयी थी। उसके बाद बाप ने दूसरी शादी कर ली। सौतेली माँ मुझे फूटी आँखों देख नहीं सकती थी। बहुत सताती थी। जब मैं कुछ बड़ी हो गयी, तब किसी को कुछ बताये बिना कलकत्ते चली आयी। उसके बाद उन लोगों से मेरा कोई सम्पर्क नहीं है।

–तुम्हारे भाई-बहन नहीं हैं?

वरुणा बोली–सौतेले भाई-बहन हैं। उनसे भी कोई सम्बन्ध नहीं है। इस दुनिया में मैं एकदम अकेली हूँ।

–फिर तुम पढ़-लिख कैसे गयी? पैसा कहाँ से मिला? कालेज में पढ़ने के लिए बहुत पैसा लगता है। वह किसने दिया?

वरुणा बोली–ट्यूशन करके मैंने अपनी पढ़ाई का खर्च निकाला है। सुबह-शाम-रात में लड़कियों को पढ़ाती हूँ। उससे जो कुछ मिलता है, उसी से मैं मेस में रहने-खाने का खर्च चलाती हूँ। लेकिन ट्यूशन हर समय नहीं रहता। लड़कियाँ पास हो जाती हैं तो ट्यूशन बन्द हो जाता है। तब फिर बेकार हो जाती हूँ। तभी परेशानी होती है।

इतना कहकर वरुणा रुक गयी। फिर बोली–मुझ पर दया कीजिये। मुझे जाने दीजिये। यह काम मुझसे न हो सकेगा।

निशिकान्त मुश्किल में पड़ गया। इतने दिनों तक सोच-समझकर बनायी गयी योजना इस तरह विफल हो चली।

बोला–नहीं। यह कहने से काम न चलेगा। तुमको यह काम करना ही पड़ेगा!

–अगर पकड़ी गयी तो वह मुझे पुलिस के हवाले करेंगे।

निशिकान्त बोला–क्यों घबड़ाती हो? मैं किसलिए हूँ? तुम क्यों इतना सोच रही हो? क्या तुम समझ रही हो कि तुम्हें मुसीबत में डालकर खिसक जाऊँगा? मैं वैसा आदमी नहीं हूँ। तुम मुझे नहीं जानती, इसलिए इस तरह घबड़ा रही हो। मैंने जब तुम्हें यह काम सौंपा, तब सारी जिम्मेदारी मेरी है। देखो वरुणा, तुम डरो मत। मैं अलग होटल में रह रहा हूँ, लेकिन समझ लो कि मैं हर वक्त तुम्हारे पास हूँ। तुम्हारे होटल की हर खबर मुझे बराबर मिलती रहती है।

वरुणा बोली–अगर वह मुझसे बोलना ही पसन्द न करें तो?

–यह तो तुम पर निर्भर करता है। तुम उससे ऐसा व्यवहार करोगी कि वह लाख न चाहते हुए भी तुमसे बोलेगा। औरतों के मामले में जयसुन्दर बड़ा कमजोर है। समझती नहीं, इसीलिए वह अपनी पत्नी से अलग रहता है। देख लेना, तुम अगर उसकी तरफ देखकर एक बार मुस्करा दोगी तो वह तुम्हारे आगे-पीछे घूमने लगेगा। लेकिन तुम्हें भी ऐसा हाव-भाव दिखाना पड़ेगा कि मानो तुम उस पर लट्टू हो। उसके बाद फिल्मी ड्रामा करोगी। कभी तो फिल्म देखी होगी?

वरुणा बोली–नहीं। मैं फिल्म नहीं देखती।

–क्या? तुम फिल्म नहीं देखती?

वरुणा फिर बोली–नहीं।

निशिकान्त को जरा आश्चर्य हुआ। मानो वह वरुणा की बात पर विश्वास न कर सका। पूछा–क्यों? फिल्म क्यों नहीं देखती? आजकल तो सभी लड़कियाँ फिल्म देखती हैं।

वरुणा बोली–हाँ। सभी लड़कियाँ देखती हैं। लेकिन मेरे पास इतना पैसा कहाँ कि फिल्म देखूँगी?

–चलो, फिल्म नहीं देखती न सही, लेकिन उपन्यास तो पढ़ती होगी?

वरुणा बोली–पिता जी मेरा उपन्यास पढ़ना पसन्द नहीं करते थे।

निशिकान्त बोला–मैं तो तुमको लेकर परेशान हो गया वरुणा। अब तुम्हारी जगह किसी दूसरी लड़की को लाया भी नहीं जा सकता। इतना समय भी नहीं है। अब जो कुछ करना हो, तुम्हीं करो।

थोड़ा रुककर फिर कहा–अब जैसे भी हो, तुम उसको अपनी मुठ्ठी में करो। बस, इतना कर दो।

वरुणा बोली–अगर मुझसे न हो सका तो?

निशिकान्त बोला–तुम पहले से क्यों घबड़ाने लगी? कोशिश तो करके देखो। अगर न हो सके तो मैं बता दूँगा कि कैसे होगा। मैं तो यहीं हूँ। बस, तुम इतना याद रखो कि जयसुन्दर बाबू रुपये का बड़ा लालची है। तुम्हें उस लालची को अपने वश में करके रुपया ऐंठना होगा।

अचानक बाहर से किसी ने कमरे के दरवाजे की कुण्डी खटखटायी।

निशिकान्त ने आवाज दी–कौन?

–चाय लाऊँ साहब?

निशिकान्त ने दरवाजा खोला।

वरुणा से पूछा–चाय पियोगी?

–नहीं। वरुणा बोली।

निशिकान्त बोला–ठीक है। हम यहाँ कुछ नहीं खायेंगे। बाहर खा लेंगे।

होटल का बच्चा नौकर चला गया।

निशिकान्त ने कुरता पहनकर पूछा–आज दोपहर में क्या खाया? खाना बढ़िया मिला था न?

वरुणा बोली–हाँ।

निशिकान्त बोला–चलो। तुम्हें क्या-क्या जरूरत है, खरीद लो।

कमरे में ताला लगाकर निशिकान्त वरुणा के साथ बाहर निकला।

जयसुन्दर बाबू जल्दी-जल्दी तैयार हो गये।

होटल का नौकर किंकर चाय-नाश्ता और मिठाइयाँ दे गया।

लेकिन जयसुन्दर बाबू ज्यादा नहीं खा सके।

असल में जयसुन्दर बाबू खाने के लिए पुरी नहीं आये थे। और न घूमने के लिए। उस समय उनको दूसरी ही चिन्ता सताने लगी थी।

किंकर ने पूछा–और एक कप चाय दूँ?

–आपने तो मिठाई एक भी नहीं ली? कुछ भी नहीं खाया? किंकर ने फिर कहा।

जयसुन्दर बाबू बोले–अभी भूख नहीं है।

यह कहकर जयसुन्दर बाबू उठे। फिर कमरे के बाहर आ गये।

किंकर बाहर खड़ा था।

बोला–दरवाजे में ताला लगा दें सर। ताला लगाकर चाभी अपने पास रख लें।

जयसुन्दर बाबू ने वैसा ही किया।

उसके बाद जयसुन्दर बाबू सीढ़ी उतरकर नीचे आ गये। नीचे आकर उन्होंने चारों तरफ निगाह दौड़ायी। लगा कि सभी कमरों में बोर्डर हैं। लेकिन उस समय अधिकांश बोर्डर बाहर थे। सम्भवत: वे समुद्र-स्नान करने गये थे।

सुन्दर दरवाजे से बाहर निकलते ही समुद्री पवन के झोंके ने आकर जयसुन्दर बाबू को मानो परेशान कर दिया। उन्होंने सीधे सामने की तरफ देखा। जितनी दूर निगाह गयी, केवल जल-ही-जल दिखायी पड़ा।

इसके पहले जयसुन्दर बाबू कभी पुरी नहीं आये थे। शायद इस बार भी नहीं आते। लेकिन उसी निशिकान्त के कारण आना पड़ा। सारा काम-काज छोड़कर निशिकान्त के चक्कर में यहाँ आये।

एक-एक बार हवा का झोंका आने लगा और उसी के संग महीन बालू जयसुन्दर बाबू के मुँह में भरने लगी।

जयसुन्दर बाबू ने पीछे मुड़कर देखा।

समुद्र के किनारे-किनारे कतारों में मकान थे। देखने से लगा कि वे सब होटल हैं। सामने साइनबोर्ड लगा था। जयसुन्दर बाबू आगे बढ़े जा रहे थे। उन्होंने सोचा, नहीं, लौटकर एकदम पीछे से शुरू किया जाय।

जयसुन्दर बाबू एक होटल के सामने जा खड़े हुए। उसके बाद दरवाजे से अन्दर गये।

सामने एक आदमी मिला तो जयसुन्दर बाबू ने पूछा—होटल के मैनेजर कहाँ मिलेंगे?

उस आदमी ने कहा—बायें हाथ सीधे चले जायँ। सामने मैनेजर मिल जायँगे।

जयसुन्दर बाबू ने वही किया। वहाँ एक कमरे में टेबिल के सामने एक सज्जन बैठे थे।

वहीं जयसुन्दर बाबू गये।

मैनेजर ने पूछा—बताइये, क्या चाहिए?

जयसुन्दर बाबू बोले—मैं एक आदमी की तलाश कर रहा हूँ।

—बताइये। किसको चाहिए? क्या नाम है?

—निशिकान्त दास। मैं यह पता करने आया हूँ कि वह इस होटल में ठहरे हैं या नहीं?

मैनेजर ने कहा—निशिकान्त दास? बता सकते हैं, वह कब आये हैं?

—यह तो नहीं बता पाऊँगा। लेकिन इसी हफ्ते आये हैं। सही तारीख नहीं जानता।

—आप बैठें। मैं देखता हूँ।

यह कहकर मैनेजर रजिस्टर के पन्ने पलटने लगे।

बड़ा भारी रजिस्टर था। कब कौन इस होटल में आया है, उसका पूरा रिकार्ड उस रजिस्टर में मौजूद था।

लेकिन देर तक खोजने के बाद भी निशिकान्त नाम नहीं मिला। पूरा रजिस्टर देख लेने के बाद मैनेजर ने कहा—उस नाम का कोई आदमी इस होटल में नहीं आया है।

जयसुन्दर बाबू कुर्सी पर बैठे थे। अब उठे।

मैनेजर ने कहा–आप दूसरे होटल में पता कीजिये।

जयसुन्दर बाबू छोटा–सा नमस्कार कर बाहर निकले।

समुद्र के किनारे उस समय अच्छी–खासी भीड़ थी। मजे की धूप निकल आयी थी। उसी के संग तेज हवा चल रही थी। तमाम लोग समुद्र–स्नान कर रहे थे। उनमें औरत–मर्द–बच्चे सभी थे। लेकिन पुरुषों की संख्या अधिक थी। एक जगह कुछ मेम–साहब स्वीमिंग कॉस्टूम पहन कर तैरते हुए गहरे पानी में जा कर नहा रहे थे।

फिर एक होटल सामने ही दिखायी पड़ा।

जयसुन्दर बाबू रुक गये। उन्होंने साइनबोर्ड को अच्छी तरह पढ़ लिया। उसके बाद वह सीधे अन्दर गये।

सामने एक सज्जन टेबिल पर खाता–बही सजाये बैठे थे।

जयसुन्दर बाबू उस सज्जन के पास गये।

बोले–आपके होटल में निशिकान्त दास नाम का कोई है?

–निशिकान्त दास? जरा रुकिये। रजिस्टर देखना पड़ेगा।

यह कहकर वह सज्जन होटल का रजिस्टर देखने लगे।

फिर पूछा–बतायेंगे, यह निशिकान्त दास कब पुरी आये हैं?

जयसुन्दर बाबू बोले–यह तो नहीं बता पाऊँगा। लेकिन इसी हफ्ते आये हैं। इसके पहले नहीं।

मैनेजर ने रजिस्टर बन्द कर कहा–माफ कीजिये। उस नाम के कोई सज्जन हमारे यहाँ नहीं आये।

–अच्छा। नमस्कार।

जयसुन्दर बाबू फिर उसी रास्ते से बाहर निकले।

पैदल चलते–चलते जयसुन्दर बाबू थक चुके थे।

बाहर धूप की तपन बढ़ने लगी थी। लेकिन समुद्री हवा में भरपूर नमी रहने के कारण धूप की तपन बुरी नहीं लग रही थी।

जयसुन्दर बाबू को बहुत दिनों से पैदल चलने की आदत नहीं थी। इसलिए उनको तकलीफ हो रही थी। लेकिन पहले वह कितना पैदल चलते थे। कालीघाट से पैदल चलकर बड़े बाजार में राधेश्याम अग्रवाल की कोठी तक आते थे।

राधेश्याम अग्रवाल की बात याद आते ही जयसुन्दर बाबू को कलकत्ते की बात याद आयी। सचमुच इस संसार में क्या–क्या नहीं होता है! निशिकान्त ने उसी राधेश्याम अग्रवाल की हत्या कर दी। इस पाप का दण्ड एक दिन निशिकान्त को

भोगना ही पड़ेगा। फिर दण्ड तो उसे मिला है। दस साल जेल काटना क्या कम है? लेकिन नहीं, निशिकान्त के लिए वह कुछ भी नहीं है। उसे तो फाँसी से लटकाना चाहिए था।

जयसुन्दर बाबू अपने जीवन के प्रारम्भ में जब तरक्की करने लगे थे, तभी धूमकेतु की तरह निशिकान्त का उदय हुआ था। जयसुन्दर बाबू जो जीवन में एकाकी हो गये और उनकी गृहस्थी छिन्न-भिन्न हो गयी, इसके लिए कौन जिम्मेदार है? यही निशिकान्त न?

कहाँ चली गयी कमला और कहाँ चले गये अजय और विजय। जयसुन्दर बाबू सबसे अलग-थलग होकर रह गये। यह सब तो निशिकान्त के परामर्श से हुआ। हालाँकि उससे 'बोस एण्ड कम्पनी' की पूँजी बढ़ी और जयसुन्दर बाबू की गरीबी जीवनभर के लिए दूर हुई। उसी की बदौलत उनके पास मकान हुए और कारें हुईं। उसी रुपये के कारण उन्हें कलकत्ते के धनी समाज में प्रवेश मिला।

लेकिन निशिकान्त न आता, तब भी तो जयसुन्दर बाबू के पास रुपया होता। बाद में वही निशिकान्त उनके सर्वनाश के लिए साजिश करने लगा। फिर तो जयसुन्दर बाबू समझ गये कि जब तक निशिकान्त जिन्दा रहेगा, मुझे परेशान होना पड़ेगा। अब निशिकान्त को बर्दाश्त नहीं किया जा सकता। भला-बुरा कोई-न-कोई फैसला करना ही पड़ेगा। इसीलिए सारा काम-काज छोड़कर जयसुन्दर बाबू पुरी आये थे।

एक रिक्शा सामने से आ रहा था। जयसुन्दर बाबू एक किनारे हट कर खड़े हो गये। रिक्शा भी रुक गया।

रिक्शावाले ने पूछा-मन्दिर जायँगे बाबू?

-मन्दिर?

जयसुन्दर बाबू ने एक बार सोचा कि रिक्शा कर लें या नहीं।

कहा-सब होटलों को घुमाकर दिखाने में कितना लोगे?

-पाँच रुपये लूँगा साब।

-अच्छा, चलो।

कहकर जयसुन्दर बाबू रिक्शे पर बैठ गये। रिक्शे पर बैठने से बड़ा आराम मिला। सूखी बालू पर जूता पहनकर चलने में बड़ी तकलीफ होती है। फिर पैदल चलने में समय भी नष्ट होता है।

रिक्शा चला जा रहा था। जयसुन्दर बाबू चारों तरफ देखते जा रहे थे। चारों तरफ चमचमाती धूप थी।

जयसुन्दर बाबू ने सोचा, कलकत्ते में अब तक मेरे आफिस में मैनेजर सुशीतल बाबू ने काम शुरू कर दिया होगा। दुःखमोचन फाटक के पास स्टूल पर जरूर बैठा होगा। आज टाइपिस्ट निरापद के पास क्या काम होगा? शायद वह बैठा-बैठा अखबार पढ़ रहा है।

ये लोग कुछ भी काम नहीं करते। फिर भी इनको रखना पड़ता है। एक आफिस रखने के लिए इनको भी रखना जरूरी है। जयसुन्दर बाबू ने सोचा। आफिस न रखने पर लोग तरह-तरह का सन्देह करते हैं। इतने रुपये का लेन-देन कैसे हो रहा है? बाहर से जो रुपया आता है, वह किसके नाम से आता है? वह रुपया जयसुन्दर बाबू के नाम नहीं, उसी आफिस के नाम आता है। फिर इनकम टैक्सवालों को खर्च दिखाना पड़ता है। आफिस न हो तो वह खर्च कैसे दिखाया जाय?

जयसुन्दर बाबू ने सोचा, निशिकान्त को जो रुपया देता था, उसको आफिस के खर्च में दिखाया जाता था। उससे जयसुन्दर बाबू को भी सुविधा थी और निशिकान्त को भी। निशिकान्त ने जिन्दगी में कभी इनकम टैक्स नहीं दिया। लेकिन उसने हमेशा अच्छी आमदनी की। मकान की दलाली और खून-कतल कर उसने जो पैसा कमाया, वह हमेशा काला होता रहा। वह रकम किसी भी हिसाब में दर्ज नहीं हुई।

-साब, यह भी एक होटल है।

जयसुन्दर बाबू रिक्शे से उतरे। फिर उस होटल के अन्दर गये। फिर निराश लौट आये। फिर रिक्शे पर बैठे।

अब जयसुन्दर बाबू ने रिक्शेवाले से कहा-बस करो। अब होटल ले चलो।

-कौन होटल बाबू?

-होटल सागर।

रिक्शावाला जयसुन्दर बाबू को लेकर चलने लगा।

जयसुन्दर बाबू रिक्शे पर बैठ कर निशिकान्त के बारे में ही सोचते रहे। इसी निशिकान्त के कारण उनको अपना काम-काज छोड़ कर पुरी आना पड़ा। उन्होंने तय कर लिया कि निशिकान्त को पकड़े बिना मैं कलकत्ते नहीं लौटूँगा। इससे मेरा चाहे जितना नुकसान हो जाय, बर्दाश्त कर लूँगा।

'होटल सागर' के मालिक शेखर बाबू का भाग्य बड़ा अच्छा है। बीस वर्ष पहले उन्होंने होटल का व्यवसाय शुरू किया था, जो आज तरक्की करते-करते इस हालत में पहुँचा है।

शेखर बाबू बस बैठे-बैठे बही-खाता देखते हिसाब जोड़ते रहते हैं। वह मन-ही-मन हिसाब लगाते हैं कि मेरे पास कितने रुपये हो गये हैं। मुनाफे की रकम को वह बैंक में नहीं डालते। उस रकम से वह अपनी पूँजी को बढ़ाते हैं।

पहले होटल का मकान इकमंजिला था। बाद में उसे दुमंजिला बनाया गया। उसके बाद उसे तिमंजिला किया गया। होटल के कमरों में फर्नीचर भी बढ़े। उन पर नयी पालिश की गयी।

उस दिन भी शेखर बाबू हिसाब का खाता देखने में व्यस्त थे। तभी उनको कुछ याद आया तो उन्होंने किंकर को बुलाया।

किंकर आया तो शेखर बाबू ने पूछा-क्यों, बारह नम्बर की बोर्डर अभी तक नहीं आयी?

-आयी है मालिक।

-तो खाना क्यों नहीं खाया? खाया है?

किंकर बोला-मैंने पूछा था। लेकिन बताया कि बाहर खाकर आयी हूँ। होटल में नहीं खाऊँगी।

इतनी देर बाद शेखर बाबू को याद आया। हाँ! दोपहर में एक आदमी आया था और वह महिला उसी के साथ निकली थी।

किंकर बोला-शायद शहर में कुछ सामान खरीदने गयी थी। जब लौटी तब देखा कि उसके हाथ में साड़ी का पैकट है।

शेखर बाबू बोले-ठीक है।

फिर उन्होंने पूछा-और ग्यारह नम्बर कमरे के सज्जन? जयसुन्दर न क्या उनका नाम है? वह?

किंकर बोला-वह तो आज आते ही कपड़े बदलकर दोपहर में कहीं निकले थे। उन्होंने दोपहर में यहीं खाना खाया था। उसके बाद चाय पीकर निकले हैं। अभी तक नहीं लौटे।

सिर्फ ग्यारह और बारह नम्बर नहीं, बीस, इक्कीस, बाईस, पचीस, जितने कमरे हैं, सबके बोर्डरों की खोज-खबर रखनी पड़ती है। शेखर बाबू की चारों तरफ निगाह रहती है। किसने खाया, किसने नहीं खाया, शेखर बाबू हर बात की जानकारी करते रहते हैं।

शेखर बाबू किंकर से पूछ-ताछ कर ही रहे थे कि तभी उन्होंने देखा, ग्यारह नम्बर के बोर्डर बाहर से आ रहे हैं।

-अरे, ग्यारह नम्बर आ रहे हैं। पूछ लो किंकर, कब खाना खायेंगे? शेखर बाबू ने किंकर से कहा।

भागकर जयसुन्दर बाबू के पास जाकर किंकर ने पूछा–सर, आपका खाना तैयार है। खायेंगे?

जयसुन्दर बाबू ने पीछे मुड़ कर कहा–ठीक है, लाओ। मैं अभी आता हूँ।

इतना कहकर जयसुन्दर बाबू सीढ़ी चढ़ने के बाद अपने ग्यारह नम्बर कमरे की तरफ बढ़। बारह नम्बर कमरा पार कर ग्यारह नम्बर में जाना पड़ता है।

बारह नम्बर कमरे के सामने से जाते समय जयसुन्दर बाबू को एक दृश्य दिखायी पड़ा। उस दृश्य में कुछ तो आकर्षण था ही, क्योंकि पल भर के लिए उनके पाँव रुक गये।

वह लड़की, यानी बारह नम्बर रूम की बोर्डर, उस समय आईने में अपना चेहरा देख रही थी। उसकी पीठ दरवाजे की तरफ थी। लेकिन उसकी आँखें अचानक जयसुन्दर बाबू की तरफ देखकर झुक गयीं।

जयसुन्दर बाबू ने भी संयोग से उस युवती की तरफ देखा।

दोनों की आँखें मिलीं, लेकिन उस शीशे के माध्यम से।

लेकिन जयसुन्दर बाबू के शिष्टता–बोध को गवारा न हुआ तो उन्होंने आँखें फेर लीं। फिर वह जिस तरह अपने कमरे की तरफ जा रहे थे, चलते चले गये। लेकिन उस पल भर में वह जो कुछ देख सके, उसी से समझ गये कि वह युवती देखने में अच्छी है।

फिर भी जयसुन्दर बाबू यह समझ न सके कि उस लड़की ने अपने कमरे के दरवाजे को खुला क्यों रख छोड़ा है! सजे–धजे कोई बात नहीं, लेकिन दरवाजा खुला रखे बिना क्या सजा–धजा नहीं जा सकता? लोगों को दिखाकर उस तरह मेक–अप करना जयसुन्दर बाबू को अशोभनीय लगा।

अपने कमरे के दरवाजे का ताला खोलकर जयसुन्दर बाबू अन्दर गये। उसके बाद उन्होंने बत्ती जलायी।

फिर जितनी देर में जयसुन्दर बाबू ने कपड़ा बदल लिया, उतनी देर में किंकर लौट आया।

आते ही किंकर ने कहा–सर, आपका खाना तैयार है। चलें।

घूम–घूमकर जयसुन्दर बाबू थक गये थे। कई होटलों में जाकर उन्होंने निशिकान्त का पता लगाया था। उसी काम से वह दोपहर में निकले थे और शाम को भी। लेकिन निशिकान्त का कहीं पता नहीं चला।

कल रात को ट्रेन में ठीक से नींद नहीं आयी थी। इसलिए जयसुन्दर बाबू ने सोचा, आज अच्छी नींद आयेगी। खाना खाकर ही लेट जाऊँगा।

थकावट के मारे जयसुन्दर बाबू यह समझ न सके कि उन्होंने क्या खाया और वह कैसा लगा। सामने खाना परोसा गया था, इसलिए वह एक–एक चीज मुँह में डालने लगे।

किंकर पास ही खड़ा था।

उसने कहा–एक रोटी और लीजिये सर। महाराज, रोटी लाओ।

जयसुन्दर बाबू बोले–नहीं।

यह कहकर जयसुन्दर बाबू थाली छोड़कर उठे। हाथ–मुँह धोने के बाद वह फिर सीढ़ी चढ़कर दूसरी मंजिल में अपने कमरे की तरफ जाने लगे। अपने कमरे की तरफ मुड़ते ही उनको वे आँखें याद आयीं।

लेकिन नहीं। जयसुन्दर बाबू ने देखा कि बारह नम्बर कमरे का दरवाजा बन्द है। शायद वह लड़की खाना खाकर सो गयी है। पुरी के होटल में अकेली ठहरी है। कम हिम्मती नहीं है।

जयसुन्दर बाबू के साथ-ही-साथ किंकर भी ऊपर आया। उसने जयसुन्दर बाबू के सामने हाथ बढ़ाया।

–क्या है?

–जी, पान है।

जयसुन्दर बाबू ने कहा–लेकिन मैं तो पान नहीं खाता।

किंकर जाने लगा।

जयसुन्दर बाबू ने एक बार उससे पूछना चाहा–बगलवाले कमरे में जो लड़की है, वह कौन है?

पूछना चाहकर भी जयसुन्दर बाबू ऐसा पूछ न सके। उनके बगलवाले कमरे में चाहे जो रहे, उसके बारे में उनको कोई कौतूहल नहीं रहना चाहिए।

किंकर रुक गया था।

उसने पूछा–मुझसे कुछ कहेंगे?

जयसुन्दर बाबू बोले–नहीं। हाँ, एक बात है। मुझे कल सबेरे जरा जल्दी जगा देना। घूमने निकलूँगा।

इतना कहकर जयसुन्दर बाबू ने दरवाजा बन्द कर लिया।

आधी रात को न जाने कैसे शोरगुल से जयसुन्दर बाबू की नींद खुल गयी। इससे उन्हें बड़ा आश्चर्य लगा। इतनी रात को कौन शोर मचा रहे हैं? किस बात पर हो-हल्ला हो रहा है?

खिड़की खुली थी। बाहर से समुद्र की लहरों की उबानेवाली आवाज आ रही थी। लेकिन शोरगुल की आवाज के आगे वह आवाज मानो दबती गयी।

नहीं। उधर ध्यान नहीं दूँगा। जयसुन्दर बाबू ने सोचा। सम्भवतः वह अपने मन की उथल-पुथल को बाहरी शोरगुल समझ बैठे थे।

अपनी आदत के मुताबिक जयसुन्दर बाबू ने आवाज दी-नन्द, इतना शोरगुल क्यों हो रहा है?

लेकिन नहीं। जयसुन्दर बाबू को याद आया कि यह कलकत्ता नहीं है। यह तो पुरी है। यहाँ नन्द कहाँ से आयेगा? यहाँ नन्द होता तो उनके कमरे में पीने के लिए एक गिलास पानी रख देता!

फिर यह कलकत्ता होता तो क्या जयसुन्दर बाबू इतनी जल्दी सोने की तैयारी करते? कलकत्ता होता तो उनके घर लौटते-लौटते रात के बारह या एक बज जाता। शाम को वहाँ उनका कोई-न-कोई काम रहता है। इसके अलावा वह कितने ही क्लबों के मेम्बर हैं। रोटरी से लेकर लायन्स-सभी अच्छे क्लबों में उनको जाना पड़ता है। अच्छे क्लबों से मतलब है रईसों के, अमीरों के।

लेकिन थोड़ी ही देर बाद धम-धम आवाज होने लगी।

फिर तो जयसुन्दर बाबू उठकर बैठ गये।

खिड़की खुली थी।

जयसुन्दर बाबू ने खिड़की से बाहर देखा। अरे! सबेरा हो गया है? आकाश में इतनी रोशनी क्यों दिखायी पड़ रही है?

खिड़की के पास जाकर जयसुन्दर बाबू ने बाहर झाँककर अच्छी तरह देखा। सचमुच पूरब में सूरज निकला है।

जयसुन्दर बाबू के उठने में बहुत देर हो गयी थी! एक ही नींद में उन्होंने पूरी रात बिता दी थी।

दरवाजा खोलते ही जयसुन्दर बाबू ने देखा कि किंकर खड़ा है।

किंकर बोला-आपने तड़के ही जगा देने के लिए कहा था।

-हाँ। बहुत अच्छा किया कि जगा दिया। मैं तो सोया पड़ा था।

यह कहकर जयसुन्दर बाबू ने फिर दरवाजा बन्द कर लिया। उसके बाद वह हाथ-मुँह धोकर तैयार हुए। फिर कपड़े बदलकर कमरे से निकले।

सबेरे घूमने निकलने का उद्देश्य यह था कि इसी बहाने अगर निशिकान्त से मुलाकात हो जाय तो बुरा क्या? जयसुन्दर बाबू ने सोचा कि अगर निशिकान्त पुरी आया है तो सबेरे जरूर टहलने निकलेगा। चाहे वह जिस होटल में ठहरा हो, सबेरे समुद्र किनारे तक जरूर जायगा। बाहर से जो भी आता है, सबेरे समुद्र देखने जाता

है। जयसुन्दर बाबू ने भी समुद्र किनारे टहलते रहने का निश्चय किया। अगर निशिकान्त दिखायी पड़ा तो उसे वहीं पकड़ा जा सकेगा।

दूसरी मंजिल से नीचे जाते समय जयसुन्दर बाबू ने बारह नम्बर कमरे की तरफ मुड़कर देखा।

उस समय भी बारह नम्बर कमरे का दरवाजा बन्द था।

जयसुन्दर बाबू ने सोचा, लड़की खूब सो रही है।

–चाय नहीं पियेंगे?

किंकर चाय का कप लिये एकदम सामने आ पहुँचा।

–आपको चाय देने जा रहा था।

जयसुन्दर बाबू ने चाय का कप हाथ में लिया। देखा, उधरवाले कमरे में उस समय बहुत भीड़ थी। सब लोग वहाँ बैठकर चाय पी रहे थे। शायद सभी लोग हवाखोरी के लिए निकलेंगे। समुद्र की साफ हवा सेहत के लिए अच्छी है। सिर्फ जयसुन्दर बाबू के उठने में देर हो गयी थी। भोजन–कक्ष में बैठकर चाय पीनेवालों में बहुत–से लोग समुद्र में नहानेवाले थे।

वहीं खड़े–खड़े जयसुन्दर बाबू ने चाय खत्म की। उनको समुद्र में नहाना नहीं था। सेहत सुधारने के लिए भी वह नहीं आये थे। तीर्थ–भ्रमण भी उनका उद्‌देश्य नहीं था। वह तो निशिकान्त की खोज में आये थे। वह उद्‌देश्य सफल होते ही कलकत्ते लौट जायँगे। इस तरह समय नष्ट करना उनके लिए सम्भव नहीं है। उनके पास बहुत काम है। कलकत्ते में उनके तमाम काम रुके पड़े हैं।

चाय का कप रखकर जयसुन्दर बाबू निकले।

झुण्ड–के–झुण्ड विभिन्न उम्रों के औरत–मर्दों से समुद्र का किनारा भरा हुआ था। रेत उस समय चींटी लगी मिठाई की परात की तरह लग रही थी। जितनी दूर निगाह जाती थी, मनुष्य–ही–मनुष्य दिखायी पड़ते थे।

जयसुन्दर बाबू धीरे–धीरे उन लोगों के सामने से गुजरने लगे। हर एक चेहरे को वह अच्छी तरह देखते जा रहे थे। लेकिन एक भी चेहरा निशिकान्त का नहीं था। सभी दूसरे लोग थे।

बहुत–से लोग पुण्य कमाने आये थे। फिर बहुत से लोग मुँह बाये जोर–जोर से साँस ले रहे थे। सभी लोग अपने फेफड़ों को स्वस्थ बनाना चाहते थे।

जयसुन्दर बाबू ने सोचा, सचमुच इस दुनिया में कैसे–कैसे विचित्र लोग हैं। कोई स्वास्थ्य चाहता है तो कोई धन और कोई प्रतिष्ठा। इस दुनिया में किसी चीज की कमी होने पर काम नहीं चलता। सभी लोग सब–कुछ चाहते हैं।

बहुत-से लोग जयसुन्दर बाबू की तरफ देख रहे थे। जयसुन्दर बाबू उनमें से किसी को नहीं जानते थे। उनके लिए यह बड़ी अच्छी बात थी कि कोई जान-पहचान का नहीं मिल रहा था। उन्होंने भी मन-ही-मन मनाया कि किसी परिचित से मुलाकात न हो जाय।

घड़ी की तरफ देखकर जयसुन्दर बाबू समझ गये कि दिन काफी चढ़ गया है। समुद्र की रेत पर टहलते-टहलते न जाने कब दो घण्टे बीत गये हैं। पैर भी दुखने लगे थे। उन्होंने सोचा कि बस, और नहीं। अब लौटना पड़ेगा। रेत पर चलने से पाँवों में ज्यादा दर्द होता है। सड़क पर चलना इससे आसान है। वह सड़क पर आकर चलने लगे।

-बाबू, मन्दिर जायँगे?

एक झुण्ड रिक्शेवाले सवारी की आशा में कतार बाँधे खड़े थे।

कल जो रिक्शावाला मिला था, बड़ा अच्छा था। जयसुन्दर बाबू ने सोचा। जब से वह पुरी आये थे, सभी उनसे अच्छा व्यवहार कर रहे थे।

जयसुन्दर बाबू ने कहा-नहीं भैया, मैं मन्दिर नहीं जाऊँगा। मैं तो हवाखोरी के लिए निकला हूँ।

बात तो सही है। जयसुन्दर बाबू क्यों मन्दिर जायँगे? उन्हें किस बात का दुःख है? कौन-सा पाप उन्होंने किया है। जो पापी हैं और दुःखी हैं, वे मन्दिर जायँ। जयसुन्दर बाबू तो अपने जीवन में सुखी हैं।

जयसुन्दर बाबू सचमुच अपने जीवन में सुखी थे। उनके दोनों बेटे अपने-अपने क्षेत्र में प्रतिष्ठित हो चुके थे। उनकी पत्नी भी अपने ठाकुर-देवता लेकर सुखी थी। वह भी अपनी 'बोस एण्ड कम्पनी' लेकर मजे में थे। उनको किसी बात की कमी नहीं थी तो वह मन्दिर जाकर देव-दर्शन क्यों करते? देवता से उनकी कोई माँग नहीं थी, कोई कामना भी नहीं।

होटल लौटकर जयसुन्दर बाबू ने घड़ी देखी। ग्यारह बज गये थे।

लेकिन होटल में कदम रखते ही जयसुन्दर बाबू चौंक पड़े। सीढ़ी से ऊपर जाने लगे तो पुलिसवालों को देखकर वह रुक गये। उन्हीं के कमरे के सामने भीड़ थी।

क्या हुआ? पुलिस क्यों आयी है?

जयसुन्दर बाबू को देखकर बाबू सामने आये।

बोले-आ गये? आइये। देखिये, इधर क्या बवाल मचा है।

-क्या हो गया है?

शेखर बाबू होटल के मालिक हैं। इसलिए उन्हीं के चेहरे पर ज्यादा परेशानी है।

बोले–आप तो ग्यारह नम्बर में रहते हैं। आपके बगलवाले कमरे में एक महिला रहती हैं। उनका नाम है वरुणा चौधरी। कल तो आपने उनको देखा होगा?

क्या जवाब दिया जाय, जयसुन्दर बाबू समझ न सके।

सिर्फ बोले–उस महिला के साथ क्या हुआ?

–अरे साहब, वही महिला जहर खाकर आत्महत्या करने चली थी। फिर पुलिस बुलाकर दरवाजा तोड़ा गया। बताइये, झमेला कम है?

जयसुन्दर बाबू को कल की देखी वे दोनों आँखें याद आयीं। तभी उनको उस लड़की की दृष्टि न जाने क्यों अस्वाभाविक लगी थी।

पूछा–बच गयी या चल बसी?

शेखर बाबू बोले–सबेरे से उसने दरवाजा नहीं खोला। तो मुझे शक हुआ। तब मैंने किंकर से कहा तो वह दरवाजे पर दस्तक देने लगा। लेकिन तब भी दरवाजा नहीं खुला। अन्त में पुलिस को खबर करने के लिए कहा। सोचा, अगर दरवाजा तोड़ना ही है तो पुलिसवाले आकर अपने हाथ से तोड़ें।

जयसुन्दर बाबू ने कहा–फिर क्या हुआ?

लेकिन शेखर बाबू इस प्रश्न का उत्तर नहीं दे सके। उधर से एक सज्जन गले में स्टेथिस्कोप लटकाये आ गये।

शेखर बाबू ने उस सज्जन से पूछा–कहिये डाक्टर साहब, कैसा देखा?

डाक्टर साहब बोले–ठीक है। अब घबड़ाने की कोई जरूरत नहीं है। नींद की गोलियाँ खायी थीं उस लड़की ने, लेकिन मात्रा कुछ अधिक हो गयी थी। और कोई बात नहीं।

शेखर बाबू ने पूछा–बात कर रही है? मुझे तो बड़ा डर लगा था।

डाक्टर साहब बोले–उस लड़की ने खुद बताया कि नींद की गोलियाँ खायी थीं।

–अब तो कोई खतरा नहीं है? देखिये डाक्टर साहब, मैं होटल चलाकर खाता हूँ। अगर मेरे यहाँ कोई बोर्डर इस तरह मर जाय तो मेरे होटल की कितनी बदनामी होगी?

होटल के तमाम बोर्डर ग्यारह नम्बर कमरे में, जहाँ वह लड़की ठहरी थी, जाकर जमा हो गये थे। डाक्टर साहब के निकल आते ही वे कमरे से निकले। दोनों पुलिसजन भी बाहर आये।

शेखर बाबू ने डाक्टर साहब को आठ रुपये दिये।

कहा–मैं तो बुरी तरह डर गया था डाक्टर साहब। अगर वह मर जाती तो मेरा सर्वनाश हो जाता। खैर, आज उसे खाने के लिए क्या दूँगा?

डाक्टर साहब ने आठ रुपये जेब में डालकर सीढ़ी से नीचे उतरते हुए पूछा–यह महिला कौन है? होटल में अकेली क्यों आयी है? क्या इसके साथ कोई नहीं है?

शेखर बाबू बोले–लगता तो है कि इसके साथ कोई नहीं है। लेकिन आज इसे क्या खाने को दूँगा?

डाक्टर साहब ने कहा–इस वक्त सालिड फूड न देना ही ठीक रहेगा। अभी एक गिलास गरम दूध दीजिये। और कुछ देने की जरूरत नहीं है।

उसके बाद डाक्टर साहब ने शेखर बाबू को अलग बुलाकर कहा–एक काम कीजिये। इन पुलिसवालों के हाथ में कुछ दे दीजिये। नहीं तो उस लड़की का चाहे जो हो, आपको विलावजह परेशान होना पड़ेगा। मेरी भी फजीहत होगी। अगर मामला आगे बढ़ा तो बीसियों बार कचहरी का चक्कर लगाना पड़ेगा।

शेखर बाबू ने कहा–आपने सही कहा। मैं पुलिसवालों को सँभालता हूँ।

यह कहकर शेखर बाबू ग्यारह नम्बर कमरे की तरफ गये। जयसुन्दर बाबू भी उनके साथ चले।

उस समय भी वहाँ लोगों की भीड़ जमा थी। सभी 'होटल सागर' के बोर्डर थे। वहीं दोनों सिपाही खड़े थे।

शेखर बाबू उन दोनों पुलिसवालों को बुलाकर एक तरफ ले गये और बोले–चलें सर! मेरे आफिस में चलें।

सबने समझ लिया कि आफिस में ले जाकर शेखर बाबू उन पुलिसवालों को उनका पावना दे देंगे।

जयसुन्दर बाबू ने मौका पाकर उस युवती की तरफ देखा।

इतने में किंकर आ गया। शायद जयसुन्दर बाबू को देखकर ही वह आया।

किंकर बोला–और जरा देर हो जाती तो सर्वनाश हो जाता सर, बहुत बच गये हैं। अगर वह मर जातीं तो हमारे होटल की कितनी बदनामी होती।

जयसुन्दर बाबू उस लड़की की तरफ देख रहे थे। चेहरा बड़ा गोरा है। उम्र बीस या ज्यादा-से-ज्यादा पचीस होगी। उससे अधिक नहीं। उसकी आँखों में उस समय भी नींद की खुमारी थी।

किंकर बोला–देखिये सर, पहले हमारे होटल में कभी ऐसा नहीं हुआ! यही पहला है। कितने ही लोग यहाँ आते हैं, पाँच-सात दिन रहकर चले जाते हैं। लेकिन कभी ऐसा नहीं हुआ। हमने तो सोचा था कि बचेंगी नहीं, मर जायंगी।

जयसुन्दर बाबू उस समय भी उस लड़की की तरफ एकटक देख रहे थे।

किंकर की बातें शायद जयसुन्दर बाबू के कानों में नहीं गयीं।

जयसुन्दर बाबू ने अचानक पूछा–इस लड़की के साथ कोई नहीं है?

किंकर बोला–जी नहीं। परसों एक सज्जन इनसे मिलने आये थे और यह उनके साथ बाहर गयी थीं। उसके बाद जब रात को लौटीं तो हाथ में एक पैकेट था।

–कौन मिलने आया था?

किंकर बोला–यह तो नहीं बता सकता।

–क्या उस सज्जन को खबर नहीं भिजवायी जा सकती?

किंकर बोला–कैसे खबर भेजें, बताइये? वह सज्जन कौन हैं, कहाँ रहते हैं, यह सब हम कुछ भी नहीं जानते।

शेखर बाबू फिर कमरे में आये। वह महिला कैसी है, यही देखने आये होंगे।

जयसुन्दर बाबू की तरफ देखकर शेखर बाबू ने कहा–बताइये, कैसा झमेला है! मैं होटल के धन्धे के बारे में कह रहा हूँ। न जान, न पहचान, जो भी आता है, उसी को अपने यहाँ टिकाना पड़ता है। यह तो कहिये कि थोड़े में बच गये। कहीं फाँसी लगा लेती तो हमारे ही हाथों में हथकड़ियाँ पड़तीं। अब आज रातभर में बढ़ई बुलाकर इस दरवाजे की मरम्मत करानी पड़ेगी। सबेरे से मेरा कोई कामकाज न हो सका। कैसा–कैसा झमेला मेरे ही भाग्य से आता है!

तभी अचानक उस युवती ने आँखें खोलीं। धुँधली दृष्टि से वह सबको देखने लगी।

शेखर बाबू ने उसके पास जाकर पूछा–अब आपको कैसा लग रहा है?

उस लड़की ने कोई जवाब नहीं दिया। वह उसी तरह सूनी आँखों से देखती रही।

शेखर बाबू ने जयसुन्दर बाबू की तरफ देखकर कहा–जानते हैं, नींद की पन्द्रह गोलियाँ एक साथ खा ली थीं!

जयसुन्दर बाबू ने पूछा–आपको कैसे पता चला?

शेखर बाबू ने कहा–उन गोलियों की पन्नियाँ पुलिस ने आकर ढूँढ़ निकालीं। फर्श पर पड़ी थीं। मुफ्त में मुझे डाक्टर को आठ रुपये देने पड़े और पुलिसवालों को सौ रुपये।

–क्यों, पुलिस को क्यों सौ रुपये देने पड़े?

शेखर बाबू बोले–वाह! पुलिसवाले तो ऐसे ही मौके की ताक में रहते हैं। अगर उनको घूस न देता तो पता नहीं कितना झमेला भोगना पड़ता! तब क्या होता? फिर यह खबर अखबार में छप जाती तो मेरे ही होटल की बदनामी होती। दूसरे

होटलवाले तो यही चाहते हैं। अगर किसी तरह यह होटल बदनाम हो जाय तो उन्हीं को फायदा है। आज के जमाने में कोई किसी का भला नहीं चाहता।

तभी उस लड़की ने मानो कुछ कहना चाहा।

शेखर बाबू ने उस लड़की की तरफ देखकर पूछा—क्या चाहिए?

लेकिन वह लड़की कुछ न बोली। शायद उसके पास कहने लायक कुछ नहीं था।

शेखर बाबू ने पूछा—पानी पियेंगी?

उस लड़की ने सिर हिला दिया।

जयसुन्दर बाबू बोले—ठहरिये। मेरे कमरे में पानी है। लाता हूँ।

यह कहकर जयसुन्दर बाबू अपने कमरे से एक गिलास पानी ले आये और उस लड़की को पिलाने लगे। पानी पिलाते समय उसका चेहरा बायें हाथ से थामना पड़ा।

जयसुन्दर बाबू को उस लड़की का चेहरा बड़ा मुलायम लगा। आमतौर पर लड़कियों का चेहरा जितना मुलायम होता है, उससे ज्यादा मुलायम।

पानी पिलाते समय थोड़ा पानी गिरा। गिरा तो एकदम उस लड़की के गले पर गिरा।

जयसुन्दर बाबू ने धोती के खूँट से वह पानी पोंछ दिया।

यह देखकर शेखर बाबू बोले—आप क्यों तकलीफ कर रहे हैं सर! किंकर तो है, पिला देगा।

उसके बाद किंकर की तरफ देखकर शेखर बाबू ने कहा—किंकर, खड़े क्यों हो? पानी पिला दो न।

जयसुन्दर बाबू ने शेखर बाबू की बातों पर ध्यान नहीं दिया। उन्होंने उस लड़की से पूछा—और पानी पियोगी?

फिर भी उस लड़की ने कुछ नहीं कहा। वह जयसुन्दर बाबू की तरफ एकटक देखती रही।

जयसुन्दर बाबू ने फिर उस लड़की के मुँह में पानी डाला।

वह पानी भी उस लड़की ने पी लिया।

फिर उस लड़की की तरफ देखकर जयसुन्दर बाबू ने पूछा—अब कैसा लग रहा है?

उस लड़की ने सिर हिलाया।

जयसुन्दर बाबू ने शेखर बाबू की तरफ देखा।

कहा—थोड़ा दूध दिया जाता तो ठीक रहता।

कहकर जयसुन्दर बाबू ने जेब से दस रुपये का नोट निकाला। वह नोट किंकर की तरफ बढ़ाया और कहा–जरा चले जाओ भैया, दूध ले आओ।

शेखर बाबू बोले–लेकिन आपने क्यों रुपया दिया? होटल में तो दूध है।

जयसुन्दर बाबू ने कहा–रहने दीजिये। यहाँ उसका कोई नहीं है। अगर हममें से कोई उसकी देखभाल न करे तो कौन करेगा? इसका कलकत्तेवाला पता आपके पास है?

शेखर बाबू बोले–कलकत्ते का पता कैसे रहेगा? हमारे पास किसी का पता नहीं रहता।

–अगर रहता तो खबर भेजी जाती।

तब तक किंकर न जाने कहाँ से दूध ले आया।

जयसुन्दर बाबू ने किंकर से कहा–जरा गरम करके नहीं लाये? ठण्डा दूध पिलाना ठीक न होगा।

शेखर बाबू बोले–हाँ–हाँ, गरम दूध देना ठीक रहेगा। जाओ किंकर, गरम करके लाओ।

किंकर दूध गरम करने चला गया।

शेखर बाबू बोले–उधर मेरा बहुत–सारा काम पड़ा हुआ है। तीस–तीस बोर्डर खायेंगे, उनका इन्तजाम करना होगा और तभी यह झमेला हो गया। अब बताइये, मैं अकेला किधर–किधर सम्हालूँ?

जयसुन्दर बाबू ने शेखर बाबू से कहा–आप अपने काम से जाइये। मैं तो यहाँ हूँ।

–लेकिन आपने भी अभी तक खाना नहीं खाया! आप कब तक इसको लेकर पड़े रहेंगे?

जयसुन्दर बाबू बोले–अगर कोई मरने लगे तो कौन खा सकता है? कम–से–कम मैं तो नहीं खा सकता। यह पहले कुछ ठीक हो जाय तो मैं खाना खा लूँगा। आप दूसरे बोर्डरों को खिला दीजिये, तब तक मैं यहीं हूँ।

शेखर बाबू ने फिर कुछ नहीं कहा। वह अपने काम से कमरे के बाहर चले गये।

तभी उस लड़की ने अचानक आँखें खोलकर जयसुन्दर बाबू को देखा।

जयसुन्दर बाबू ने पूछा–अब कैसा महसूस कर रही हो?

इतनी देर बाद वह लड़की बोली।

सिर हिलाकर उसने कहा–ठीक हूँ।

जयसुन्दर बाबू ने पूछा–गरम दूध पियोगी?

उस लड़की ने कहा–जी हाँ।

–तुम्हारे लिये दूध लाने गया है। गरम करके ला रहा होगा। कलकत्ते में तुम्हारा कौन है, बता दो। मैं टेलीग्राम कर दूँगा। कौन है कलकत्ते में? पता दे दो। कोई तो होगा।

उस लड़की ने सिर हिलाया।

कहा–नहीं।

–कोई नहीं है? माँ-बाप या भाई-बहन कोई नहीं है?

–जी नहीं।

–फिर? फिर तुम क्या करने पुरी आयी हो?

उस लड़की ने कोई उत्तर नहीं दिया।

जयसुन्दर बाबू बोले–क्या हुआ? जवाब नहीं दे रही हो? यहाँ क्यों आयी हो? घूमने?

–जी हाँ।

–लेकिन तुमने नींद की गोलियाँ क्यों खायीं?

कोई उत्तर न देकर वह लड़की रोने लगी।

जयसुन्दर बाबू समझ गये कि एक साथ इतने सवाल करने का यह समय नहीं है।

इसलिए जयसुन्दर बाबू चुप हो गये।

किंकर गरम दूध लाया।

आते ही उसने जयसुन्दर बाबू से कहा–आप जाकर खाना खा लें। बहुत देर हो गयी है। मैं इनको दूध पिला रहा हूँ।

जयसुन्दर बाबू खाने के लिए नीचे गये।

खाना खाते समय भी जयसुन्दर बाबू उस लड़की के बारे में सोचले लगे। क्या खा रहे थे, उधर उनका ध्यान ही नहीं था।

शेखर बाबू जयसुन्दर बाबू के पास आकर खड़े हो गये।

बोले–बताइये सर, अब क्या करना चाहिए? अचानक वह लड़की आत्महत्या करने क्यों चली थी? अगर वह सचमुच मर जाती तो मैं क्या करता? मैं तो कहीं का न रहता।

जयसुन्दर बाबू बोले–मैंने उससे पूछा था कि कलकत्ते में उसका कौन है, लेकिन उसने बताया कि कहीं कोई नहीं है।

–तो क्या वह मेरे होटल का बिल भी नहीं चुका पायेगी?

जयसुन्दर बाबू ने कहा–यह मैं कैसे बता सकता हूँ? यह तो आपका मामला

है, आप समझें।

शेखर बाबू बोले–जी नहीं। मैं यों ही पूछ रहा हूँ। अगर बाद में उसने बताया कि मेरे पास नहीं है, तब क्या करूँगा? तब अगर उसे पुलिस के हवाले करता हूँ, तो भी लोग मुझे बदनाम करेंगे।

जयसुन्दर बाबू खाना खा चुके थे। उठकर उन्होंने हाथ-मुँह धो लिया।

उसके बाद ऊपर अपने कमरे में जाते समय जयसुन्दर बाबू ने पूछा–वह किसलिए पुरी आयी है, आपको कुछ पता है?

शेखर बाबू बोले–मैं कभी किसी से यह नहीं पूछता कि आप यहाँ किसलिए आये हैं। यह पूछना भी उचित नहीं है। कोई जगन्नाथ दर्शन करने आता है तो कोई घूमने। हाँ, अगर कोई बताता है तो सुन लेता हूँ। जब यह लड़की अकेली आयी थी, तभी मुझे संदेह हुआ था। लेकिन सोचा था कि शायद डाक्टर की सलाह पर जलवायु-परिवर्तन के लिए आयी है।

शायद शेखर बाबू और भी कुछ कहते, लेकिन जयसुन्दर बाबू रुके बिना ऊपर जाने के लिए सीढ़ी की तरफ बढ़े।

निशिकान्त उस दिन अपने होटल में ही दिन भर था। बाहर कहीं नहीं निकला था।

होटल छोटा था और सस्ता भी।

दिनभर होटल में पड़े रहने से क्या होता, निशिकान्त का मन 'होटल सागर' में पड़ा था।

निशिकान्त जिस होटल में ठहरा था, उसका कोई नाम नहीं था। बाहर कोई साइनबोर्ड भी नहीं टँगा था। यह भी कोई होटल है, बाहर से देखकर समझने का उपाय नहीं था।

दिनभर निशिकान्त कहीं नहीं निकलता था।

लेकिन दिनभर होटल के एक कमरे में बन्द भी नहीं रहा जा सकता। फिर भी निशिकान्त रहता था। उसे तकलीफ होती थी, लेकिन कोई उपाय नहीं था। दिनभर होटल के कमरे में बन्द रहने के बाद शाम हो जाने पर थोड़ी देर के लिए बाहर निकलता था।

बाहर निकलने पर निशिकान्त बड़ी सावधानी बरतता था। जिधर रोशनी रहती

थी, उधर वह नहीं जाता था। जिधर जाने पर किसी का चेहरा नहीं दिखायी पड़ता, निशिकान्त उधर ही थोड़ा टहल आता था।

उस दिन समुद्र के किनारे चलते-चलते निशिकान्त एकदम 'होटल सागर' के सामने पहुँच गया। जहाँ समुद्र की लहरें आकर टूट रही थीं, वहीं खड़े होकर वह 'होटल सागर' की तरफ देखता रहा।

–अरे, विपिन बाबू! आप कब आये?

–बस, परसों आया।

–कहाँ ठहरे हैं?

–इसी 'होटल सागर' में। और आप?

–मैं तो 'विक्टोरिया' में ठहरा हूँ। 'होटल सागर' में खाने-पीने का कैसा इन्तजाम है?

ये बातें निशिकान्त के कानों में पड़ीं।

टहलने निकलकर दो परिचित व्यक्तियों की मुलाकात हो गयी थी। दोनों कलकत्ते के थे। उनकी बातों से इसका पता चला।

निशिकान्त अँधेरे में खड़े होकर दोनों की बातें सुनता रहा।

–आज हमारे होटल में बड़ा बवाल हो गया।

–क्या हुआ?

–एक लड़की आत्महत्या करने चली थी।

–अरे! फिर? बच गयी?

–हाँ। सुना कि नींद की पन्द्रह गोलियाँ खा ली थीं। फिर डाक्टर आया, पुलिस आयी और बड़ा झमेला हुआ। आखिर डाक्टर की दवा से वह लड़की बच गयी।

–क्या उस लड़की के साथ कोई नहीं था?

–नहीं।

बात करते-करते दोनों सज्जन आगे निकल गये। फिर निशिकान्त उनकी बातें नहीं सुन सका।

निशिकान्त देर तक वहीं खड़े होकर सोचता रहा। फिर तो मैंने वरुणा से जो कुछ कहा था, उसने वही किया।

वरुणा पहले जरा डर गयी थी।

कहा था-एक साथ उतनी गोलियाँ खाने पर कहीं मर न जाऊँ?

निशिकान्त ने कहा था–मर कैसे जाओगी? अगर मर ही जाओगी तो ये गोलियाँ खाने के लिए क्यों कहता? क्या तुमने पहले कभी नींद की गोली नहीं खायी?

वरुणा ने कहा था–नहीं।

निशिकान्त ने कहा था–अरे! आजकल तो नींद की गोलियाँ सभी खाते हैं। जैसा जमाना पड़ा है, उससे नींद की गोलियाँ खाये बिना कैसे काम चल सकता है?

–किसलिए नींद की गोली खाते हैं?

निशिकान्त ने कहा था–मन की जलन मिटाने के लिए।

–कैसी जलन?

निशिकान्त ने कहा था–आज लोगों के मन में जलन क्या कम है? यही तुम अपनी बात देखो न। तुम्हारी इतनी उम्र हो गयी, लेकिन शादी नहीं हुई और न तुम्हें कोई नौकरी मिली। सिर्फ ट्यूशन करके तुम अपना खर्च चलाती हो। फिर भी मेस में रहने–खाने का खर्च पूरा करने के लिए तुम्हें उधार लेना पड़ता है। अगर पैसे की जरूरत न पड़ती हो तुम क्या यह काम करने के लिए तैयार होती?

वरुणा समझ न पायी कि क्या उत्तर देगी। इसलिए वह चुपचाप निशिकान्त की बातें सुनती रही।

निशिकान्त ने फिर कहा था–तुम क्या समझ रही हो कि ऐसी लड़की तुम्हीं एक हो? और कोई नहीं है? हजारों, लाखों लड़कियाँ तुम्हारी तरह हैं? फिर दूसरी तरह के लोग भी हैं। इस संसार में ऐसे भी लोग हैं, जिनके पास रुपये की कमी नहीं है। वे खुद भी नहीं जानते कि उनके पास कितने रुपये हैं। तुम नहीं जानती कि उन लोगों को कितना कष्ट है।

–उनको क्या कष्ट है?

–वाह! बहुत रुपये रहने में कष्ट नहीं है? रुपये की चिन्ता से उन्हें रात को नींद नहीं आती। इसलिए उनको भी नींद की गोलियाँ लेनी पड़ती हैं। तुम नहीं जानती, जयसुन्दर बाबू भी नींद की गोलियाँ खाते हैं।

यह सब बातें वरुणा के लिए नयी थीं।

सब–कुछ सुनकर वरुणा ने कहा था–लेकिन नींद की गोलियाँ खाकर उनको कैसे मुट्ठी में करूँगी, यह नहीं समझ पा रही हूँ।

–तुम मेरी आसान–सी योजना नहीं समझ सकी? जयसुन्दर बाबू के कमरे के बगल में तुम्हारा कमरा है। जब तुम नींद की गोलियाँ खाकर खूब सोती रहोगी, तब होटल के लोग समझेंगे कि तुमने आत्महत्या कर ली है। वे तुम्हारे कमरे का दरवाजा तोड़कर अन्दर घुसेंगे। फिर जयसुन्दर बाबू भी तुम्हारे कमरे में आयेंगे। तब तक

तुम्हारी गहरी नींद खुल जायगी और लोग समझेंगे कि तुम बच गयी। फिर जयसुन्दर बाबू तुमसे पूछेंगे कि तुम क्यों आत्महत्या करने लगी थी? तब तुम अपने दुःख-दर्द के बारे में बताओगी। तुम कहोगी कि मेरा कोई नहीं है। मैं बहुत गरीब हूँ। एक-एक पैसे के लिए परेशान रहती हूँ।

—फिर?

निशिकान्त ने वरुणा को समझाते हुए कहा था—फिर तुम ऐसा नाटक करोगी कि मानो आत्महत्या करने के अलावा तुम्हारे लिये कोई चारा नहीं है। समझ गयी?

—लेकिन मैं क्यों आत्महत्या करने गयी, इसका क्या जवाब दूँगी?

—कोई जवाब नहीं देना पड़ेगा। तुम केवल रोती रहोगी। फिर देखोगी कि जयसुन्दर बाबू के मन में तुम्हारे प्रति दया आयेगी। फिर तो बड़ी आसानी से काम बन जायगा। देख लेना, मैं जैसा कह रहा हूँ, ठीक वैसा होगा। मैं तो जयसुन्दर बाबू को पहचानता हूँ। अगर तुम उनको अपनी मुट्ठी में कर लोगी तो कभी तुम्हें रुपये की कमी नहीं रहेगी।

निशिकान्त की पूरी बातें सुन लेने के बाद वरुणा थोड़ी देर न जाने क्या सोचती रही थी।

उसके बाद कहा था—फिर भी मुझे बड़ा डर लग रहा है।

निशिकान्त ने कहा था—डरने की कोई बात नहीं। मैं तो हूँ। फिर जब भी कोई परेशानी हो, तुम मेरे पास चली आना। मैं तुम्हें अकल बता दूँगा। अब निश्चिन्त होकर जाओ।

दो साड़ियाँ और नींद की गोलियाँ निशिकान्त ने ही खरीद दी थीं। फिर उसने वह सब वरुणा को देकर उसे एक रिक्शे में बिठा दिया था। रिक्शेवाले से कहा था—बहन जी को 'होटल सागर' तक पहुँचा दो।

समुद्र के किनारे उन लोगों की बातें सुनकर निशिकान्त जरा निश्चिन्त हुआ। सोचा, वरुणा ने अपनी बात रखी है! जब उसने नींद की गोलियाँ खायी हैं, पुलिस आयी है और दरवाजा तोड़ा गया है, तब उसने यही समझा होगा कि वह लड़की बहुत दुःखी है। बेसहारा है। इसीलिए उसने आत्महत्या कर मुक्ति पाना चाहा था।

निशिकान्त समुद्र के किनारे उसी जगह खड़े होकर 'होटल सागर' की तरफ देखने लगा।

'होटल सागर' की दूसरी मंजिल में ग्यारह नम्बर कमरे में अँधेरा था। बगल में बारह नम्बर कमरा था। ग्यारह नम्बर में जयसुन्दर बाबू ठहरे थे और बारह नम्बर में वरुणा चौधरी ठहरी थी। ग्यारह नम्बर कमरे में अँधेरा देखकर निशिकान्त समझ गया कि जयसुन्दर बाबू इस समय वरुणा के कमरे में हैं। वरुणा के कमरे में रोशनी थी।

हे जगन्नाथ! हे प्रभु! मेरी योजना सकुशल पुरी हो जाय। निशिकान्त ने मन ही मन इस जगत् के नाथ को स्मरण किया।

सामने से एक रिक्शा जा रहा था। उसको बुलाकर निशिकान्त उस पर बैठ गया।

बोला–स्वर्गद्वार चलो।

कई दिनों से जयसुन्दर बाबू बाहर नहीं निकल पा रहे थे।

शेखर बाबू उस दिन कह रहे थे–आप थे, इसलिए मुझे बड़ा सहारा मिला नहीं तो मैं किस तरह डर गया था, क्या बताऊँ।

जयसुन्दर बाबू बोले–अब तो बहुत ठीक है।

शेखर बाबू ने फिर पूछा–कब कलकत्ते लौटेगी, कुछ बताया है?

जयसुन्दर बाबू को यह बात अच्छी नहीं लगी।

बोले–आप अपने रुपये के बारे में सोच रहे हैं? उसके लिए आपने जो खर्च किया है, वह मैं आपको दे देता हूँ। यह लीजिये।

शेखर बाबू ने अपनी गलती सुधारकर कहा–जी नहीं। मैं वह नहीं कह रहा हूँ।

जयसुन्दर बाबू बोले–मैं भी वह नहीं कह रहा हूँ। मैं यह कह रहा हूँ कि यह आपका व्यवसाय है। आपने पुलिस को रिश्वत दी है, डाक्टर को फीस दी है और दूध के लिए कितना खर्च किया है, वही सब मैं आपको दे रहा हूँ। यह दो सौ रुपये आप रख लीजिये। बाद में पूरा हिसाब हो जायगा कि कितना खर्च हुआ है। अब बारह नम्बर के लिए जो कुछ खर्च होगा, उसका बिल आप मेरे नाम बनायेंगे।

यह कहकर जयसुन्दर बाबू शेखर बाबू के टेबिल पर सौ रुपये के दो नोट रखकर ऊपर चले गये।

वरुणा उस समय बिस्तर पर चुपचाप बैठी थी।

जयसुन्दर बाबू सीधे वरुणा के कमरे में जाकर कुर्सी पर बैठ गये।

फिर पूछा–खाना खाया है?

वरुणा ने सिर हिलाया।

बोली–जी हाँ।

–आज क्या खाने को दिया था?

वरुणा बोली–मुर्गे की करी और भात।

–अच्छा लगा? मैंने मैनेजर से कह दिया है कि रोज तुम्हें मुर्गा दिया जाय। मैंने और भी कह दिया है कि तुम्हारे रहने-खाने के लिए जो कुछ खर्च होगा, उसका बिल मेरे नाम से बनेगा। डाक्टर की फीस, पुलिस की रिश्वत और दरवाजे की मरम्मत का खर्च भी मैं दूँगा।

वरुणा बोली–मेरे कारण आपका बहुत पैसा खर्च हो गया। आपका कर्ज कैसे चुका पाऊँगी, समझ नहीं पा रही हूँ।

जयसुन्दर बाबू बोले–फिर वही सब कह रही हो? जानती हो, मुझे यह सब सुनना अच्छा नहीं लगता।

–लेकिन मैं आपकी कौन होती हूँ कि आप मेरे लिये इतना पैसा खर्च करेंगे?

जयसुन्दर बाबू बोले–एक इनसान अगर दूसरे इनसान की जरूरत पर कुछ खर्च न करे तो यह पैसा कमाना किसलिए है? इनसान क्या सिर्फ अपने लिये जिन्दा रहता है? समाज या मनुष्य के प्रति क्या उसका कोई कर्त्तव्य नहीं है?

वरुणा बोली–मेरे लिये कोई कुछ करता है तो मुझे रुलायी आती है।

जयसुन्दर बाबू ने पूछा–क्या कभी किसी ने तुम्हारे लिये कुछ नहीं किया?

वरुणा बोली–कौन करेगा भला? इस दुनिया में मेरा कोई नहीं है।

–क्या कहती हो? तुम्हारे माँ-बाप और भाई-बहन? क्या उन लोगों ने भी तुम्हारे लिये कुछ नहीं किया?

वरुणा बोली–अगर कोई रहता तो मुझे किस बात की चिन्ता होती? अगर मेरा अपना कोई होता तो क्या मैं जहर खाकर आत्महत्या करना चाहती?

जयसुन्दर बाबू ने पूछा–फिर तुम पुरी क्यों आयी? यहाँ कौन-सा काम पड़ गया?

क्या जवाब देगी, वरुणा समझ न पायी। इस सवाल का जवाब निशिकान्त ने उसे नहीं बताया था।

जयसुन्दर बाबू ने फिर कहा–चुप क्यों हो गयी? क्या बताने में संकोच हो रहा है?

फिर वरुणा ने अपने मन में एक उत्तर गढ़कर कहा–नौकरी की कोशिश में पुरी आयी थी।

–नौकरी की कोशिश कलकत्ते में न कर पुरी चली आयी? कलकत्ते की तुलना में यह तो छोटा शहर है।

–जी हाँ। अखबार में विज्ञापन देखकर अप्लिकेशन भेजा था।

–कैसी नौकरी?

–गर्ल्स स्कूल में टीचर की नौकरी। यहाँ आकर उन लोगों से मिली थी, लेकिन नौकरी नहीं मिली। मैं बी०ए० पास हूँ। उन लोगों ने जो-जो योग्यताएँ माँगी थीं, सब मुझमें हैं। मैंने सोचा था कि नौकरी मिल जायगी। लेकिन इण्टरव्यू में उन लोगों ने मुझे रिजेक्ट कर दिया।

जयसुन्दर बाबू बोले–फिर उसी दु:ख से तुम आत्महत्या करने चली? तुम तो बड़ी सेण्टिमेण्टल लड़की हो।

वरुणा बोली–आप अगर मेरी स्थिति में होते तो आप भी आत्महत्या करने की बात सोचते। मेरे पास इतना रुपया नहीं है कि कलकत्ते लौट जाऊँ। आप शायद विश्वास नहीं करेंगे, लेकिन मेरे पास एक पैसा नहीं है।

यह कहते-कहते वरुणा फफक-फफककर रोने लगी।

जयसुन्दर बाबू ने कहा–रोओ मत। रोओ मत। होटल में किसी को यह पता चल जाय तो पता नहीं वह क्या सोचे!

रोते हुए वरुणा ने कहा–आपने मुझे क्यों बचा लिया? बताइये, आपने क्यों बचा लिया? मैंने आपका कौन-सा अहित किया है?

जयसुन्दर बाबू बोले–फिर रो रही हो? चुप हो जाओ। मेरी भी पहले क्या हालत थी, सुनोगी तो तुम्हें आश्चर्य होगा। मेरी भी हालत तुम्हारी-जैसी थी। नौकरी नहीं थी। बेरोजगार था। किराये पर कमरा लेने के लिए पैसा नहीं था। कालीघाट के काली मन्दिर के चबूतरे पर रात को सोता था। गंगा में नहाता था और सड़क पर गमछा बेचा करता था।

वरुणा मन लगाकर जयसुन्दर बाबू की बातें सुन रही थी।

जयसुन्दर बाबू कहने लगे–अब जरा सोचो कि उस समय मेरी क्या दशा थी। सोच सकती हो कि उतने बड़े शहर कलकत्ते में मेरी सहायता करनेवाला कोई नहीं था। अकसर मैं अकेले में रोया करता था। तुम्हारी तरह एक दिन मैं भी आत्महत्या करने चला था।

वरुणा को बड़ा आश्चर्य हुआ यह सुनकर और उसके मुँह से निकला–आप भी?

–हाँ मैं। आज तुम देख रही हो कि मैं बहुत अमीर हूँ, लेकिन उस समय मैं भी नहीं सोच सका था कि कभी मेरी हालत सुधरेगी।

वरुणा बोली–फिर भी आपकी बात अलग है। आप मर्द हैं। लेकिन मैं? मैं तो औरत पैदा हुई हूँ। क्या कभी मेरे भाग्य में सुख होगा?

जयसुन्दर बाबू बोले–निराश क्यों होती हो? निराश होना ही पाप है। मैंने अपने जीवन में सिर्फ इतना सीखा है कि किसी भी हालत में मनुष्य को निराश नहीं होना चाहिए। वह दिन जरूर आयेगा जब तुम्हारा विवाह होगा, अपना घर होगा और भाग्य में है तो तुम भी समाज में सिर ऊँचा करके खड़ी हो सकोगी। उस समय शायद तुम मुझे पहचान भी न पाओगी।

वरुणा बोली–आप क्या कह रहे हैं? मैं इस जीवन में कभी आपको भूल नहीं सकती।

जयसुन्दर बाबू बोले–मुसीबत में पड़ने पर सभी ऐसा कहते हैं, लेकिन अच्छे दिन आने पर किसी को नहीं पहचान पाते। लोग अपने हमदर्दों को भूल जाते हैं।

वरुणा बोली–आप विश्वास कीजिये, मैं आपको कभी भूल नहीं सकती।

जयसुन्दर बाबू बोले–मैं तुम्हारी बात नहीं कर रहा हूँ। लेकिन ऐसा होता है। अब रही मेरी बात। मेरी मुसीबत में जिसने भी मेरी मदद की, मैं उसको अभी तक नहीं भूल सका।

फिर जरा रुककर जयसुन्दर बाबू बोले–अब तुम लेट जाओ। मैं अपने कमरे में जाऊँगा।

वरुणा बोली–मुझे आराम करने की जरूरत नहीं है।

जयसुन्दर बाबू बोले–ठीक है। मैं बाद में आ जाऊँगा। इस समय मेरा एक काम है।

वरुणा बोली–क्या आप किसी काम से पुरी आये हैं?

जयसुन्दर बाबू कुर्सी छोड़कर खड़े हो गये थे।

बोले–हाँ। जिस तरह तुम नौकरी के लिए इण्टरव्यू देने यहाँ आयी थी, उसी तरह मैं भी एक काम से आया हूँ। नहीं तो मेरे पास इतना समय नहीं है कि यहाँ घूमने आऊँ। कलकत्ते में मेरा बहुत काम पड़ा हुआ है। लेकिन एक आदमी की तलाश में मुझे आना ही पड़ा।

–आप किसी को खोजने यहाँ आये हैं?

जयसुन्दर बाबू बोले–हाँ। वह आदमी बड़ा शैतान है। उसका नाम निशिकान्त है। वह मेरा सर्वनाश करना चाहता है। सबके सामने वह मुझे अपमानित करना चाहता है। मुझे पता चला है कि वह पुरी आया हुआ है। इसीलिए हर होटल में उसे खोजता फिर रहा हूँ। खून करने के आरोप में उस पर मुदकमा चला था। आरोप सिद्ध होने पर उसे जेल जाना पड़ा था। इतने दिनों बाद वह जेल से छूटा है। जेल से छूटते ही उसने मुझे एक पत्र लिखा है। उस पत्र में उसने मुझे धमकी दी है।

वरुणा ने पूछा–क्यों? उसने आपको धमकी क्यों दी है?

–इसका क्या कारण बताऊँ? इस दुनिया में बुरे लोगों की कमी नहीं है। वह भी उन्हीं की तरह बुरा है। लेकिन तुम सोच भी नहीं सकती कि मैंने उसका कितना उपकार किया है!

वरुणा बोली–समझ गयी। आप-जैसे सज्जन का भी शत्रु होता है।

जयसुन्दर बाबू बोले–इस शत्रुता का कारण सम्भवतः यही है कि मैं एक कंगाल से अमीर बना हूँ। शायद यही मेरा बहुत बड़ा अपराध है। लेकिन उसके लिए मैंने रात-दिन कितनी मेहनत की है और कितना पसीना बहाया है, उसका पता कोई नहीं रखता। तुम सोच रही हो कि इस दुनिया में तुम्हीं को दुःख है। तुम अगर यह जानती कि मैंने कितना दुःख सहा है तो शायद ऐसा न सोचती।

वरुणा बोली–मुझे माफ कर दीजिये।

–क्यों? इसमें मेरे पास माफी माँगने की कौन-सी बात हुई? तुमने मेरा कौन-सा नुकसान किया है कि मुझसे माफी माँग रही हो?

वरुणा बोली–काश, मैं भी आपका कोई उपकार कर पाती!

जयसुन्दर बाबू बोले–ऐसा क्यों सोच रही हो? मेरे पास किस बात की कमी है कि तुम मेरा उपकार करोगी? फिर मैं किसी से उपकार लेना पसन्द भी नहीं करता। इसलिए मेरे जीवन में सिर्फ एक आदमी ने मेरा उपकार किया है।

–वह कौन है?

–वह एक मारवाड़ी सज्जन हैं। जब मैं कंगाल था, तब उन्होंने मेरा उपकार किया था। उन्होंने मुझे सिखाया था कि जीवन में कैसे उन्नति की जाती है। उनका नाम है राधेश्याम अग्रवाल। इस निशिकान्त ने उन्हीं की हत्या की है।

–अरे!

–हाँ। मेरे पास उसका सबूत है। लेकिन इस निशिकान्त का भाग्य बड़ा अच्छा है कि अपराध के लिए उसे फाँसी से लटकना नहीं पड़ा। निशिकान्त को सन्देह का लाभ मिला था। इसलिए फाँसी न होकर दस वर्ष जेल काटने की सजा हुई थी। इसी शैतान निशिकान्त को ढूँढ़ निकालने के लिए मैं पुरी आया हूँ।

वरुणा बोली–फिर मैं आपसे बैठने के लिए नहीं कहूँगी। आप अपना काम कीजिये। मैं यह नहीं समझ सकी थी कि आपके लिए इतनी बड़ी समस्या है!

जयसुन्दर बाबू बोले–मैं भी पहले तुम्हारी तरह सोचता था कि जिसके पास पैसा नहीं है, उसी को कष्ट उठाना पड़ता है और जिसके पास पैसा है, उसे कोई कष्ट नहीं रहता। लेकिन अब देख रहा हूँ कि ठीक इसका उल्टा हे। तुम तो जानती हो कि इस संसार में मेरा कोई नहीं है। अपना कहने के लिए जो लोग हैं भी, उन सबने मुझे त्याग दिया है।

–इसका क्या मतलब?

जयसुन्दर बाबू बोले–यह तुमको और किसी दिन बताऊँगा। अभी मैं चल रहा हूँ। दिन की रोशनी रहते-रहते उस शैतान को ढूँढ़ निकालने की कोशिश करूँगा। रात हो जाने पर, यानी अँधेरे में वह कहाँ मिलेगा?

इतना कहकर जयसुन्दर बाबू कमरे से निकल गये।

अपने कमरे में जाकर कपड़े बदलने के बाद जयसुन्दर बाबू सीढ़ी से नीचे गये।

नीचे शेखर बाबू अपने टेबिल के सामने बैठे थे। टेबिल पर रजिस्टर रखा था।

जयसुन्दर बाबू को देखकर शेखर बाबू ने कहा–घूमने चले?

–जी हाँ। जरा घूम आऊँ। जयसुन्दर बाबू बोले।

–बारह नम्बर की लड़की इस समय कैसी है?

जयसुन्दर बाबू बोले–पहले से बहुत ठीक है। अभी तक तो उसी के कमरे में बैठा था। अब तो ठीक से बात कर रही है।

शेखर बाबू ने पूछा–लेकिन आत्महत्या करने क्यों चली थी, आपको कुछ बताया?

जयसुन्दर बाबू ने कहा–जिस कारण से और लोग आत्महत्या करने लगते हैं, उसी कारण से। यानी, डिप्रेशन से। निराशा के कारण सबके मन की वैसी स्थिति हो सकती है।

–उसका कौन है, कुछ बताया?

जयसुन्दर बाबू बोले–उसने तो कहा कि कोई नहीं है। मैंने उसे बहुत समझाया कि घबड़ाने से काम नहीं चलता। खैर, बिल आप उसके नाम से मत बनाइये। उसका सारा खर्च मैं दूँगा।

यह कहकर जयसुन्दर बाबू चले गये। उनके पाँव समुद्र की तरफ चल पड़े।

बहुत सबेरा था। रात की अँधियारी बस छँटी ही थी।

निशिकान्त दास उस समय भी बेखबर सो रहा था। उसके होटल में शायद सभी लोग उस समय सो रहे थे। सिर्फ होटल का मालिक उस समय बिस्टर छोड़कर उठा था।

नौकर-चाकर भी एक-दो उठे थे। वे होटल में ठहरे लोगों के लिए चाय बनाने में व्यस्त थे।

तभी निशिकान्त के कमरे के दरवाजे पर दस्तक हुई।

झटपट उठकर दरवाजा खोलते ही निशिकान्त ने देखा कि वरुणा है।

—अरे! तुम? इतने सबेरे कैसे आ गयी?

वरुणा कुर्सी पर बैठी।

फिर बोली—मैं अभी चली जाऊँगी।

निशिकान्त ने पूछा—सब ठीक है न?

वरुणा ने धीमे स्वर में कहा—आपने जैसा कहा था, मैंने ठीक वैसा किया था।

—मैंने सुना है।

—आपने कैसे सुना?

—मैं तुम्हारे होटल के सामने गया था। उस समय वहाँ समुद्र के किनारे दो आदमी बात कर रहे थे। वे तुम्हारे ही बारे में बता रहे थे। आखिर तुम्हारे कमरे का दरवाजा तोड़ना पड़ा?

वरुणा बोली—मैं तो एकदम बेहोश हो गयी थी। पुलिस और डाक्टर तक को बुलाना पड़ा था। होटल का मैनेजर बहुत डर गया था। फिर कहीं होटल की बदनामी न हो, इसलिए पुलिस को घूस देकर उसने मेरे सामने को रफा-दफा कराया।

—उसके बाद? जयसुन्दर बाबू तुम्हारे कमरे में आये थे?

—हाँ। वही तो बताने आयी हूँ। पुलिस को जो घूस और डाक्टर को जो फीस दी गयी, वह सब रुपया तो उन्हीं ने दिया। अब वह मेरे कमरे में बराबर आ रहे हैं। मुझसे कह रहे हैं कि घबड़ाओ मत, तुम्हारा सारा खर्च मैं दूँगा।

—उसके बाद?

—उसके बाद मुझसे पूछा कि किसलिए मैं पुरी आयी हूँ। इसका जवाब मैंने अपने मन में गढ़कर दिया है। मैंने कहा कि एक नौकरी के सिलसिले में इण्टरव्यू देने आयी थी। लेकिन वह नौकरी नहीं मिली तो मैं आत्महत्या करने चली थी।

सब-कुछ सुनकर निशिकान्त खुश हुआ।

बोला—वाह! तुम तो बहुत बुद्धि रखती हो। अब मैं समझ गया कि यह काम तुम कर सकोगी। अब मैं जैसा कहूँगा, वैसा करोगी तो तुम्हें बहुत रुपये दूँगा।

वरुणा ने पूछा—कितने रुपये देंगे?

—एक हजार रुपये तो तुम्हें दूँगा ही। उसके लिए वादा किया है। अब तुम मुझे वह दो लाख रुपये दिला दो तो मैंने जो वादा किया है, उसका दूना दूँगा। इसके लिए

फिर वादा कर रहा हूँ। लेकिन तुम्हें बहुत होशियार होकर आगे बढ़ना पड़ेगा। वह आदमी भी कम होशियार नहीं है।

–लेकिन मैं आपको कैसे दो लाख रुपये दिला पाऊँगी, समझ नहीं पा रही हूँ।

निशिकान्त बोला–अरे, तुम प्यार का नाटक नहीं कर पाओगी? पहले तुम ऐसा हाव-भाव करोगी कि वह तुम्हारे प्यार के समुन्दर में गोते लगाने लगेगा। तब तुम उससे जो कुछ माँगोगी, वही वह देगा! उसके पास अकूत पैसा है, लेकिन अपनी पत्नी से उसका कोई रिश्ता नहीं है। वैसे आदमी को मतवाला बनाने में कितनी देर लगती है? उसके बेटे भी उसके साथ नहीं रहते।

–लेकिन उनसे रुपया कैसे माँगूँगी?

निशिकान्त बोला–रुपया न माँग सको तो गहने माँगना। हीरे-जवाहरात के जड़ाऊ गहने। यह भी न हो तो कार माँगना।

सुनकर वरुणा को बड़ा आश्चर्य हुआ। उसके मुँह से निकला–कार?

निशिकान्त बोला–हाँ-हाँ, कार। वह चाहे तो एक नहीं, तुम्हें दस कारें दे सकता है। बस, उससे लेने की तकरीब आनी चाहिए।

वरुणा बोली–लेकिन आप चाहे जो कहें, उस सज्जन का दिल बहुत बड़ा है!

–कैसे उसके दिल की थाह लगा ली?

वरुणा बोली–मैं तो उनकी कोई नहीं हूँ, फिर भी वह मेरे लिये कितना खर्च कर रहे हैं। मुझे स्पेशल खाना देने के लिए होटल के मैनेजर से कह रखा है। उसका पूरा खर्च वही देंगे। भला, दूसरे के लिए कौन इतना करता है?

निशिकान्त बोला–तुम उससे पूछना तो कि पुरी किसलिए आया है?

–मैंने पूछा था।

–क्या कहा उसने?

–उन्होंने कहा कि मैं एक आदमी की तलाश में आया हूँ।

–किसकी तलाश में आया है?

वरुणा बोली–आपकी।

–मेरी? तुमको मेरा नाम बताया है?

–हाँ। उन्होंने कहा कि निशिकान्त दास नाम का एक आदमी पुरी आया हुआ है। मैं उसी को ढूँढ़ने आया हूँ। एक-एक होटल में जाकर उसका पता लगा रहा हूँ। उन्होंने यह भी कहा कि आप एक आदमी की हत्या के अभियोग में दस वर्ष जेल काटकर आये हैं। आपने जिस आदमी का खून किया था, उसका नाम है राधेश्याम अग्रवाल।

–यह सब बकवास है। वह चाहता है कि तुम मुझसे नफ़रत करने लगो। मेरा कोई काम न करो। वह इसी तरह मुझे चारों तरफ बदनाम करता फिर रहा है। अगर मैंने किसी का खून किया है तो मेरी फाँसी क्यों नहीं हो गयी? हाँ, एक आदमी ने मुझे उस मामले में फँसा दिया था, जिससे जेल जाना पड़ा था।

वरुणा बोली–लेकिन उन्होंने तो कहा कि खून आपने किया था और उनके पास इसका प्रमाण है।

–अगर प्रमाण है तो उस समय कोर्ट में प्रोड्यूस कर सकते थे। असल में मैंने जो तुमसे कहा है, वह सही है। वह एक नम्बर का शैतान है। अगर ऐसा नहीं है तो उसकी पत्नी उसके साथ क्यों नहीं रहती? उसके दोनों बेटे बाप को छोड़कर विदेश में क्यों रह रहे हैं? उसके घरवाले ही उससे नफ़रत करते हैं। अगर वह सचमुच भला होता तो और चार भले लोगों की तरह घर-गृहस्थी करता। वह ऐसा क्यों नहीं करता?

वरुणा कुछ न बोली, चुप रही।

निशिकान्त बोला–तुम उसकी बातों में हर्गिज मत आना, समझ गयी? मैं सिर्फ तुम्हारे भरोसे यह काम कर रहा हूँ। तुम्हारे लिये अब तक मेरा बहुत रुपया खर्च हो चुका है। तुम्हारे ट्रेन के किराये से लेकर तुम्हें साड़ी खरीद देने तक मेरे बहुत-से रुपये निकल गये हैं। वह सब रुपया निकल आना चाहिए। बस, इसका ख्याल रखना।

वरुणा बोली–लेकिन आपका रुपया कैसे निकल आयेगा, यह तो मैं नहीं समझ पा रही हूँ।

निशिकान्त बोला–सिर्फ मेरा रुपया निकालना नहीं, उससे दो लाख रुपया भी खींचना होगा। जरूरत पड़ेगी तो तुम उसके साथ लेटोगी!

वरुणा चौंक पड़ी।

बोली–यह आप क्या कह रहे हैं?

निशिकान्त बोला–तुम चौंक क्यों रही हो? मैंने कोई गलत नहीं कहा! इस जमाने में लोग रुपये के लिए सब-कुछ कर रहे हैं और तुम इतना नहीं कर सकोगी? अगर न कर सकोगी तो समझ लो कि जिन्दगी भर तुम्हें गरीब रहना पड़ेगा। कभी तुम्हारा दुःख दूर नहीं होगा। अगर तुम किसी आफिस में नौकरी करती तो भी बड़े साहब को खुश करने के लिए सब-कुछ करना पड़ता।

वरुणा ने इस बात का कोई जवाब नहीं दिया।

निशिकान्त उसके चेहरे की तरफ देखकर समझ गया कि वह डर रही है।

इसलिए निशिकान्त बोला–तुम डरो नहीं। इसमें डरने की कोई बात नहीं है। फिर मैं तो हूँ।

लेकिन वरुणा रोने लगी।

वह बोली–दया करके आप मुझे कलकत्ते वापस भेज दीजिये। अगर आप ये बताते कि मुझको यह सब काम करना पड़ेगा तो मैं हर्गिज

आपके साथ न आती। मुझे ट्रेन का किराया दे दीजिये, मैं कलकत्ते लौट जाऊँगी।

निशिकान्त बोला–लेकिन यहाँ तक आकर नहीं लौटा जा सकता। अगर तुम लौटना चाहोगी तो मैं तुम्हें लौटने नहीं दूँगा। जैसे भी हो, इस काम को पूरा करना पड़ेगा। इस काम को पूरा किये बिना तुम भाग नहीं सकती।

भर्राये हुए स्वर में वरुणा बोली–मैं यह सोच भी न पाती थी कि मुझे एक असहाय लड़की पाकर इस तरह धमकी देंगे।

इतना कहकर वरुणा उठी।

बोली–अच्छा, मैं जा रही हूँ।

होटल से निकलकर वरुणा सड़क पर आ गयी।

उस समय ठीक से सबेरा हुआ था। गली से दो-चार लोग आने-जाने लगे थे।

वरुणा जब निशिकान्त के होटल में आ रही थी, उस समय चारों तरफ हलका अँधेरा था। वह अपने कमरे में ताला लगाकर निकल पड़ी थी। उसने सोचा, अब शायद होटल के लोग मुझे ढूँढ़ने लगे होंगे। जो लड़की अभी नींद की गोलियाँ खाकर आत्महत्या करने चली थी, वह अगर सबेरे-सबेरे किसी को कुछ बताये बिना होटल से गायब हो जाय तो लोगों को चिन्ता होना स्वाभाविक है।

गली से निकलकर वरुणा फिर समुद्र के किनारे आयी तो उसे लोगों की भीड़ दिखायी पड़ी। जो लोग स्वास्थ्य सुधारने आये थे, वे नींद से जगते ही समुद्र के किनारे हवाखोरी के लिए आ पहुँचे थे। वरुणा धीरे-धीरे अपने होटल की तरफ चलने लगी। उसे लगा कि इस विराट् विश्व ब्रह्माण्ड में वह एकदम अकेली है। सचमुच उसका कोई नहीं था। लोगों के माँ-बाप और भाई-बहन रहते हैं, लेकिन उसके सभी कोई रहते हुए कोई नहीं था।

सचमुच ऐसा समय था, जब बाप उससे बहुत प्यार करते थे।

बाप कहते थे–अच्छे-से-अच्छा लड़का देखकर मैं वरुणा का ब्याह करूँगा।

माँ कहती थीं–अभी मैं उसकी शादी नहीं करूँगी। आजकल इतनी कम उम्र में किसी की शादी नहीं हो रही है।

कहाँ वह दिलदारपुर है और कहाँ यह पुरी!

दिलदारपुर में वरुणा उन दिनों स्कूल में पढ़ती थी। तभी एक दिन एक सज्जन ने उसे देख लिया था। वरुणा उस सज्जन को नहीं पहचानती थी। वह बड़ी अच्छी धोती और कुरता पहने हुए थे।

उस सज्जन को देखकर वरुणा को लगा था कि वह किसी दूसरे गाँव के हैं। न जाने किस कारण से दिलदारपुर आये थे।

वरुणा को रास्ते में रोककर उस सज्जन ने पूछा था–बच्ची, तुम्हारा क्या नाम है?

झिझकते हुए वरुणा ने अपना नाम बताया था–वरुणा।

–वरुणा क्या?

फिर वरुणा ने धीरे से कहा था–वरुणा चौधरी।

–तुम लोग ब्राह्मण हो या कायस्थ?

–कायस्थ।

इतना पूछकर ही वह सज्जन चुप नहीं हुए थे।

फिर पूछा था–तुम्हारा घर कहाँ है?

–दक्षिणपाड़ा में।

उसके बाद वरुणा के पिता का नाम मालूम कर वह सज्जन वरुणा के घर आये थे। वरुणा घर लौट आयी तो थोड़ी देर बाद वह सज्जन भी आ गये। उस सज्जन को अपरिचित देखकर वरुणा के पिता ने उनको बड़े आदर से बिठाया।

कमरे में बैठने के बाद उस सज्जन ने कहा–मैं अपने किसी काम से आपके दिलदारपुर में आया था। रास्ते में देखा कि आपकी बेटी स्कूल से लौट रही है। अब आपसे मेरा एक प्रस्ताव है चौधरी बाबू।

वरुणा के बाप उस सज्जन की बात सुनकर आश्चर्य में पड़ गये।

बोले–आपका परिचय?

उस सज्जन ने कहा–मेरा नाम है भूदेवभूषण घोषराय। कभी हमारी जमींदारी थी, लेकिन अब तो वह सब सरकार ने ले लिया है।

वरुणा के बाप बोले–मेरा बड़ा सौभाग्य है कि आपने इस गरीब की कुटिया में कदम रखा।

उस सज्जन ने कहा–मैं अपने बेटे के लिए आपकी बेटी को माँगने आया हूँ। आप हमारी जाति के हैं।

और भी क्या-क्या बात हुई, वरुणा सुनना चाहती थी, लेकिन माँ ने आकर उसे टोका-तू दरवाजे की आड़ में खड़ी होकर क्या सुन रही है। हट यहाँ से।

उसके बाद बाप घर के अन्दर आये।

माँ से बोले-सुनती हो। कमलपुर के जमींदार भूदेवभूषण घोषराय आये हुए हैं। उन्होंने हमारी बेटी को देखकर पसन्द किया है। वह अपने इकलौते बेटे से हमारी वरुणा का ब्याह करना चाहते हैं। बताओ, उनको क्या जवाब दूँ?

यह सुनकर माँ बोली-क्या कहते हैं? वरुणा तो अभी बच्ची है। उसकी क्या शादी करेंगे? उन्होंने हमारी बेटी को कैसे देखा?

बाप बोले-वरुणा स्कूल से लौट रही थी, तभी उन्होंने देख लिया था। फिर हमारा मकान ढूँढ़ते हुए आये। अगर वरुणा की शादी करना चाहती हो तो बोलो। ऐसा लड़का फिर नहीं मिलेगा।

लेकिन माँ ने विरोध किया-आप पागल हो गये हैं क्या? वैसा लड़का क्यों नहीं मिलेगा? बेटी क्या हमारे लिये बोझ हो गयी है?

वरुणा ने उन दिनों की बातें याद कीं।

अन्त तक वह सज्जन निराश होकर लौट गये थे। उसके बाद वह दोबारा नहीं आये।

लेकिन उसके बाद जो कुछ हुआ, वरुणा ने कभी उसकी कल्पना नहीं की थी।

धीरे-धीरे वरुणा ने स्कूल की पढ़ाई पूरी कर ली। वह मैट्रिक पास कर गयी तो उसे कालेज में पढ़ाने की बात चली।

बाप बोले-अब वरुणा को आगे पढ़ाने की जरूरत नहीं है। अब उसकी शादी कर देनी चाहिए।

वरुणा की माँ बोली-जी नहीं। मैं उसे कालेज में पढ़ाऊँगी। मैं खुद पढ़ न सकी तो मुझे बड़ा अफसोस है। कालेज में पढ़ाकर उसे बी०ए० पास कराऊँगी।

उन दिनों शहर के कालेज में पढ़ने के लिए लड़कियों को हास्टल में रहना पड़ता था। उसमें बहुत पैसा लगता था।

फिर भी माँ बोली-बहुत पैसा लगेगा तो क्या हुआ? मैं आधा पेट खाकर वरुणा को पढ़ाऊँगी। वह जरूर बी० ए० पास करेगी।

फिर वरुणा पढ़ने के लिए शहर गयी।

हास्टल का मतलब कई अन्य लड़कियों के साथ रहना था। वे लड़कियाँ एक साथ खाती थीं, सोती थीं और पढ़ती थीं। हर काम एक साथ करना पड़ता था।

फिर हास्टल में कुन्ती दी से परिचय हुआ। कुन्ती सेन। कुन्ती दी से वरुणा की बड़ी दोस्ती हो गयी। वरुणा कुन्ती दी के साथ एक कमरे में रहती थी।

कुन्ती दी की विधवा माँ गाँव में रहती थी। अपना कहने के लिए कुन्ती दी का और कोई नहीं था। कुन्ती दी वरुणा से दो क्लास ऊपर पढ़ती थी। उसके घर से रुपया नहीं आता था। लड़कियों को ट्यूशन पढ़ाकर जो पैसा मिलता था, उसी से कुन्ती दी अपना खर्च चलाती थी। उसी पैसे से कुछ बचाकर वह माँ को भी भेजती थी।

वही कुन्ती कहती थी–यहाँ की परीक्षा पास कर मैं कलकत्ते जाऊँगी। तू मेरे साथ चलेगी?

वरुणा कहती थी–पिता जी क्या मुझे कलकत्ते जाने देंगे? अगर जाने देंगे तो जरूर जाऊँगी। लेकिन कलकत्ते जाकर क्या करूँगी?

कुन्ती दी कहती थी–मैं तो नौकरी करूँगी। आजकल कलकत्ते में यहाँ की बहुत-सी लड़कियाँ नौकरी करती हैं।

–कौन आपको नौकरी दिलायेगा?

–मैं खुद एक-एक आफिस में जाकर नौकरी ढूँढ़ लूँगी। यहाँ रहने पर कोई नौकरी नहीं मिलेगी। हमारे कालेज की बहुत-सी लड़कियाँ इस समय कलकत्ते में नौकरी कर रही हैं।

वरुणा ने पूछा था–लेकिन आप कहाँ रहेंगी?

–क्यों, लेडीज मेस है।

वरुणा कहती थी–लेकिन मेरी माँ मुझे नौकरी नहीं करने देंगी।

उन दिनों की बातें याद कर वरुणा को बड़ा आश्चर्य लगा। उसने कैसा-कैसा सपना देखा था। उसकी आँखों में कितनी आशाएँ थीं। कुन्ती दी भी उससे कितना प्यार करती थी। लेकिन एक दिन वह सब न जाने अचानक कहाँ गायब हो गया।

वरुणा बी० ए० की परीक्षा देनेवाली थी।

कुन्ती दी कलकत्ते चली गयी। जाते समय उसने कहा–वरुणा, कलकत्ते से तुझे चिट्ठी लिखूँगी, लेकिन जवाब जरूर देना।

तभी एक दिन अचानक वरुणा के घर से पिता जी का पत्र आया, माँ का देहान्त हो गया है।

वरुणा ने उन दिनों की बातें याद कीं।

पिता जी का पत्र पाते ही वरुणा की आँखों के आगे मानो अँधेरा छा गया था। माँ की मृत्यु का समाचार उसने न जाने किस तरह सह लिया था! उसे ले जाने के लिए पिता जी हास्टल में आये। उसका रोना देखकर पिता जी भी रोये। उसके बाद रोते-रोते बाप-बेटी दोनों दिलदारपुर गये। माँ का श्राद्धकर्म सम्पन्न हुआ। वहाँ कई

दिन रोते-रोते वरुणा की आँखें सूज गयी थीं।

बेटी को रोते देखकर बाप कहते थे-रो मत बेटा। तुझे रोते देखकर मुझे भी रुलाई आती है।

वरुणा कहती थी-अब मैं कालेज में नहीं जाऊँगी पिता जी।

-क्यों री? क्या हो गया? नहीं पढ़ेगी?

वरुणा कहती थी-आप अकेले यहाँ कैसे रहेंगे?

सचमुच माँ जब तक थी, घर कितना भरा-भरा लगता था। सिर्फ एक माँ की कमी से सारा घर मानो सूना हो गया था। कभी-कभी वरुणा माँ को सपने में देखती थी। लेकिन एक दिन पिता जी उसे समझा-बुझाकर कालेज के हास्टल में रख आये।

बोले-घबड़ाना मत। बीच-बीच में आकर तुझे देख जाया करूँगा।

वरुणा का मन कहीं उदास न हो जाय, इसलिए लौटते समय बाप ने उसे बहुत समझाया।

बोले-रो मत। तू मेरे लिये परेशान मत हो। तू परीक्षा में पास हो ले तो आकर तुझे ले जाऊँगा।

यह कहकर वरुणा के बाप चले गये।

ठीक उसी के बाद वरुणा के जीवन में वह दुर्घटना घटी।

वरुणा के बाप ने दूसरी शादी कर ली।

शुरू-शुरू में नयी माँ वरुणा को न जाने कैसी लगती थी। वह पहलेवाली माँ की तरह नहीं थी। वह तो बस हुक्म करना जानती थी। अगर वह वरुणा को एक मिनट भी बैठी देख लेती थी, तो फौरन हुक्म करती थी-कमरे में जरा झाड़ू क्यों नहीं लगा देती? चुपचाप बैठी क्यों है?

वरुणा की अपनी माँ ने कभी वरुणा को काम करने नहीं दिया था। अगर वरुणा कभी कोई काम करने लगती थी तो माँ मना करती थी। लेकिन नयी माँ दूसरी तरह की थी। अगर वरुणा एक मिनट भी चुपचाप बैठ जाती थी, तो नयी माँ उस पर दुनिया भर का काम लाद देती थी। पहली माँ एकदम दूसरी तरह की थी। वरुणा कोई काम करना चाहती थी तो माँ कहती थी-तुम पढ़ना-लिखना लेकर रहो वरुणा, मैं सारा काम कर लूँगी।

एक दिन कुन्ती दी का पत्र आया।

नयी माँ ने वह पत्र देख लिया।

पूछा-तेरे नाम किसी चिट्ठी आयी? किसने तुझे चिट्ठी लिखी, दिखा।

नयी माँ को पढ़ना नहीं आता था। उसने वरुणा से वह पत्र लेकर वरुणा के बाप को जाकर दिखाया।

कहा–देखिये, अभी से आपकी बेटी को कौन चिट्ठी लिखने लगा है! पढ़कर देखिये किसकी चिट्ठी है। अपनी लाडली बेटी की करतूत खुद अपनी आँखों से देख लीजिये। मैं कहूँगी तो आप विश्वास नहीं करेंगे।

बाप ने वह पत्र पढ़कर कहा–यह चिट्ठी उसकी सहेली की है। यह लड़की उसके साथ कालेज में पढ़ती थी। अपनी सहेली को खत लिखा है।

फिर भी नयी माँ के मन से सन्देह दूर नहीं होता था।

वरुणा एक मिनट के लिए खिड़की के पास जाकर खड़ी हो जाती थी तो नयी माँ फौरन उसके बाप से जाकर कहती थी–सुन लीजिये, आपकी बेटी आजकल क्या करने लगी है।

बाप आश्चर्य में पड़ जाते थे कि पता नहीं वरुणा ने क्या कर लिया है।

पूछते थे–वरुणा क्या करने लगी है?

–अभी थोड़ी देर पहले आपकी लाडली खिड़की से एक लड़के को इशारा कर रही थी।

इस पर वरुणा के बाप कहते थे–क्या कहती हो? वरुणा वैसा नहीं कर सकती।

यह सुनकर नयी माँ कहती थी–तो मैं झूठ कह रही हूँ? सारा दोष मेरा है और आपकी लाडली बेटी में कोई दोष नहीं है। वह एकदम सती अनसुइया है।

एक दिन वरुणा को अलग बुलाकर उसके बाप ने उससे कहा–क्यों री, तेरी नयी माँ तुझसे जलती है?

वरुणा चुपचाप खड़ी रही। उसकी आँखें छलछला आयीं। लेकिन उसने एक भी शब्द नहीं कहा।

बाप बोले–बुरा मत मान वरुणा, तेरा कोई दोष नहीं है। सारा दोष मेरा है। शायद मैंने दूसरी शादी करके गलती की है। लेकिन क्या करता, बता? उस समय तो ऐसा हो गया था कि घर की देखभाल करनेवाला कोई नहीं था। कौन खाना बनाता और कौन साफ-सफाई करता? गाँव में अच्छा नौकर भी नहीं मिलता। यही सब सोचकर शादी की थी। उस समय मुझे क्या पता था कि उसका यह परिणाम होगा।

उसके कुछ दिन बाद नयी माँ माँ बनी। वरुणा के भाई हुआ। नयी माँ उस समय सौरी में थी। गृहस्थी का सारा भार वरुणा पर आ पड़ा। लेकिन उससे वरुणा को कोई कष्ट नहीं था। उसे तो कष्ट तब होता था, जब सौरी से उसकी नयी माँ उसे खरी-खोटी सुनाती थी।

खाना खाते-खाते नयी माँ चीखने लगती थी।

कहती थी–अजी जल्दी आइये। देखिये, आपकी लाडली बेटी ने क्या सर्वनाश किया है!

चिल्लाहट सुनकर वरुणा के बाद दौड़ते हुए सौरी के सामने पहुँच जाते थे।

पूछते थे–क्यों? क्या हो गया है?

नयी माँ थाली की ओर इशारा करके कहती थी–जरा देखिये न! आपकी बेटी ने सब्जी में कितना तेल डाला है। सारा तेल सब्जी बनाने में खर्च कर दिया होगा। खैर, मेरा क्या! आपका पैसा खराब हो रहा है, मैं क्यों यह सब कहकर अपनी जबान खराब करूँ? आपकी बेटी और आपका पैसा, आप समझें। मैं आप लोगों के बीच में बोलनेवाली कौन होती हूँ? मैं तो दूसरे के घर से यहाँ आयी हूँ।

इस पर बाप कहते थे–मैंने भी तो वह सब्जी खायी, लेकिन मुझे उसमें अधिक तेल नहीं लगा।

नयी माँ कहती थी–क्यों लगेगा? आपकी बेटी ने सब्जी बनायी है तो आपको क्यों उसमें अधिक तेल जान पड़ेगा? मैं तो पराये घर से आयी हूँ। मैं इस घर की कोई नहीं हूँ। अगर आपके मन में यही था तो आप मुझे क्यों इस घर में ले आये? किसने आपको कसम धरायी थी कि शादी कर लीजिये?

फिर नयी माँ सौरी में बैठकर रोने लगती थी। रोते हुए अपनी माँ को पुकारकर कहती थी–हाय अम्मा! आकर देख लो कि तुम्हारी बेटी की क्या दुर्गत हो रही है! देख लो कि तुमने मुझे कैसे आदमी के हाथों में सौंप दिया है। तुमने मेरे मुँह में नमक ठूँसकर मुझे मार क्यों नहीं डाला? तुमने मेरा गला दबाकर मुझे तालाब में डुबो क्यों नहीं दिया? तुमने मुझे जिन्दा रखकर क्यों यह वैर निकाला?

कहाँ दिलदारपुर था और पता नहीं किस गाँव में वरुणा की नयी माँ की माँ थी! वहाँ से वह माँ कैसे अपनी दुखिया बेटी की बातें सुन सकती थी? फिर भी नयी माँ का चीखना-चिल्लाना बदस्तूर जारी रहता था। यह एक दिन की बात नहीं थी। रोज ऐसा होता था।

फिर क्या सरसों का तेल ही था? कभी चीनी लेकर भी बात का बतंगड़ बन जाता था।

चाय का एक घूँट मुँह में लेते ही नयी माँ पूरी चाय नाली में गिरा देती थी।

कहती थी–चाय है या शरबत? चीनी डाल-डालकर एकदम शरबत बना दिया है!

अगर वरुणा के बाप भी उस समय चाय पी रहे होते थे तो कहते थे–कहाँ? मुझे तो अधिक चीनी नहीं लग रही है!

इस पर नयी माँ कहती थी–आपको क्यों अधिक चीनी लगेगी? यह तो मेरी जबान का दोष है। अब से मैं अपनी चाय खुद बना लिया करूँगी। आप दोनों बाप-बेटी हाथ-पर-हाथ धरे बैठे रहिये।

बाप ने एक दिन बेटी को अलग बुलाया।

कहा–वरुणा बेटा, बुरा मत मान। तू तो अपनी माँ को जानती है। वह चाहे जो कहे, उधर ध्यान मत देना। अब सोचता हूँ कि उस बार जब कमलपुर के भूदेव बाबू तेरी शादी का रिश्ता लेकर आये थे, तब उनको लौटा न देता तो अच्छा करता। वह शादी हो जाती तो तेरा भी भला होता और मुझे भी सुख मिलता। उसके बाद सालभर बीतते-न-बीतते वरुणा के और एक भाई हुआ। खटते-खटते वरुणा हलाकान हो गयी। घर के रोज के काम-काज के साथ नये काम-काज भी बढ़ गये। नयी माँ के बड़े बच्चे को नहलाने, खिलाने और सुलाने के अलावा उस नखरेवाली औरत की सेवा-टहल करना था। वरुणा बुरी तरह परेशान हो गयी। ऊपर से बात-बात पर उसे ताना सुनने को मिलता था।

उसी समय कुन्ती दी का एक पत्र आया।

कुन्ती दी ने लिखा था–दो दिन की छुट्टी पर गाँव जाऊँगी। हो सके तो मिल लेना।

वरुणा ने यह वह पत्र पाकर मन-ही-मन तय कर लिया कि बस! अब नहीं। इस अवसर को हाथ से निकलने नहीं दूँगी।

फिर तो वरुणा ने उसी तरह काम किया।

कुन्ती दी भी वरुणा को देखकर आश्चर्य में पड़ गयी थी।

कहा–अरी तू? इतने सबेरे कहाँ से आ गयी?

वरुणा बोली–मैं आपके साथ कलकत्ते जाऊँगी कुन्ती दी। बड़ी मुसीबत में हूँ, मुझे बचा लीजिये।

कुन्ती दी बोली–बाप को बताकर आयी है न?

वरुणा बोली–बताती तो आने क्यों देते? मुझे आप कलकत्ते ले चलें। आपके पाँवों पड़ती हूँ कुन्ती दी, मुझे अपने साथ ले जायँ। घर में रहूँगी तो मर जाऊँगी।

कुन्ती दी बोली–अगर तेरे पिता जी पुलिस में खबर कर दें तो?

वरुणा बोली–पुलिस मेरा क्या करेगी? अब तो मैं बड़ी हो गयी हूँ। मैं कहूँगी कि मैं अपनी इच्छा से कलकत्ते आयी हूँ। यही नौकरी करूँगी।

अन्त तक वही हुआ।

कुन्ती दी के साथ वरुणा कलकत्ते चली आयी। पास में एक पैसा नहीं था। कुन्ती दी ने रेलगाड़ी के टिकट का पैसा दिया। वरुणा अक्लमन्दी कर अपने साथ

दो-तीन साड़ियाँ और ब्लाउज ले आयी थी। वही लेकर वह डी० एल० राय स्ट्रीट के लेडीज मेस में पहुँच गयी। उस मेस में बहुत-सी लड़कियाँ थीं। अधिकतर लड़कियाँ कहीं-न-कहीं नौकरी करती थीं।

रात को वरुणा कुन्ती दी के कमरे में एक तख्त पर सोती थी।

कुन्ती दी ने वरुणा को समझा दिया-अब तू कई दिन कहीं मत निकलना। यह कलकत्ता बहुत बुरा शहर है। मैं तुझे किसी दिन कलकत्ता घुमा दूँगी।

वरुणा बोली-मुझे कलकत्ता घूमकर देखने की इच्छा नहीं है। आप कहीं मेरी नौकरी लगा दीजिये।

कुन्ती दी बोली-नौकरी पाना इतना आसान नहीं है। उसके लिए बहुत दिन चक्कर लगाना पड़ेगा। मैं अपने आफिस में कोशिश कर रही हूँ। लेकिन लगता है कि नहीं होगा। जब तक कहीं नौकरी नहीं लगती, तू लड़कियों को पढ़ाया कर। मैं तेरे लिये ट्यूशन का जुगाड़ कर दूँगी।

वरुणा बोली-आप जो काम दिलायेंगी, मैं वही करूँगी।

बहुत कोशिश करने के बावजूद वरुणा को कहीं नौकरी नहीं मिली। लेकिन दो ट्यूशन मिल गये। पन्द्रह-पन्द्रह रुपये के ट्यूशन थे। महीने में तीस रुपये मिलने लगे। वह भी क्या कम था?

शुरू में कई दिन मेस का खर्च कुन्ती दी ने दिया। वरुणा ने सोचा

कि धीरे-धीरे कुन्ती दी का पैसा चुकता कर दूँगी। सिर्फ मेस में रहने-खाने का खर्च नहीं था। तेल-साबुन-गमछा आदि के लिए भी पैसे की जरूरत थी।

एक दिन सड़क पर चलते समय चप्पल फट गये। चप्पल हाथ में लिये चलने में वरुणा को बहुत शरम लगी। लेकिन कोई उपाय नहीं था। फिर भी वरुणा को कलकत्ता दिलदारपुर से कहीं अच्छा लगा। यहाँ कम-से-कम बात-बात पर ताना देनेवाला कोई नहीं था।

रात को वरुणा ने कुन्ती दी से कहा-आज मेरे चप्पल फट गये कुन्ती दी।

-बनवा क्यों नहीं लिया? रास्ते में कितने मोची बैठे रहते हैं।

वरुणा बोली-बनवा लिया है। लेकिन अब वह नहीं चलेगा। नया खरीदना पड़ेगा।

दूसरे महीने वरुणा ने सात रुपये देकर एक जोड़ा नया चप्पल खरीदा। लेकिन कुन्ती दी को मेस का खर्च कम दिया।

उसके बाद वरुणा ने खुद एक ट्यूशन जुटा लिया। इस ट्यूशन से पैसा कुछ ज्यादा मिलनेवाला था। यह ट्यूशन तीस रुपये का था। लेकिन उससे क्या होता? उस छात्रा की शादी हो गयी।

कुन्ती दी आफिस से लौटती तो वरुणा उससे पूछती–कहीं किसी नौकरी का पता चला कुन्ती दी?

प्रतिदिन कुन्ती दी उसे निराशाजनक समाचार सुनाती।

कभी–कभी वरुणा स्वयं दोपहर की निकल पड़ती थी। दफ्तरों का चक्कर लगाती थी। कभी–कभी अखबार में विज्ञापन देखकर दरखास्त भेजती थी। दरखास्त भेजने के बाद उत्तर की आशा में दिन, फिर महीना गिनती रहती थी। लेकिन उत्तर कभी नहीं आता था।

उस लेडीज मेस में सिर्फ कुन्ती दी अकेली नहीं रहती थी। और भी अनेक स्त्रियाँ रहती थीं–शेफाली दी, विजया दी और मानसी दी आदि। उनमें कुछ कम उम्र की थीं तो कुछ अधिक उम्र की। वरुणा ने नौकरी के लिए सबसे कह रखा था। उनमें कोई टाइपिस्ट थी, तो कोई टेलीफोन आपरेटर और कोई क्लर्क। खाना खाकर सब जल्दी–जल्दी चली जाती थीं। जब वे सब लौटने लगती थीं, तब वरुणा पैदल ट्यूशन पढ़ाने निकलती थी।

ठीक उसी समय वह बुरा समाचार सुनने को मिला।

कुन्ती दी का तबादला हो गया था और वह बहुत जल्दी जयपुर जानेवाली थी।

यह खबर सुनकर वरुणा रो पड़ी।

बोली–अब क्या होगा कुन्ती दी? मैं कहाँ रहूँगी? किसके पास रहूँगी? कौन मुझे देखेगा?

कुन्ती दी बोली–क्यों घबड़ा रही है? तू यहाँ जिस तरह रह रही है, रहेगी और जो कुछ कर रही है, करेगी। यहाँ तो सब तेरी दीदी हैं। फिर वहाँ कोई नौकरी मिलेगी तो तुझे चिट्ठी लिखूँगी। फिर तू वहीं चली आना।

वरुणा बोली–लेकिन आपने जो अब तक मुझे पाँच सौ रुपया दिया है, उसका क्या होगा?

कुन्ती दी बोली–जब तुझे नौकरी मिल जायगी, दे देना। मैं तो अभी तुझसे रुपया नहीं माँग रही हूँ।

वरुणा ने उन दिनों की बातें याद कीं।

सचमुच जिस दिन कुन्ती दी कलकत्ता छोड़कर चली गयी, वरुणा बहुत रोयी थी। उसका वह रोना रुकना नहीं चाह रहा था।

कुन्ती दी ने वरुणा को छाती से लिपटाकर आश्वासन दिया था।

कहा था–रो मत! जब मैंने तेरा जिम्मा लिया है, तब यह जिम्मेदारी जरूर निभाऊँगी। तेरे लिये कुछ–न–कुछ जरूर करूँगी।

उस आश्वासन से वरुणा को अपने मन में बड़ा बल मिला था।

कुन्ती दी चली गयी।

वरुणा प्रतिदिन कुन्ती दी के पत्र की प्रतीक्षा करती रही। लेकिन कितने दिन बीत गये, कुन्ती दी का कोई पत्र नहीं आया।

उन्हीं दिनों शेफाली दी एक आदमी को वरुणा के पास ले आयी।

मकान मालिक का एक आदमी हर महीने किराया लेने आता था। यह वही आदमी था। इसको वरुणा ने अनेक बार देखा था।

शेफाली दी ने कहा–नौकरी करेगी वरुणा?

नौकरी का नाम सुनकर वरुणा खिल गयी। उसे मानो आसमान का चाँद मिल गया।

कहा–कहाँ है नौकरी शेफाली दी? मैं तो नौकरी खोजते-खोजते परेशान हो गयी।

वह आदमी शेफाली दी के साथ आया था।

शेफाली दी ने उस आदमी का परिचय देते हुए कहा–इनको तो पहचानती है वरुणा? यह नरेन बाबू हैं। हमारे मकान मालिक के लड़के। इनको एक लड़की की जरूरत है।

नरेन बाबू ने पहले वरुणा को अच्छी तरह देख लिया।

फिर कहा–लेकिन यह नौकरी यहाँ नहीं, पुरी में है। पुरी तो जानती हैं? कम-से-कम नाम तो जरूर सुना होगा? वहीं आपको जाना पड़ेगा। जायंगी?

वरुणा क्या कहती! उस समय अगर कोई उससे नरक जाने के लिए भी कहता तो वह सहर्ष तैयार हो जाती।

बोली–कब जाना पड़ेगा?

फिर दो-चार बातें हुईं।

उसी दिन शाम को नरेन बाबू एक सज्जन को मेस में ले आये।

उस सज्जन ने अपना नाम बताया–निशिकान्त दास।

वरुणा को निशिकान्त दास की बातचीत अच्छी लगी।

निशिकान्त दास बोला–मुझे आप ही जैसी एक लड़की की तलाश थी।

वरुणा ने सिर्फ पूछा–पुरी में मुझको क्या करना पड़ेगा?

निशिकान्त दास बोला–वह सब मैं बाद में आपको बता दूँगा। पहले आप यह तो बतायें कि जाने के लिए तैयार हैं या नहीं?

–कब चलना होगा?

निशिकान्त दास बोला–आज चलना चाहें तो आज चल सकती हैं, नहीं तो कल। वेतन के बारे में बता दूँ। वेतन आपको अच्छा दिया जायगा।

–लेकिन मुझको तो इसी वक्त रुपये की जरूरत है। ट्रेन भाड़े का पैसा भी मेरे पास नहीं है। पहले कुछ पैसा मिल सकता है?

–बताइये, कितना चाहिए। ट्रेन के किराये के बारे में चिन्ता न करें। मैं तो आपको अपने साथ ले जाऊँगा। वह सब जिम्मा मेरा है। आपको कितना चाहिए, बताइये।

वरुणा समझ न पायी कि उसे कितना रुपया चाहिए।

अन्त में सोचकर कहा–यही समझ लीजिये कि दो सौ रुपये।

निशिकान्त दास ने दस रुपये के बीस नोट निकालकर वरुणा के हाथ पर रख दिये।

वरुणा को एक साथ कभी उतने रुपये नहीं मिले थे।

रुपये हाथ में लेकर वरुणा ने शेफाली दी की तरफ देखा।

शेफाली दी ने उसकी हिम्मत बँधाते हुए कहा–हाँ-हाँ, चली जा। इस समय तू कोई नौकरी नहीं कर रही है। इसलिए छोटा–मोटा जो भी काम मिले कर ले। फिर जब अच्छी नौकरी लग जायगी, तब यहाँ चली आयेगी। हम सब तो हैं ही।

फिर निशिकान्त दास की तरफ देखकर शेफाली दी ने कहा–वरुणा बड़ी सीधी लड़की है। आप उसका जरा ख्याल रखियेगा।

निशिकान्त दास बोला–यह बताने की जरूरत नहीं है।

–उसे कितनी तनखाह देंगे?

निशिकान्त दास ने कहा–आजकल तीन सौ रुपये से कम में किसी का नहीं चलता। फिर आप कहेंगे तो छह महीने बाद चार सौ रुपये कर दूँगा।

तो वही बात पक्की रही।

फिर निशिकान्त दास एक दिन वरुणा को साथ लिये ट्रेन में बैठ गया।

उस समय तक वरुणा कुछ भी न समझ सकी थी। लेकिन ट्रेन चल देने के बाद वह समझ सकी। वह समझ सकी कि उसे कौन-सा काम करना पड़ेगा। किसी एक अमीर को फँसा कर, बहका–फुसलाकर अपनी मुट्ठी में करना और उससे रुपया ऐंठना होगा। यही वरुणा का काम था!

अपने काम के बारे में सुनकर पहले तो वरुणा घबड़ा गयी थी।

कहा था–आपने यह सब पहले क्यों नहीं बताया था? पहले यह सब मालूम होता तो मैं हर्गिज आपकी नौकरी न करती।

निशिकान्त दास ने कहा था–इतना आगे बढ़कर तुम पीछे हटने की बात कर रही हो? पता है, तुम्हारे लिये मेरे कितने रुपये खर्च हो गये हैं? अब वह रुपये कौन वापस करेगा?

वरुणा ने कहा था–फिर आप मुझे यहीं उतर जाने दीजिये। मैं लौट जाऊँगी।

निशिकान्त दास ने कहा था–पागलपन मत करो। मैं तुम्हें एक हजार रुपये दूँगा। पहले तुम मेरा काम निकाल दो। उसके बाद कहोगी तो एक हजार रुपये और दे दूँगा। कुल दो हजार रुपये मिलेंगे। अब ठण्डे दिमाग से सोच लो।

दो हजार रुपये!

वरुणा–जैसी लड़की के लिए दो हजार रुपये का लालच सँभालना मुश्किल था। कहाँ वह दिलदारपुर था, जहाँ से एक दिन वह भागकर कलकत्ते आयी थी। उसे उस समय सिर्फ कुन्ती दी का सहारा था। वह कुन्ती दी भी उसे कलकत्ते छोड़कर जयपुर चली गयी।

अपने भाग्य के बारे में सोचकर वरुणा को बड़ा गुस्सा आया। एक दिन कमलपुर के जमींदार भूदेवभूषण घोषराय ने अपने बेटे के साथ उसका ब्याह करना चाहा था। भूदेव बाबू ने उसके बाप को कितना समझाया था। उस समय अगर वहाँ उसकी शादी हो जाती तो आज यह गन्दा काम न करना पड़ता।

गन्दा काम ही तो है! वरुणा ने सोचा। जयसुन्दर बाबू तो आदमी बुरे नहीं हैं।

कहाँ वरुणा आयी थी जयसुन्दर बाबू को मुट्ठी में करके रुपया ऐंठने, लेकिन वह खुद उनकी मुट्ठी में हो गयी। जयसुन्दर बाबू को भी अपने जीवन में कम दुःख नहीं मिला था। पत्नी के रहते हुए उससे उनका सम्बन्ध नहीं था। दो–दो बेटे थे। लेकिन उनसे भी उनका कोई सम्पर्क नहीं था। उनका भी जीवन बड़ा विचित्र था। फिर वरुणा से उनका क्या अन्तर था?

समुद्र के किनारे से रास्ता था। उसी रास्ते से चलते हुए वरुणा अपने पूरे जीवन की परिक्रमा करके लौट आयी। उसने सोचा, अब क्या करना चाहिए? किसी को कुछ बताये बिना यहाँ से भाग चलूँ? लेकिन भागकर कहाँ जाऊँगी? मान लिया जाय कि ट्रेन का किराया जयसुन्दर बाबू से मिल जायगा। लेकिन मुझ पर तो बहुतों का बहुत कर्ज लदा हुआ है। उसके साथ जयसुन्दर बाबू का कर्ज भी जुड़ जायगा।

वरुणा सोचती रही। लेकिन कलकत्ते जाकर कहाँ ठहरूँगी? क्या फिर डी० एल० राय स्ट्रीटवाले उसी लेडीज मेस में जाऊँगी? लेकिन वहाँ मेरा अपना कौन है? शेफाली दी, विजया दी और मानसी दी आदि तो मेरी कोई नहीं हैं? एक अपनी थी कुन्ती दी। लेकिन तबादला होकर जयपुर जाने के बाद वह भी मुझे एकदम भूल गयी है। एक चिट्ठी तक नहीं दी।

समुद्र की लहरें बार-बार आकर वरुणा के पाँवों को छू रही थीं।

तभी अचानक वरुणा ने देखा कि समुद्र के किनारे एक जगह बहुत भीड़ है।

क्या वहाँ मछुए मछली मार रहे हैं? वरुणा ने सोचा। लेकिन तभी उसने देखा कि उस भीड़ में पुलिसवाले भी हैं।

आखिर वहाँ क्या हो गया है?

वरुणा बहुत जल्दी-जल्दी उसी भीड़ की तरफ चली। लेकिन उस भीड़ में धँसना सम्भव नहीं था। गोला बनाकर लोग खड़े थे।

एक महिला भीड़ के किनारे खड़ी होकर अन्दर झाँकने की कोशिश कर रही थी।

वरुणा ने उसी महिला से पूछा-यहाँ इतनी भीड़ क्यों है?

वह महिला बोली-मैं भी कुछ नहीं जानती। सुना कि कोई समुद्र में डूबकर मरा है।

वरुणा बोली-अरे! साथ में नुलिया नहीं था?

-क्या पता?

फिर बड़ी कोशिश करके वरुणा ने अन्दर धँसकर देखने की कोशिश की।

देखा कि एक महिला रेत पर पड़ी हुई है। सम्भवतः मर गयी है। उससे लिपटकर एक आदमी रो रहा है। रेत पर पड़ी महिला में प्राण का कोई लक्षण नहीं था। शायद उसके बचने की कोई उम्मीद नहीं थी।

सब लोग यही पूछ रहे थे कि उस महिला को क्या हुआ है?

लेकिन कोई सही जवाब नहीं दे पा रहा था।

वरुणा ने सोचा, क्या उस महिला का अपना कहने को कोई नहीं है? वह समुद्र में क्यों डूब गयी? समुद्र में तो कोई नहीं डूबता! क्या उसके साथ नुलिया नहीं था? सब लोग यही सवाल कर रहे थे।

लेकिन वरुणा का किसी तरफ ध्यान नहीं था। किसी की कोई बात उसके कानों में नहीं पड़ रही थी। वह मानो उस शव के साथ एकाकार हो गयी थी। उसको लगा कि वह महिला कोई और नहीं, बल्कि वह स्वयं है और उस रेत पर पड़ी हुई है।

फिर तो वरुणा मानो अपने निढाल शरीर की तरफ एकटक देखने लगी। उसका सारा दु:ख-दर्द मानो रूप धरकर ढेर हो गया था। क्या उस महिला ने आत्महत्या की है। क्या पता! अब तो कोई उसके मन की बात को जान नहीं सकता। कभी किसी के लिए जानना भी सम्भव नहीं है। एक बार जो चला जाता है, उसे लौटकर आने का कोई अधिकार नहीं रहता। उसके चले जाने के साथ ही उसकी

चिन्ता-भावना और दुःख-दर्द सब-कुछ मिट जाता है।

वरुणा ने सोचा, यही तो अच्छा है! अब तो नौकरी खोजने की जहमत नहीं है। चप्पल फट जाने पर उसकी मरम्मत के लिए पैसे की चिन्ता नहीं करनी पड़ती। हाँ-हाँ, यही तो अच्छा है!

—अरे, तुम यहाँ हो?

किसी की आवाज कानों में पड़ते ही मानो वरुणा का ध्यान टूटा।

—क्या हो गया तुम्हें? उस तरह क्या देख रही हो? क्या तुम मुझे पहचान नहीं पा रही हो?

वरुणा ने सिर्फ पूछा—अच्छा वह स्त्री समुद्र में डूब गयी थी या उसने आत्महत्या की है?

जयसुन्दर बाबू वरुणा का हाथ पकड़ उसे भीड़ के बाहर ले आये।

बोले—एकदम तड़के मुँह-अँधेरे तुम कहाँ चली गयी थी?

भीड़ के बाहर आते ही वरुणा ने देखा कि एक एम्बुलेन्स वैन आकर खड़ा हुआ। उसके बाद उसमें से दो लोग नीचे उतरे और उस स्त्री को स्ट्रेचर में लिटाकर उस एम्बुलेन्स वैन में ले गये।

वरुणा ने जयसुन्दर बाबू से पूछा—क्या वे लोग उस स्त्री को अस्पताल ले जा रहे हैं?

जयसुन्दर बाबू बोले—हाँ।

—वह समुद्र में डूब गयी थी या उसने आत्महत्या की है?

जयसुन्दर बाबू वरुणा का हाथ पकड़कर उसे दूर ले गये।

फिर पूछा—सबेरे-सबेरे तुम कहाँ निकल गयी थी?

वरुणा बोली—आपसे एक अनुरोध करूँ?

—करो न!

वरुणा बोली—आप यहाँ से चले जाइये।

—मैं? पुरी से चला जाऊँगा?

—जी हाँ।

—क्यों? तुम ऐसा क्यों कह रही हो? मैं तो निशिकान्त को ढूँढ़ने आया हूँ। जब तक वह मिल नहीं जाता, मैं कैसे लौट सकता हूँ? वह तो मेरा सर्वनाश किये बिना नहीं मानेगा! मैं यहीं उससे एक निपटारा करना चाहता हूँ। जानती हो, उसी ने मेरी पत्नी से मेरा सम्बन्ध-विच्छेद कराया है। उसी के कारण आज मेरे पास सब-कुछ होते हुए भी कुछ नहीं है। उसी ने मुझसे सबसे पहले काकटेल पार्टी देने के लिए कहा था। कहा था कि काकटेल पार्टी देने पर मुझे अच्छे-अच्छे कण्ट्रैक्ट मिलेंगे।

उसी ने मुझसे कहा था कि आप अपने घर में काकटेल पार्टी दीजिये और उसमें अपनी पत्नी को शामिल कीजिये। मेरी पत्नी इस पर राजी नहीं हुई थी। इसी लिए मैं उसे छोड़कर अलग मकान में रहने लगा था।

वरुणा समझ न सकी।

पूछा–यह काकटेल पार्टी क्या है?

–काकटेल पार्टी का मतलब है शराब पीने की पार्टी। फिर उसी निशिकान्त के कहने पर मैं बाजारू औरत को अपनी पत्नी बनाकर घर पर काकटेल पार्टी देने लगा। उससे मुझे सचमुच ठेके मिले और बहुत रुपया मिला, लेकिन उसके बदले मैंने सब–कुछ खो दिया। मैंने अपना सुख खोया, रात की नींद खोयी, परिवार खोया और बच्चों को खो दिया और अब वह मुझको ही तबाह करना चाहता है। इसके लिए उसने मुझे खत लिखा है। खत में लिखा है कि उसे दो लाख रुपये देने पड़ेंगे। अगर मैं न दूँ तो वह मेरा सर्वनाश करेगा। इस तरह उसने धमकी दी है। इतना बड़ा वह शैतान है!

उसके बाद वरुणा की तरफ देखकर कहा–तुम्हारी आँखें कैसे लाल हो गयीं?

वरुणा बोली–इसीलिए तो कह रही हूँ कि आप यहाँ से कलकत्ते चले जाइये।

–लेकिन तुमने यह तो नहीं बताया कि तुम्हारी आँखें कैसे लाल हो गयीं?

–कल रात एकदम सो न सकी।

–क्यों?

वरुणा बोली–आपके बारे में सोचकर।

–मेरे बारे में सोचकर? मेरे बारे में क्यों सोचने लगी?

वरुणा बोली–मेरे मन में बस यही होने लगा कि मुझसे आपका कोई नुकसान होगा। बताइये, आप यहाँ से कब जायँगे?

जयसुन्दर बाबू बोले–तुमसे मेरा क्या नुकसान होगा?

वरुणा बोली–जी हाँ। विश्वास कीजिये। मेरे साथ रहने पर आपका नुकसान होगा।

–लेकिन क्यों? तुम्हारे साथ रहने पर यों मेरा नुकसान होगा, यह तो बताओगी?

वरुणा बोली–यह नहीं बता सकती। कल रातभर मैं बुरे सपने देखती रही, इसलिए कह रही हूँ। आप यहाँ से चले जाइये।

–और तुम?

–मैं यहीं रहूँगी। आप मुझे भूल जाइये। मुझे याद रखने पर आपको नुकसान होगा। लेकिन आपका कोई नुकसान हो, यह मुझसे बर्दाश्त न होगा। मेरा चाहे जो हो जाय, आप उसकी चिन्ता मत कीजिये।

–लेकिन तुम्हारे पास इस समय रुपया-पैसा नहीं है, तुम अपना खर्च कैसे चलाओगी? होटल का चार्ज देना पड़ेगा। लौटते समय ट्रेन का किराया लगेगा। इन सारे खर्चों के लिए तुम्हें पैसा कहाँ से मिलेगा?

वरुणा बोली–आप मेरी चिन्ता मत कीजिये। जो होना है, होगा। आप यह सब सोचकर क्यों परेशान होते हैं? मैं आपकी कौन हूँ?

–मैं तुम्हारे लिये रुपये का प्रबन्ध करूँगा। मैंने तो कहा है कि मेरे पास बहुत रुपया है। मैं अपने साथ चेक-बुक लेता आया हूँ।

वरुणा बोली–लेकिन रुपया देकर क्या मनुष्य का सारा दुःख दूर किया जा सकता है? मैं एक दिन घर छोड़कर कलकत्ते भाग आयी थी। क्या वह सिर्फ रुपये के लिए? विश्वास कीजिये–नहीं! मेरी सौतेली माँ मुझसे जलती थी। क्या वह भी रुपये के लिए? मैं कहूँगी नहीं! फिर आप मेरे लिये रुपये का इन्तजाम क्यों करेंगे? इसके अलावा आप यह क्यों नहीं समझते कि मैं आपका नुकसान कर सकती हूँ।

जयसुन्दर बाबू को बड़ा आश्चर्य हुआ।

बोले–तुम मेरा अहित कर सकती हो? तुम क्या कह रही हो?

वरुणा बोली–जी हाँ। कर सकती हूँ। हर औरत हर मर्द का हर तरह से अहित कर सकती है। एक औरत में इतनी क्षमता होती है।

जयसुन्दर बाबू बोले–तुम मेरा बुरा करोगी, यह तो मैं सोच भी नहीं सकता!

वरुणा बोली–आप मुझ पर इतना विश्वास न करें।

जयसुन्दर बाबू बोले–आज तुमको क्या हो गया है, यह तो बताओ। तुम यह सब क्या कह रही हो? मेरे हित-अहित, लाभ-हानि और भले-बुरे की बात तुम्हारे दिमाग में क्यों आयी?

वरुणा बोली–अभी वह जो स्त्री रेत पर मरी पड़ी थी, उसी को देखकर मुझे अपनी बात याद आने लगी।

–अभी उस दिन तुम भी तो नींद की गोलियाँ खाकर आत्महत्या करने लगी थीं। तुम्हें किस बात का दुःख है?

वरुणा बोली–इस समय मुझे अपने लिये नहीं, आपके लिए दुःख है। पहले मुझे अपने लिये दुःख था, लेकिन अब नहीं है।

–इसका मतलब?

–इसका मतलब बाद में बताऊँगी।

बात करते हुए दोनों 'होटल सागर' के सामने पहुँच गये थे।

होटल के सामने पहुँचकर दोनों ने चुप्पी साध ली और चुपचाप होटल के अन्दर चले गये।

उस दिन अचानक आधी रात को निशिकान्त दास वरुणा के कमरे में आ पहुँचा।

वरुणा निशिकान्त दास को देखकर चौंक पड़ी।

आखिर यह निशिकान्त दास मेरे कमरे में कैसे आया? वरुणा ने सोचा।

दिनभर वरुणा ने कुछ नहीं खाया था। किंकर ने आकर अनेक बार पूछा–क्या कुछ भी नहीं खायेंगी?

वरुणा ने सिर्फ कहा–नहीं।

जयसुन्दर बाबू ने भी पूछा–क्या आज तुम कुछ नहीं खाओगी?

वरुणा बोली–आज कुछ भी खाने को मन नहीं कर रहा है।

–क्यों ऐसा हुआ? क्या हो गया है?

वरुणा ने कहा–सबेरे समुद्र किनारे उस मरी हुई औरत को देखने के बाद से मुझे न जाने क्यों मचली आ रही है।

जयसुन्दर बाबू ने फिर कुछ खाने के लिए नहीं कहा था।

सिर्फ कहा था–तब कुछ मत खाओ।

शाम को सब लोग जब घूमने निकल गये थे, तभी वरुणा थोड़ी देर के लिए बाहर निकली थी। उसके बाद वह अपने कमरे में लौट आयी थी और दरवाजा बन्द कर लेट गयी थी।

वरुणा को बार-बार उस स्त्री का चेहरा याद आ रहा था। सबेरे-सबेरे उसने उस चेहरे को देखा था।

उस चेहरे पर कोई भाषा नहीं थी और न दिखायी पड़नेवाली कोई सुन्दरता।

वरुणा के मन में प्रश्न जगा था, क्या मरने के बाद मनुष्य का कुछ भी शेष नहीं रहता? मन? शरीर मर जाने पर क्या मन भी मर जाता है? क्या उस स्त्री को जब एम्बुलेन्स वैन से ले जाया जा रहा था, तब उसे कुछ भी पता नहीं चला था?

मन-ही-मन वरुणा ने कहा, कुन्ती दी! तुम मुझे क्षमा करना। तुमसे पाँच सौ रुपये लिये थे, लेकिन वह कभी लौटा न सकी। मैं जानती हूँ कि तुम मुझसे प्यार करती थी। तुमसे मुझे जितना प्यार मिला, उतना किसी से नहीं मिला। यहाँ तक कि मेरे बाप ने कभी मुझसे उतना प्यार नहीं किया! तुम्हारे पाँच सौ रुपये नहीं लौटा सकी और ऋणी रह गयी, कुन्ती दी! बताओ, क्या करूँ? भाग्य ने मुझे ऐसी नौकरी दिलायी, जैसी मैंने कभी नहीं चाही थी। फिर भी मैं नौकरी चाहती थी और तुमसे भी कितनी बार कहा था, कुन्ती दी! लेकिन किसी ने मुझे नौकरी नहीं दी। तुम भी जयपुर जाकर मुझे भूल गयी। बताओ, फिर मैं क्या करती? लेकिन मैंने कोई दोष नहीं किया। किसी के प्रति मेरे मन में दुर्भावना नहीं है। मेरी सौतेली माँ जो मुझसे

दुर्व्यवहार करती थी, उसमें मेरा क्या दोष था? तुम्हीं बताओ, कुन्ती दी!

–अरे, आप?

निशिकान्त दास का चेहरा बड़ा गम्भीर लगा।

–आप मेरे कमरे में कैसे आये? मैं तो दरवाजा बन्द करके सोयी थी?

निशिकान्त दास ठहाका लगाकर हँसने लगा।

बोला–बाहर से दरवाजा खोलने की तरकीब मैं जानता हूँ। क्या तुम यह सोचती हो कि दरवाजे में सिटकिनी लगाकर मुझसे बच जाओगी? जानती हो, तुम्हारे लिये मैंने कितना पैसा खर्च किया है? तुमको पुरी लाने में कितना पैसा खर्च हुआ है? वह सब तुमने याद नहीं किया और इस तरह बदला चुकाया?

वरुणा बोली–मैंने कितनी बार कहा है कि मुझसे यह काम न होगा। मुझे जाने दीजिये।

निशिकान्त दास बोला–फिर तुम मुझे नहीं पहचान सकी। मैं जो सोचता हूँ, वही करता हूँ। मेरी इच्छा के विरुद्ध अगर कोई कुछ करता है तो मैं उसे माफ नहीं करता। मैंने सोचा था कि राधेश्याम अग्रवाल को मार डालूँगा और वही किया। तुम शायद नहीं जानती कि मेरे कारण ही जयसुन्दर बाबू आज इतना अमीर बना है। मुझसे तुम किसी तरह पीछा नहीं छुड़ा सकती। मैंने जो काम तुम्हें सौंपा है, वह तुम्हें करना ही पड़ेगा। अगर नहीं करोगी तो...

वरुणा बोली–नहीं करूँगी तो क्या मुझे मार डालेंगे? मुझे एक गरीब लड़की पाकर धमकी दे रहे हैं?

–वह तो जो करूँगा तुम देख लोगी? लेकिन उसके पहले यह तो बताओ कि जयसुन्दर बाबू पर क्यों इतनी दया दिखाने लगी?

–दया?

–दया नहीं तो क्या? क्या तुम समझती हो कि मैं कुछ नहीं जानता?

वरुणा बोली–मैंने तो सिर्फ दया दिखाने का बहाना किया है। आपने तो वही करने के लिए कहा था।

निशिकान्त दास बोला–लेकिन तुमने जो किया, वह तो दया दिखाने का बहाना नहीं है। बहाना करते-करते तुम सचमुच उस आदमी पर दया दिखाने लगी हो। उस शैतान से सचमुच प्यार करने लगी हो। तुमने उससे मेरे बारे में सब-कुछ कह दिया है। तुमको किसलिए पुरी लाया हूँ, तुमने वह भी उसको बता दिया है।

–आप गलत समझ रहे हैं।

निशिकान्त दास अधिक कठोर दिखायी पड़ा। उतनी ही कठोरता से उसने कहा–देखो, तुम मेरी नौकरानी हो!

कुली के सिर पर सामान रखकर पैसेंजर चले आ रहे थे। गुणेश्वर की बात कोई सुन रहा था और कोई नहीं भी सुन रहा था। लेकिन सभी चले आ रहे थे और फाटक से निकल रहे थे।

उसी सबेरे जयसुन्दर बाबू चाय पीकर निकल पड़े।

रोज की तरह समुद्र के किनारे लोगों की भीड़ थी।

जयसुन्दर बाबू एक-एककर सबके चेहरे की तरफ देखने लगे। लेकिन निशिकान्त दास कहीं दिखायी नहीं पड़ रहा था। एक-एककर सभी चेहरे देख लिये गये।

फिर भी जयसुन्दर बाबू को सन्तोष न हुआ। वह उन्हीं चेहरों को दोबारा अच्छी तरह देखने लगे। लेकिन निशिकान्त दास कहीं नहीं था। फिर क्या वह पुरी आया ही नहीं! लेकिन नहीं, हिम्मत हारने से काम नहीं चलेगा। निशिकान्त दास को खोज निकालना ही पड़ेगा। वह जरूर यहीं कहीं है! वह जरूर मुझे मुसीबत में डालने की साजिश कर रहा है।

चलते-चलते जयसुन्दर बाबू स्वर्गद्वार पारकर पश्चिम दिशा में दूर तक चले गये। शायद उधर भी कोई होटल हो। सचमुच वहाँ होटल था। उन्होंने देखा कि वहाँ भी एक नया होटल खुला है।

जयसुन्दर बाबू होटल के फाटक से अन्दर घुसे।

वहाँ भी होटल के मैनेजर या मालिक एक टेबिल के सामने बैठे थे।

जयसुन्दर बाबू को देखकर उन्होंने पूछा–कहिये, क्या चाहिए? आइये, बैठिये।

–आपके यहाँ निशिकान्त दास नाम के कोई सज्जन कलकत्ते से आये हैं? जयसुन्दर बाबू ने पूछा।

–कलकत्ते से? निशिकान्त दास?

वह सज्जन रजिस्टर देखने लगे। निशिकान्त दास नाम खोजने लगे।

थोड़ी देर बाद उन्होंने कहा–जी नहीं। वह सज्जन हमारे यहाँ नहीं ठहरे हैं।

–एक हफ्ता पहले? एक हफ्ता पहले तो वह नहीं आये थे।

उस सज्जन ने कहा–जी नहीं। कोई मिस्टर दास यहाँ नहीं आये।

निराश होकर जयसुन्दर बाबू फिर बाहर निकले।

उन्होंने सोचा, ऐसा भी तो हो सकता है कि निशिकान्त दास किसी दूसरे नाम से ठहरा हो! होटल में न ठहरकर किसी पण्डे के घर रहा हो। पण्डों के भी बड़े-बड़े मकान हैं और वहाँ भी अनेक तीर्थयात्री ठहरते हैं।

फिर निशिकान्त दास को कैसे खोजा जा सकता है? जयसुन्दर बाबू ने सोचा, निशिकान्त दास अगर सचमुच किसी पण्डे के घर ठहरा हो तो उसका पता लगाना मुश्किल है।

जयसुन्दर बाबू फिर लौटे।

उस दिन उनको और दिनों से ज्यादा चलना पड़ा था। उनको यों ही पैदल चलने की आदत नहीं थी, इसलिए उनके सीने के पास दर्द होने लगा। रेत छोड़कर वह म्युनिसिपैलिटी की सड़क पर आ गये।

दूर से एक रिक्शा चला जा रहा था।

जयसुन्दर बाबू ने उस रिक्शे को बुलाया। बुलाकर उसी पर बैठ गये। चारों तरफ खूब धूप निकल आयी थी। सिर चकराने लगा। एकदम तड़के एक कप चाय पीकर निकले थे और उसके बाद उनके पेट में कुछ भी नहीं पड़ा था।

'होटल सागर' के सामने पहुँचते ही जयसुन्दर बाबू को बड़ा आश्चर्य हुआ। वहाँ एक एम्बुलेन्स खड़ा था।

क्या हुआ?

अपने मन से ही जयसुन्दर बाबू ने पूछा।

होटल के सामने कुछ लोग खड़े थे। वे आपस में न जाने क्या बात कर रहे थे। जयसुन्दर बाबू ने उनकी बातों को सुनने की कोशिश की, लेकिन वह कुछ समझ न सके। लेकिन होटल के अन्दर जाकर समझ सके।

शेखर बाबू का चेहरा बड़ा गम्भीर था।

जयसुन्दर बाबू को देखते ही शेखर बाबू ने कहा–जाइये। ऊपर जाकर देखिये कि बारह नम्बर में फिर क्या हुआ है!

–फिर क्या हुआ? जयसुन्दर बाबू ने पूछा।

–वही हुआ है, जो उस बार हुआ था। दुनिया भर के लोग मेरे होटल में ही मरने आते हैं? फिर बढ़ई को बुलाना पड़ेगा।

जयसुन्दर बाबू ने कहा–क्या उस लड़की ने फिर आत्महत्या करने की कोशिश की?

–कोशिश ही नहीं की, इस बार सचमुच कर ली है! थोड़ी देर पहले डाक्टर आकर देख गये हैं। वह लड़की आपके नाम एक चिट्ठी भी छोड़ गयी है।

–चिट्ठी? मेरे नाम?

फिर जयसुन्दर बाबू वहाँ नहीं रुके। वह मानो दौड़ते हुए सीढ़ी तय कर ऊपर गये। वहाँ देखा कि पुलिस अधिकारी आ गये हैं। पुलिस अधिकारी के पास जाकर जयसुन्दर बाबू ने पूछा–सुना कि वह लड़की मेरे नाम कोई चिट्ठी छोड़ गयी है?

ओ० सी० ने पूछा–आप कौन हैं?

जयसुन्दर बाबू बोले–मैं यहीं ग्यारह नम्बर कमरे में रहता हूँ।

–आपका नाम?

–जयसुन्दर बोस।

ओ० सी० ने कहा–आपको मेरे साथ थाने चलना होगा।

जयसुन्दर बाबू ने पूछा–क्यों?

–आपसे कुछ जानकारी करनी है।

जयसुन्दर बाबू ने वरुणा के स्पन्दनहीन चेहरे की तरफ देखा। आश्चर्य है! कल सबेरे भी समुद्र के किनारे उस लड़की से मुलाकात हुई थी। तभी देखा था, उसकी आँखें न जाने कैसी लाल हैं। उस समय समुद्र की रेत पर एक स्त्री की लाश को देखकर वह न जाने क्यों परेशान हो गयी थी। उसने बार-बार पूछा था–वह समुद्र में डूब गयी थी या उसने आत्महत्या कर ली है?

आश्चर्य है! उस समय भी जयसुन्दर बाबू कुछ नहीं समझ सके थे।

लेकिन मेरे नाम वरुणा ने कैसी चिट्ठी लिखी है? जयसुन्दर बाबू ने सोचा।

वरुणा से जान-पहचान ही कितने दिन की थी? जो थोड़ी-बहुत बातचीत हुई थी, उससे किसी को जाना-पहचाना नहीं जा सकता। लेकिन उस लड़की के पास पैसा नहीं था। नौकरी के सिलसिले में यहाँ इण्टरव्यू देने आयी थी। सोचा था कि नौकरी मिल जायगी। लेकिन नौकरी नहीं मिली। क्या उसी निराशा से उसने आत्महत्या कर ली? हालाँकि उसने बहुत बातें बतायी थीं। जयसुन्दर बाबू को एक-एक कर वे सब बातें याद आने लगीं। घर में उसकी सौतेली माँ थी। सौतेली माँ उसे बहुत परेशान करती थी। सौतेली माँ से छुटकारा पाने के लिए वह नौकरी की तलाश में कलकत्ते आयी थी! लेकिन कलकत्ते में उसे नौकरी नहीं मिली।

नौकरी तो बहुतों को नहीं मिलती, लेकिन कोई आत्महत्या नहीं करता!

फिर क्या आत्महत्या करने का कारण वरुणा ने अपने पत्र में लिख छोड़ा है?

लेकिन पुलिस अधिकारी के पास रुकने का समय नहीं था।

वरुणा को उठाकर एम्बुलेन्स में रखा गया।

आगे-आगे एम्बुलेन्स वैन चला और उसके पीछे पुलिस की गाड़ी चली।

जयसुन्दर बाबू पुलिस की गाड़ी में बैठे थे।

होटल से निकलकर जयसुन्दर बाबू जब चलने लगे थे, शेखर बाबू भागे-भागे उनके पास आये थे।

बोले थे–सर! आप जा रहे हैं? अब मेरा क्या होगा? आपने देखा तो, मैंने कितना पैसा खर्च किया?

जयसुन्दर बाबू ने कहा था–मैं मर तो नहीं जा रहा हूँ? आप क्यों परेशान हो रहे हैं? अगर मैं न भी रहूँ तो कलकत्ते का पता है। कलकत्ते में मेरी पत्नी है, मेरी कम्पनी है, आपका सारा पैसा वह भी चुकता कर सकती है। आप परेशान न हों।

उसके बाद पुलिस की गाड़ी धुआँ छोड़कर चलने लगी थी।

शेखर बाबू वहीं दो मिनट विमूढ़-से खड़े थे। होटल के दो-चार बोर्डर भी उनके साथ खड़े थे। उन लोगों ने शेखर बाबू से पूछा–ग्यारह नम्बरवाले सज्जन को पुलिस क्यों पकड़ ले गयी? क्या उनसे उस लड़की का कोई सम्बन्ध था?

झल्लाकर शेखर बाबू बोले–क्या पता! अब मुझे अच्छा सबक मिल गया है। अब किसी अकेली औरत को होटल में ठहरने नहीं दूँगा। शादी-ब्याह नहीं किया था, लेकिन पुरी में क्यों मरने आयी, क्या बताऊँ?

उस सज्जन ने फिर पूछा–उस लड़की ने चिट्ठी मे क्या लिखा है?

–खाक लिखा है!

शेखर बाबू चिढ़ गये। उनको उस समय कितने लोगों के खाने का इन्तजाम करना था। फिर उन लोगों के हजार नखरे थे! वह सब भी शेखर बाबू को सँभालना पड़ता था। लेकिन उनकी मदद करनेवाला कोई नहीं था। फिर एक-एक चीज का हिसाब रखना था!

अपने टेबिल की तरफ जाते हुए शेखर बाबू ने कहा–पता नहीं उस चिट्ठी में क्या लिखा है! पुलिस ने वह चिट्ठी मुझे कहाँ दिखायी? वह तो अपने साथ ले गयी है।

बड़बड़ाते हुए शेखर बाबू अपनी कुर्सी पर बैठे। फिर हिसाब का खाता लेकर देखते हुए भी बड़बड़ाते रहे।

अस्पताल में बहुत समय लगा।

लेकिन वरुणा उस समय सारे कर्ज-उधार और चाहने-पाने की सीमा पारकर कहीं और जा चुकी थी। उसे बचाने का कोई उपाय नहीं था। एक दिन उसने नौकरी चाही थी, स्नेह-प्यार चाहा था और दुनिया के लोगों से शान्ति चाही थी, लेकिन अब वह सब माँग-माँगकर दूसरों को परेशान करनेवाली वही नहीं थी। उसे अपने जीवन में क्या मिला था, अगर कोई इसका जोड़ लगाये तो देखा जायगा कि वह सिर्फ शून्य के अलावा कुछ नहीं है।

सिर्फ शून्य और शून्य! शून्य अंक ही वरुणा के जीवन का मूलधन था। पचीस बरसों की अपनी जिन्दगी में उसे केवल शून्यता ही हाथ लगी। शून्यता का हाहाकार ही उसका जीवन था। मामूली भोजन-छाजन पाने के बदले वह सब-कुछ देने को

तैयार थी, फिर भी उसे शून्य ही मिला।

लेकिन पुलिस उतनी आसानी से छोड़नेवाली नहीं थी।

अब वरुणा का पोस्ट मार्टम करो! उसे चीरघर में ले जाओ। वहाँ उसे ले जाकर उसके मन को देखने की जरूरत नहीं है। सिर्फ उसके शरीर को देखो। चीर-फाड़कर बोटी-बोटी करके देखो। देखो कि उसने दाल-भात-सब्जी के अलावा और क्या खाया था। अगर जहर खाया था तो वह कैसा था, उसको भी देखो। फिर यह भी देखो कि उसने खुद जहर खाया था, या किसी ने उसे खिलाया था? अगर किसी ने उसे जहर दिया है तो उसे ढूँढ़ निकालो। फिर पता लगाओ कि उसने क्यों जहर दिया?

अस्पताल और थाने में जयसुन्दर बाबू ने पूरा दिन बिताया।

जयसुन्दर बाबू थाने में आये तो ओ॰ सी॰ ने उनसे पूछा-आप कितने दिनों से उस लड़की को जानते थे?

-बस, छह-सात दिनों से। जयसुन्दर बाबू बोले।

-आपने क्या उस लड़की को पहले कभी देखा था, या पुरी में आकर पहली बार देखा?

-बस, पुरी आने के बाद देखा था।

-क्या आप कुछ बता सकते हैं कि उसने क्यों आत्महत्या की?

जयसुन्दर बाबू बोले-मुझे लगता है कि मेण्टल डिप्रेशन और निराशा के कारण उसने ऐसा किया है।

-निराशा किस बात की थी?

-उसने कहा था कि यहाँ किसी नौकरी के लिए इण्टरव्यू देने आयी थी। लेकिन वह नौकरी नहीं लगी। शायद उसी कारण से बहुत निराश थी। कल एक महिला समुद्र में डूबकर मरी थी। उसने उसकी लाश देखी थी। लाश देखने के बाद वह बहुत विचलित हो पड़ी थी।

-आपने उससे कब आखिरी बार बात की थी?

-वही कल सबेरे। कल सबेरे मैं समुद्र किनारे टहलने गया था। उस समय वह टहलकर लौट रही थी। जहाँ उस स्त्री की लाश पड़ी थी और भीड़ लगी थी, वहीं उससे मुलाकात हो गयी थी। फिर हम एक साथ बात करते हुए लौटे थे।

-उसने जो जहर खाया, वह कहाँ से मिला? उसके बारे में आपका क्या अनुमान है?

-उसके बारे में मैं कुछ भी नहीं बता पाऊँगा। लेकिन होटल के नौकर किंकर से सुना है कि शाम को वह थोड़ी देर के लिए बाहर निकली थी। हो सकता है, उसी

समय वह जहर खरीद लायी थी।

–पहले भी तो वह नींद की गोलियाँ खाकर आत्महत्या करने चली थी?

–जी हाँ। लेकिन उस समय उससे मेरा परिचय नहीं था।

–अच्छा, आप निशिकान्त दास नाम के किसी व्यक्ति को जानते हैं?

जयसुन्दर बाबू का कलेजा धक से हो गया। अचानक लगा कि उनका दम घुट चला है। उनको साँस लेने में तकलीफ होने लगी।

बोले–एक गिलास पानी मिलेगा?

पानी आया। पीने के बाद जयसुन्दर बाबू की तकलीफ ज्यादा बढ़ गयी।

फिर वह बोले–जी नहीं।

तब ओ० सी० ने जयसुन्दर बाबू को एक पत्र दिखाया।

बोले–यह देखिये। यह पत्र वरुणा चौधरी आपके नाम छोड़ गयी है। देखिये, इसी में निशिकान्त दास के बारे में लिखा है। आप निशिकान्त दास को जानते हैं?

जयसुन्दर बाबू ने उस पत्र को देखा।

फिर कहा–यह पत्र मुझे देंगे?

ओ० सी० बोले–जी नहीं। इन्वेस्टिगेशन के लिए उसकी जरूरत पड़ेगी। इसलिए वह पत्र आपको नहीं दिया जा सकता।

लेकिन उस पत्र को जितना पढ़ा, उसी से जयसुन्दर बाबू के दिल का दर्द बढ़ गया। फिर उनको लगा कि दम घुटता जा रहा है।

ओ० सी० ने फिर पूछा–आप निशिकान्त दास को नहीं जानते?

जयसुन्दर बाबू चुप्पी साधे रहे। उनसे कोई जवाब देते न बना।

ओ० सी० ने फिर पूछा–क्या हुआ? आप मेरे सवाल का जवाब क्यों नहीं दे रहे हैं? बताइये, आप निशिकान्त दास को नहीं जानते?

लेकिन उस समय जयसुन्दर बाबू की शारीरिक स्थिति जवाब देने लायक नहीं थी। कौन जवाब देता? थाने में ही उनके सीने का दर्द फिर बढ़ गया। चक्कर आने लगा। उनको चारों तरफ अँधेरा दिखायी पड़ने लगा। उनको लगा कि आँखों से कुछ नहीं दिखायी पड़ रहा है।

गुणेश्वर रोज भोर में साढ़े तीन–चार बजे उठ जाता था। उसके बाद चाय पीकर स्टेशन की तरफ भागता था। लेकिन उस दिन वह और जल्दी उठ गया और

चाय पिये बिना निकल पड़ा। उसको रेलवे स्टेशन की तरफ जाना चाहिए, लेकिन वह उधर न जाकर सीधे पच्छिम तरफ भागने लगा।

उस समय भी निशिकान्त पड़ा-पड़ा सो रहा था। साढ़े चार-पाँच बजे से पहले वह उठ नहीं पाता था। तभी होटल के दरवाजे पर दस्तक हुई।

–निशिकान्त बाबू हैं?

–हैं।

कहकर होटल के एक आदमी ने निशिकान्त दास को बुला दिया।

गुणेश्वर को देखकर निशिकान्त उसे सीधे अपने कमरे में ले गया। फिर निशिकान्त ने कमरे का दरवाजा भी बन्द कर लिया।

–सर! सर्वनाश हो गया है। गुणेश्वर बोला।

निशिकान्त ने होंठों पर उँगली रखकर कहा–चिल्लाओ मत! बहुत धीरे-धीरे बोलो, नहीं तो कोई सुन लेगा। क्या सर्वनाश हो गया?

गुणेश्वर ने कहा–आपकी उस लड़की ने कल सचमुच आत्महत्या कर ली है।

–कब?

–कल दोपहर में उसके कमरे का दरवाजा तोड़कर देखा गया कि वह बेहोश पड़ी है। फिर पुलिस आयी और डाक्टर आया। उसके बाद उसे अस्पताल भेजा गया। बाद में सुना कि वह लड़की पहले ही मर चुकी थी। पुलिस आपको खोज रही है।

–लेकिन मैंने क्या किया है?

गुणेश्वर बोला–यह तो मैं नहीं जानता। लेकिन वह लड़की एक चिट्ठी लिखकर गयी है। पता चला कि उसमें आपका नाम है। अब आप यहाँ से चले जाइये सर! अभी निकल जाइये।

निशिकान्त ने थोड़ी देर न जाने क्या सोच लिया।

उसके बाद कहा–अभी जाना पड़ेगा?

–जी। अभी। इसी वक्त!

–उस लड़की ने मेरे बारे में पत्र में क्या लिखा है? क्या मेरी बुराई की है?

–यह सब मैं कुछ नहीं जानता। मैनेजर साहब कह रहे थे कि उस पत्र में यह लिखा है कि उस लड़की को आप ही यहाँ लाये हैं।

–उसने ऐसा लिखा है?

–मैनेजर साहब ने भी पूरा पत्र नहीं पढ़ा है। वह सिर्फ एक नजर उस पत्र को देख सके थे। उसके बाद तो पुलिस आकर वह पत्र ले गयी। उस लड़की को भी स्ट्रेचर पर लादकर अस्पताल ले जाया गया।

निशिकान्त दास ने पूछा–और ग्यारह नम्बर के जयसुन्दर बाबू?

–उनका भी नाम उस चिट्ठी में है। पुलिस अपनी गाड़ी से उनको भी थाने ले गयी थी। वह भी दिनभर खाना नहीं खा सके थे। उनकी भी तबीयत ठीक नहीं है। थाने से लौटकर वह चुपचाप अपने कमरे में लेट गये थे। रात को भी उन्होंने कुछ नहीं खाया था। डाक्टर उनको देखने आये थे। दवा दे गये हैं। लेकिन आप देर न करें। तुरन्त यहाँ से चले जाइये।

निशिकान्त दास बोला–अभी तो कोई गाड़ी नहीं है। जाऊँगा कैसे?

–आप कटक चले जायँ। कटक के लिए ट्रेन मिल जायगी।

फिर जरा रुककर गुणेश्वर बोला–सर! मेरा रुपया?

निशिकान्त दास ने जेब से दस रुपये का नोट निकालकर गुणेश्वर की तरफ बढ़ाया।

–सर, सिर्फ दस रुपये?

–पहले भी तो तुम्हें बीस रुपये दिये थे। और कितना दूँगा? फिर जब पुरी आऊँगा, तब तुम्हें खुश कर दूँगा। अभी वही लेकर खुशी करो। मेरे बारे में किसी से कुछ मत कहना। अच्छा। जाओ।

गुणेश्वर के चले जाने के बाद निशिकान्त चटपट तैयार हो गया। उसे उसी वक्त होटल छोड़कर चला जाना था।

निशिकान्त ने सोचा, वरुणा खुद भी मरी और मुझे भी मुर्दा बना गयी। मुफ्त में ढेर सारे रुपये की बर्बादी हो गयी। ठीक है। मौका फिर मिलेगा। एक ही बाजी में हार–जीत का फैसला नहीं होता। अब कलकत्ते लौटकर उसे समझ लूँगा।

जयसुन्दर बाबू को मैं किसी तरह माफ नहीं कर सकता। निशिकान्त मन–ही–मन बड़बड़ाता रहा। आज तक मैं कभी जिन्दगी में नहीं हारा। हारने के लिए मैं इस दुनिया में पैदा नहीं हुआ। मैंने दस बरस जेल काटी है। उन दस बरसों में रोज हर घड़ी सिर्फ जयसुन्दर बाबू की तबाही मनाता रहा हूँ। मैं खुद तकलीफ करूँगा और जयसुन्दर बाबू आराम करेंगे, ऐसा नहीं हो सकता। यहाँ आने के बाद भी मेरा बहुत पैसा खर्च हुआ है। ब्याज–दर–ब्याज वह सब वसूलना पड़ेगा।

निशिकान्त दास जिस समय स्टेशन पहुँचा, ट्रेन छूटनेवाली थी। वह हड़बड़ाकर एक डिब्बे में चढ़ गया।

ठीक उसके एक घण्टे बाद पुलिस उस होटल में पहुँची, जहाँ निशिकान्त ठहरा था।

–यहाँ निशिकान्त दास है?

पुलिस देखकर होटल के लोग घबड़ा गये।

मैनेजर बेचारा गरीब था। समुद्र के किनारे खुली जगह पर होटल खोलने लायक पैसा उसके पास नहीं था। इसलिए उसने एक गली के नुक्कड़ पर होटल खोला था। जो सस्ते होटल में ठहरना चाहते थे, वे उस होटल में ठहरते थे।

पुलिस एकदम होटल के अन्दर चली आयी। चारों तरफ देखकर दारोगा को बड़ा आश्चर्य हुआ। ऐसे होटल में भी आदमी ठहरता है!

दारोगा ने एक आदमी से कहा–मालिक को बुलाओ।

लेकिन होटल का मालिक कहाँ था?

दारोगा के बुलाने पर मैनेजर हाथ जोड़े सामने आकर खड़ा हो गया।

बोला–आज्ञा कीजिये हुजूर।

–यहाँ निशिकान्त दास नाम का कोई है?

मैनेजर तो डर के मारे काँपने लगा था।

बोला–हाँ हुजूर, थे। लेकिन वह तो चले गये हैं।

–कब गया?

–अभी एक घण्टा पहले हुजूर!

–कहाँ गया है?

मैनेजर बोला–यह तो नहीं पूछा हुजूर!

–और कुछ बताया था?

–नहीं हुजूर!

दारोगा समझ गये कि पंछी उड़ गया है। वह अपने दल-बल के साथ चले गये।

ठीक उसी वक्त लोकल ट्रेन कटक स्टेशन पहुँची।

प्लेटफार्म पर ट्रेन रुकते ही पैसेंजर उतरने लगे।

यह ट्रेन यहीं खत्म होती है।

निशिकान्त दास भी ट्रेन से उतरा। उसके हाथ में सिर्फ एक सूटकेस था। गेट पर टिकट दिखाकर बाहर निकला और एक रिक्शे पर बैठ गया।

रिक्शेवाले ने पूछा–कहाँ जायँगे बाबू?

निशिकान्त दास बोला–होटल।

–किस होटल में बाबू?

निशिकान्त दास बोला–किसी भी होटल में।

फिर शाम को एक्सप्रेस पकड़नी थी। कलकत्ता एक्सप्रेस।

रिक्शा धीरे-धीरे शहर की तरफ चला।

कलकत्त क नन्दन स्ट्रीटवाले मकान में उस समय कीर्त्तन हो रहा था।

सबेरे जब कमला पूजा करने बैठती है, तब एक बार कीर्त्तन होता है। दोपहर में घर का काम-काज करना पड़ता है। उसके बाद सन्ध्यारती होती है। उस समय भी कीर्त्तन होता है। दिनभर कमला का यही काम है।

गिरि चन्दन घिसने बैठ जाता है। सबेरे उठते ही उसका वही काम है। उसी समय माली आकर फूल दे जाता है। उसके साथ माहवारी हिसाब है। फिर फल काटने पड़ते हैं। जिस मौसम में जो फल मिलते हैं, वही आते हैं। जैसे केला, सन्तरा, ईख आदि। गिरि ही फल काटता है।

उसी समय कमला नहा लेती है। उसके बाद वह टसर की साड़ी पहनकर पूजा के कमरे में जाती है। गिरि पहले से पूजा के उपचार नैवेद्य आदि सजाकर रख देता है।

पुरोहित ठीक समय पर आ जाते हैं।

दो कीर्त्तनिया भी मजीरा आदि लिये उसी समय आ पहुँचते हैं।

कीर्त्तनिया गाने लगते हैं-

कत चतुरानन मरि मरि जाएत
न तुअ आदि अवसाना।
तोहि जनमि पुनु तोहि समाएत
सागर लहरि समाना।।
भनइ विद्यापति सेष समन भय
तुअ बिनु गति नहि आरा।
तोहें अनाथक नाथ कहाओसि
ता:रन ·भार तोहारा।।

झाँझ-मजीरे की ध्वनि के साथ सुमधुर पदावली कीर्त्तन से मकान गूँज उठता है। उस समय कमला भावविभोर हो जाती है। वह भूल जाती है कि बचपन से उसने कितना कष्ट उठाया है। वह गृहदेवता राधाकृष्ण की मूर्ति के साथ मानो एकात्म हो जाती है।

उस समय कमला को बाहर की कोई बात याद नहीं रहती। वह अपने पति और दो पुत्रों को भूल जाती है। वह अपने बेटों को कभी अपने पास नहीं पा सकी।

दोनों ने घर से दूर रहकर पढ़ाई की और बाद में अच्छी नौकरी लेकर विदेश चले गये। फिर दोनों ही वहाँ बस गये। उसके बाद बचे पति। एक स्त्री के लिए पति सबसे निकट का होता है। लेकिन कमला जयसुन्दर बाबू को ठीक से याद भी नहीं कर पाती! उसकी आँखों के आगे और मन के आगे राधाकृष्ण की युगल मूर्ति ही सजीव हो उठती है।

उस दिन भी कीर्त्तन चल रहा था। तभी अचानक तालों की संगति टूटी।

गिरि ने आकर कहा–माँ, आफिस से बड़े बाबू आये हैं।

आफिस से? बड़े बाबू? कैसा आफिस? कौन बड़े बाबू?

बड़े बाबू को बैठके में बैठाकर गिरि कमला को खबर करने पहुँचा था।

घूँघट काढ़कर कमला बैठके में गयी।

'बोस एण्ड कम्पनी' के बड़े बाबू सुशीतल बाबू को बाहर से ही कीर्त्तन की सुमधुर ध्वनि सुनाई पड़ने लगी थी। सुशीतल बाबू कभी नन्दन स्ट्रीटवाले मकान में नहीं आये थे। उसकी जरूरत भी नहीं पड़ती थी। लेकिन वह इतना जानते थे कि किस मकान में जयसुन्दर बाबू की पत्नी रहती है। उस दिन सुशीतल बाबू को विवश होकर आना पड़ा।

–माँ, आप मुझे नहीं पहचानतीं। मैं 'बोस एण्ड कम्पनी' के दफ्तर का बड़ा बाबू हूँ। मेरा नाम है सुशीतल दत्त। मैं अट्ठारह वर्षों से इस दफ्तर में काम कर रहा हूँ। इसलिए मैंने आपको माँ कहा। आप मेरी माँ-जैसी हैं। मुझे आप न कहें।

कमला सुशीतल बाबू की बातें सुन रही थी।

बोली–बोलो, क्या कहने आये हो?

सुशीतल बाबू बोले–आप तो जानती होंगी कि कई दिन पहले मिस्टर बोस पुरी गये थे।

कमला बोली–नहीं। मैं नहीं जानती।

–पुरी से मुझे अभी एक टेलीग्राम मिला। उसमें लिखा है कि पुरी में मिस्टर बोस बहुत अस्वस्थ हैं। उन्होंने आपसे अविलम्ब पुरी जाने के लिए कहा है।

–किसने टेलीग्राम किया है?

सुशीतल बाबू बोले–पुरी के 'होटल सागर' से वहाँ के मैनेजर ने।

कमला न जाने क्या सोचने लगी।

सुशीतल बाबू फिर बोले–आप चलेंगी न?

कमला बोली–लेकिन मैं कैसे जा सकती हूँ?

सुशीतल बाबू ने कहा–आप यदि कहें तो मैं आपको ले जा सकता हूँ। रात के आठ बजे ट्रेन है। आपकी आज्ञा हो तो मैं दो टिकट खरीदने के लिए आदमी भेजूँगा।

जरूर उनकी तबीयत बहुत ज्यादा खराब है, नहीं तो वहाँ से टेलीग्राम क्यों आयेगा?

—ठीक है, टिकट खरीदवा लो। मैं शाम को सात बजे तक तैयार होकर तुम्हारा इन्तज़ार करूँगी।

फिर सुशीतल बाबू वहाँ नहीं रुके।

बोले—अच्छा माँ, मैं चलूँ।

कमला के पाँव छूकर सुशीतल बाबू ने हाथ माथे से लगाया। उसके बाद वह बाहर निकल गये।

पुरी के 'होटल सागर' के ग्यारह नम्बर कमरे में उस समय जीवन और मृत्यु के बीच संघर्ष चल रहा था। डाक्टर इंजेक्शन लगाकर गये। खाने की दवा भी दे गये। लेकिन होटल में कौन जयसुन्दर बाबू को दवा खिलाता और उनकी देखभाल करता?

डाक्टर ने ही नर्स का इन्तजाम कर दिया था। एक नर्स दिन में रहती थी और दूसरी रात में। यह सब इन्तजाम करने में शेखर बाबू का बड़ा पैसा खर्च हो रहा था।

झमेला भी कम नहीं था।

शेखर बाबू ने बार-बार कहा—आप कलकत्ते का पता दीजिये। मैं टेलीग्राम कर दूँगा।

बार-बार कहने पर जयसुन्दर बाबू ने किसी तरह पता बताया था और शेखर बाबू ने लिख लिया था।

उसके बाद शेखर बाबू ने कलकत्ते के पते पर टेलीग्राम कर दिया था।

इस झमेले से शेखर बाबू कम परेशान नहीं थे।

वह मन-ही-मन बड़बड़ाते थे—अगर पुरी में ही मरना है तो किसी और होटल में कोई क्यों नहीं जाता! मेरे होटल में क्या रखा है? पुरी में सिर्फ यही एक होटल नहीं है। तमाम होटल हैं।

उसके बाद पुलिस का झमेला।

पुलिस के लोग कई दिनों से शेखर बाबू के पास आने लगे थे। आकर वे एक ही सवाल करते थे—यहाँ निशिकान्त दास नाम का कोई आता था?

शेखर बाबू कहते थे—कौन निशिकान्त दास? हमारे यहाँ इस नाम का कभी कोई आदमी नहीं आया। फिर जो लोग ठहरते हैं, उनसे कब कौन मिलने आता है,

हमें पता भी नहीं चल पाता!

बात सही थी।

पुलिस को यह बात मालूम भी थी। लेकिन उस लड़की के पत्र ने झमेला किया था। उसमें निशिकान्त दास का नाम था।

शेखर बाबू कहते थे–वह लड़की तो चिट्ठी में सब-कुछ लिखकर गयी है। फिर आप लोग क्यों परेशान हो रहे हैं?

पुलिसवाले कहते थे–इसीलिए तो हम निशिकान्त दास को ढूँढ़ रहे हैं।

–और हमारे यहाँ जो ग्यारह नम्बर के बोर्डर हैं, उनके बारे में उस लड़की ने कुछ नहीं लिखा है?

–लिखा है। लेकिन ग्यारह नम्बर के बोर्डर तो इस समय बेहोश पड़े हैं। उनसे क्या पूछताछ करेंगे? वह तो कोई जवाब नहीं दे सकेंगे। आपने तो कलकत्ते टेलीग्राम कर दिया है? वहाँ से लोग आ जायँ, तब उनसे पूछा जायगा। शायद तब पता चले।

दूसरे ही दिन सबेरे एक सज्जन एक महिला को साथ लिये पुरी स्टेशन पर ट्रेन से उतरे।

रोज की तरह गुणेश्वर उस दिन भी प्लेटफार्म पर खड़े होकर अपनी रटी-रटायी बात कहता जा रहा था–एक बार हमारे 'होटल सागर' को जरूर ट्राई कीजिये सर! हवा और रोशनी की कमी नहीं है। भोजन मनपसन्द मिलेगा। एक बार 'होटल सागर' को जरूर ट्राई कीजिये सर!

सुशीतल बाबू ने गुणेश्वर के पास आकर पूछा–तुम 'होटल सागर' के आदमी हो?

गुणेश्वर बोला–जी सर!

–तुम्हारे होटल में जयसुन्दर बाबू हैं? जयसुन्दर बोस?

–जी हाँ, हैं। लेकिन इस समय मिस्टर बोस हैं सर!

सुशीतल बाबू बोले–हम उन्हीं को देखने के लिए कलकत्ते से आये हैं।

गुणेश्वर बोला–चलें सर, मैं आप लोगों को ले चलता हूँ। चलें।

यह कहकर गुणेश्वर आगे-आगे चलने लगा।

संसार में प्रतिदिन जिन्दा रहकर मैंने क्या चाहा था?

क्या चाहा था, यह सोचने पर हमें बहुत दूर अतीत में लौट जाना पड़ता है।

इसी सवाल से जयसुन्दर बाबू का सामना हुआ तो उन्हें भी दूर अतीत की बातें याद आयीं।

एक छोटा-सा मकान, छोटा परिवार और भोजन-वस्त्र का सामान्य प्रबन्ध ही तो जयसुन्दर बाबू ने चाहा था। फिर भोजन-वस्त्र का प्रबन्ध करने के लिए उन्हें रुपये की जरूरत पड़ी। फिर रुपया कमाते-कमाते रुपये का नशा लग गया।

फिर उसी नशे ने बताया-जितना रुपया कमा रहे हो, वह काफी नहीं है। उससे काम नहीं चलेगा। तुम्हें और ज्यादा रुपया चाहिए। उसी ज्यादा रुपये के लिए तुम अपने घर में काकटेल पार्टी दो। वह जो निशिकान्त आया है, वही तुम्हें अधिक-से-अधिक रुपया कमाने का रास्ता बता देगा। वह रास्ता कैसा है, यह मत देखो। वह अच्छा भी हो सकता है और बुरा भी। तुम किसी तरफ ध्यान मत दो। उसी के बताये रास्ते पर चलते चले जाओ। वही काम करो, जिससे अधिक-से-अधिक रुपया मिले। कोशिश करोगे तो तुम भी एक दिन राधेश्याम अग्रवाल बन सकोगे।

अन्त तक जयसुन्दर बाबू राधेश्याम अग्रवाल बने थे। लेकिन उसके बाद?

उसके बाद वही कोशिश करते-करते जयसुन्दर बाबू ने अपनी पत्नी कमला को खो दिया। दोनों बेटों को भी खोना पड़ा। उसके बाद निशिकान्त दास का वह पत्र आया। वही पत्र घोर संकट का कारण बना। फिर उसी पत्र के मसले को सुलझाने में बारह नम्बर की वह लड़की उनके जीवन में आकर उलझ गयी।

लेकिन उस समय जयसुन्दर बाबू को क्या पता था कि वह लड़की अपने सर्वनाश के साथ-साथ उनका भी सर्वनाश करेगी!

-कौन?

जरा देर के लिए चेतना लौटी तो जयसुन्दर बाबू ने आँखें खोलीं और उसके एक क्षण बाद आँखें मूँद लीं।

कमला कई घण्टे से जयसुन्दर बाबू के पास बैठी थी।

जयसुन्दर बाबू शायद सपना देख रहे थे।

बादशाह औरंगजेब ने भी शायद जीवन के अन्तिम क्षणों में ऐसा सपना देखा था। जिन्दगीभर वह भी सपना देखते रहे। हिन्दुस्तान में उनकी बादशाहत और फैले, जिन्दगीभर वह बस यही सपना देखते रहे। जीवन के अन्तिम दिनों में उन्होंने लिखा था–अब खुदा के पास जाने का समय हो गया है। खुदा के पास जाकर मैं क्या कैफियत दूँगा? क्या जवाब दूँगा?

हाँ। जयसुन्दर बाबू के सामने भी वही सवाल था! मैं भगवान् के पास क्या जवाब दूँगा?

–कौन?

कमला जयसुन्दर बाबू के चेहरे पर झुकी।

–तुम आयी हो कमला?

कमला के मुँह से कोई बात नहीं फुरी। वह जयसुन्दर बाबू के चेहरे की तरफ एकटक देखती रही।

उसी समय और एक सज्जन थाने में पहुँचे। उनको देखने से लगा कि वह गाँव से आये थे।

ओ० सी० ने पूछा–आप क्या चाहते हैं? कहाँ से आ रहे हैं?

–मैं बहुत दूर से आ रहा हूँ। मेरा घर दिलदारपुर में है।

–दिलदारपुर कहाँ है?

–कलकत्ते से चौदह मील दूर देहात में। स्टेशन से उतरकर अब भी पाँच कोस पैदल चलकर वहाँ तक जाना पड़ता है। मेरी एक बेटी थी। वह कलकत्ते चली आयी थी। वह भी छह वर्ष पहले की बात है। मैने सुना था कि वह कलकत्ते में डी० एल० राय स्ट्रीट के एक लेडीज मेस में रहती है। मैं अपनी बेटी की खोज में वहाँ गया था। वहाँ एक लड़की ने बताया कि वह नौकरी लेकर पुरी चली गयी है। लेकिन मेरी बेटी किस दफ्तर में काम करती है, यह वह लड़की नहीं बता सकी। मैं उसी की खोज में पुरी आया हूँ? अगर आप लोग उसका पता बता सकें तो बड़ी खुशी होगी।

–इतने दिनों बाद अपनी बेटी की खोज में आये हैं? पहले क्यों नहीं आये?

उस सज्जन ने कहा–पहले अपनी बेटी की खोज नहीं की, इसके पीछे कारण है। मेरी पहली पत्नी की मृत्यु के बाद मैंने दूसरी शादी की थी। मेरी दूसरी पत्नी

अपनी सौतेली बेटी को बहुत परेशान करती थी। जब पता चला कि मेरी बेटी कलकत्ते में रहकर नौकरी करती है तो सोचा कि ठीक है, वह वहीं रहे। अब मेरी दूसरी पत्नी भी चल बसी है। इसलिए सोचा कि अब मेरी बेटी घर लौट सकती है। अब मैंने उसकी शादी भी तय कर ली है। इसलिए उसे ले जाने के लिए आया हूँ।

–क्या आपकी बेटी का नाम वरुणा चौधरी है?

जी हाँ। आपने ठीक समझा है। वह मेरी लड़की है। मेरा नाम है निशीथभूषण चौधरी।

इतनी देर बाद ओ० सी० बोले–आप बैठें।

फिर ओ० सी० ने लोहे की आलमारी का ताला खोलकर एक फाइल निकाली। फाइल से एक चिट्ठी निकालकर उन्होंने कहा–यह चिट्ठी पढ़िये।

निशीथ बाबू उस चिट्ठी को पढ़ने लगे–

परम आदरणीय,

आपको जब यह चिट्ठी मिलेगी, मैं इस दुनिया में नहीं रहूँगी। मैंने कितने कष्ट में ये कई वर्ष बिताये, यह सिर्फ मैं ही जानती हूँ और कोई नहीं जानता। आप शायद नहीं जानते, लेकिन निशिकान्त दास ही मुझे यहाँ लाया था। आपसे दो लाख रुपये पाने के लिए उसने मुझे आपके पीछे लगाया था। मैं भूखों मर रही थी, इसलिए रुपये के लिए इस काम को स्वीकार किया था। मैंने जो आपसे कहा था कि नौकरी के लिए इण्टरव्यू देने आयी थी, वह सरासर झूठ था। आप पर जादू डालकर आपको मुट्ठी में कर लेना ही मेरा काम था। लेकिन आपके सम्पर्क में आने के बाद मैंने जाना कि आप भी मेरी तरह दुःखी हैं। इसलिए आपको नुकसान पहुँचाना मेरे मन को गवारा नहीं था। निशिकान्त दास पुरी में ही है। वह कुचीशाही के एक होटल में ठहरा है। पहले जो मैंने आत्महत्या करने का नाटक किया था, उसके लिए उसी ने नींद की गोलियाँ खरीद दी थीं। इस संसार में मेरा अपना कोई नहीं है। फिर भी बाप, सौतेली माँ और कई सौतेले भाई हैं। सौतेली माँ के कारण बाप भी मुझसे दूर हो चले थे। मेरे मरने पर उन सबको शान्ति मिलेगी। इस हालत में मेरे लियक मरने के अलावा और कोई उपाय नहीं है। इसलिए मैं मर रही हूँ। आप मुझे जरूर क्षमा करेंगें।

वरुणा चौधरी

निशीथ बाबू के हाथ थरथर काँपने लगे। उनके हाथों से चिट्ठी छूटकर फर्श पर गिरी। वह रोने लगे। रोते हुए बोले–मैं अपनी बेटी की शादी पक्की कर चुका था।

ओ० सी० बोले–अब क्या करेंगे, घर लौट जाइये। आपकी बेटी को हम श्मशान में जला भी ओ हैं।

'होटल सागर' के ग्यारह नम्बर कमरे से निकलकर सुशीतल बाबू शेखर बाबू के कमरे में गये।

शेखर बाबू ने सिर उठाकर कहा–क्या हुआ? जयसुन्दर बाबू अब कैसे हैं?

सुशीतल बाबू के मुँह से बस छोटा-सा एक शब्द निकला–खतम!

कमला को शायद उस समय भी विश्वास नहीं हुआ था। वह उस समय भी जयसुन्दर बाबू के चेहरे की तरफ एकटक देखे जा रही थी। उसके मन में उस समय भी विद्यापति का एक पद गूँज रहा था–

मधुपुर मोहन गेल रे
मोरा बिहरत छाती।
गोपी सकल विसरलन्हि रे
जत छलि अहिबाती।।
सूतलि छलहुँ अपन घर रे
गेलहुँ सपनाई।
करसएँ छुटल परसमनि रे
कओन लेल अपनाई।।

उस समय कमला को लगा कि वह मानो नन्दन स्ट्रीट के उसी मकान में राधाकृष्ण की मूर्ति के सामने बैठी हुई है और उसके पीछे बैठे कीर्तनिया कीर्त्तन कर रहे हैं।

हरि मथुरापुरी चले गये और देखते-देखते गोकुल में अँधेरा छा गया। कमला की दुनिया भी सूनी हो गयी। जयसुन्दर बाबू के जीवनभर का कुल जोड़ शून्य के सिवा और कुछ नहीं है। कम-से-कम कमला को यह लगा।

पूछा–उसके बाद क्या हुआ?

मेरे पुलिस अधिकारी मित्र ने कहा–वह तो आपको बताया। आज बीस साल बाद कहाँ हैं वह जयसुन्दर बोस और कहाँ है वह वरुणा चौधरी? कहाँ है वह

कमला बोस और कहाँ वह राधेश्याम अग्रवाल? अजय बोस और विजय बोस दो भाई भी आज न जाने कहाँ हैं? सुनने में आता है कि एक भाई अमेरिका में है और दूसरा जर्मनी में। एक-एक मेमसाहब से शादी कर दोनों इण्डिया को भूल चुके हैं। शायद वे वहाँ सुख-शान्ति से घर-गृहस्थी कर रहे हैं। उनमें से किसी का पता भी याद नहीं है। लेकिन उस सारे इतिहास का साक्षी बना वह मकान आज भी खड़ा है। उस बारह मंजिले मकान में न जाने कितने दफ्तर हैं और उन दफ्तरों में सैकड़ों कर्मचारी काम करते हैं। मकान मालिक को उस मकान से हर महीने लगभग छह लाख रुपये किराये मिलते हैं।

–छह लाख रुपये? और वह भी हर महीने?

–हाँ। हर महीने नहीं तो क्या हर साल?

पूछा–उसका मालिक कौन है?

मेरे मित्र ने कहा–वही बताने के लिए तो यह कहानी सुनायी। शायद इसी को संयोग कहते हैं। यह संयोग कभी शुभ होता है तो कभी अशुभ। लेकिन इस मामले में कहना पड़ेगा कि संयोग शुभ ही था। नहीं तो उतना बड़ा मकान और उससे उतनी आमदनी किसके भाग्य में होती है?

मैंने फिर पूछा–कौन उसका मालिक है?

मेरे मित्र ने कहा–एक बंगाली ही।

–उनका क्या नाम है?

–मेरे मित्र ने कहा–मिस्टर एन० के० दास।

–मतलब? पूरा नाम क्या है?

मित्र ने कहा–निशिकान्त दास।

●